我们阅读
WOMENYUEDU

魅丽文化　花火工作室

一别如斯

YI BIE
RU SI

北风三百里 / 著

百花洲文艺出版社
BAIHUAZHOU LITERATURE AND ART PRESS

图书在版编目（CIP）数据

一别如斯 / 北风三百里著 . — 南昌 ： 百花洲文艺
出版社， 2019.8
　ISBN 978-7-5500-3340-5

　Ⅰ . ①一… Ⅱ . ①北… Ⅲ . ①长篇小说－中国－当代
Ⅳ . ① I247.5

中国版本图书馆 CIP 数据核字 (2019) 第 157644 号

一别如斯
北风三百里 著

责任编辑	蔡央扬	
选题策划	朵 爷 叉 叉	
特约编辑	肖云梦	
封面设计	黄 梅	
出版发行	百花洲文艺出版社	
社　　址	南昌市红谷滩新区世贸路 898 号博能中心 A 座 20 楼	
邮　　编	330038	
经　　销	全国新华书店	
印　　刷	湖南新华精品印务有限公司	
开　　本	880mm×1230mm　1/32　印张 9	
版　　次	2019 年 8 月第 1 版第 1 次印刷	
字　　数	233 千字	
书　　号	ISBN 978-7-5500-3340-5	
定　　价	38.60 元	

赣版权登字：05-2019-183

网址 http://www.bhzwy.com
图书若有印装错误，影响阅读，可向承印厂联系调换。

C O N T E N T S

目录

C O N T E N T S

◆ 第一章
　　雪落无声

01.

奈县正值隆冬，葬礼伴着落雪。

人来人往，皆持棋子追悼。

去世的棋坛前辈早在 20 世纪 80 年代末便已隐退，隐居于这座异国小城。风云陡转二十年，职业棋手新人辈出，他的名字亦已化作传奇。

今日传奇落幕。

前来参加葬礼的多为职业棋手，黑衣黑伞，将小小的院落挤满。当下在鞠躬的是个年轻男人，西装笔挺，身形颀长，鼻梁上架着副无框眼镜。

身后有人低声问："这是叶简南八段？"

职业棋手之间互称，多会在名字后加上段位。这些年来，叶简南称得上声名鹊起，从五段直升七段，再到年初迈入八段之列——

距离顶尖的九段段位只剩一步之遥。

"八段？"有人追问道，"他还没升九段？"

"还没有，"又一个声音，"他还没拿过世界冠军……"

私语窃窃，声音逐渐压低。

将棋子放到遗像前的桌面上后，叶简南才慢慢直起了身子。

祭拜的位子有两个，他身旁那人先他一步离开。只晃了片刻神，他瞥见身旁来了个长发及腰的年轻女孩。

叶简南的手指忽然变得冰凉。

那女孩肯定也认出了他，只是打定主意不往他这边看一眼。鞠躬致意后，她将一束花放到遗像前，随即转身离开。

叶简南忍不住抬头望向前辈的遗照——须发皆白的老人垂眸微笑，慈祥地注视着他。

片刻后，他转身朝那女孩追去。

对方亦穿了一身黑，衬得身形越发修长单薄。门外风雪交加，他追了几步，忍不住喊道："江墨！"

女孩骤然顿住脚步。

她似是在等他开口，可千头万绪，从何说起？沉默许久后，她终于慢慢转过身。

两人都是一愣。

一别多年，面前的人终归有些陌生。少女时代的江墨还稚气颇重，如今却是黑发黑眸，气质凛冽得厉害。雪花落在她睫毛上，她闭了下眼，睫毛亦是漆黑如墨。

叶简南咳了一声，寒气刮得他喉咙刺痛，分明有那么多话想说，到了嘴边，却只剩一句："你……去哪里？"

"酒店，"江墨言简意赅，"晚上飞回国。"

好干脆的拒绝，把所有故事的后续都堵死。

叶简南低头笑了笑，忽然有种莫名的轻松。

他本来也不该有奢望。

想通了这一点，他再开口，语调也没那么艰涩了。

"那我送你一程吧。"

话说到这个份上，再躲就有些不近人情了。雪势越来越大，冷空气倒灌进衣领，让江墨忍不住打了个寒战。

她想，没必要。

没必要弄成这样。

"好啊！"她点点头，语气缓和了些，"麻烦你了。"

车就停在不远处，车锁"咔嗒"一声打开，叶简南的身子有些僵硬。他看了一眼江墨，轻声说："不麻烦。"

两人坐进主副驾，叶简南没马上开车，而是打开暖风让车里的温度升高。

"去机场？"

"先去酒店，我行李在前台。"

江墨翻了翻包，拿出一张酒店的名片。叶简南确定了地址，随即发动汽车。

玻璃隔绝了风雪，暖气吹得江墨昏昏欲睡。她拿出手机刷了几下，眼神一变，无意识地"嘶"出声来。

叶简南瞥她一眼："怎么？"

她将手机扔回包里，眉毛皱起来："航班取消了，我得续住一天。"

"续住？"路口是红灯，叶简南踩了刹车，"这天气，怕是难有空房间。"

江墨愣了愣。

叶简南随口一提，结果一语成谶。

从第七家客满的酒店大门出来时，江墨的衣服已经湿透了。她气喘吁吁地跌回副驾，一拧袖子，水滴滴答答往下流。头发贴在脸颊两侧，衬得人很是狼狈。

叶简南下意识地伸手帮她擦。

袖子一碰到脸，两人都愣住了。她脸颊冰凉，他手掌温热。纯棉的衬衣吸水性能极好，叶简南的袖子上迅速洇染开一片水渍。

江墨不动声色地挪开身子。

叶简南眉头微皱，忽然揪住她的领口，将她扯到自己跟前。江墨瞪大眼，只见对方卷起袖口，在她脸上狠狠擦了几下。

维持了将近三个小时的疏离在这一刻碎了。

江墨一把推开他，大怒道："叶简南，你有病啊？"

"我有病？"叶简南冷笑一声，"对，我是有病才带着你绕了三个小时找酒店。进进出出也不知道打伞，你怎么一点长进都没有？"

江墨气势汹汹地瞪了他一眼。

这些年媒体像被下了蛊似的报道——叶简南八段，谦谦君子，温润如玉，赛场上喜怒不形于色，脾气更是出了名地好。看多了这些，她还真以为他转了性，把小时候那副臭脾气改掉了。

原来只是演技越发卓越。

两个人僵持片刻，江墨把叶简南的手拨开。窗外风雪交加，身处异国他乡，航班意外取消，无家可归就算了，面前还有个凶巴巴的旧相识。

江墨有点委屈。

好在她这些年委屈吃多了，对这种情绪的消化能力极强。她垂下眼，靠回副驾椅背，很疲惫地说："你要是觉得麻烦，把我放路边吧。"

她黑发，齐头帘，闹起来还有点小孩气，这么一垂眸就显得颇为厌世。叶简南一愣，心里忽然起了许多疑惑。

他从今天见到江墨第一眼，就觉得她和以前不一样了。但具体是哪里，他似乎又讲不清楚。

他现在知道了。

是一种身心俱疲的感觉。

他又一次抬起手，只是这次没去碰她，而是将她的安全带系好。

他说："江墨，你去我家住吧。"

窗外雨雪交加，远处还传来隆隆雷声。江墨又累又冷，慢慢闭上眼，额头抵着车窗。

她说："怎样都行。"

02.

叶简南的公寓临海。

光线太差，云彩和海面俱是漆黑如墨。平日里绵长宁静的海岸线泛起白沫，一下又一下撞击着沙滩。

叶简南放下窗帘，将风雨都拦在屋外。

江墨刚才洗漱一番，现在已经躺下了。这姑娘也够不争气的，一吹一淋就感冒了，鼻尖通红地躺在床上喝药。

药还是叶简南刚才下楼买的。

吃人家的住人家的，饶是江墨抱着"有便宜不占白不占"的心态，此时也有些拿人手短。卧室灯光昏黄，书桌台灯一应俱全。她用她发着烧的大脑思考了一会儿，判断出叶简南应当在这里常住。

鸠占鹊巢，她是那个鸠。而鹊从衣柜里翻出一床被子，仿佛是要去客房里睡。

她"啊"了一声，嗓子十分沙哑。

叶简南顿住脚步，身子俯低。镜片底下眼帘微垂，让江墨时隔多年后再次感慨这人简直是个"睫毛精"。

她说："谢谢你。"

这句话说出来，叶简南的神色竟然有种难以言喻的失落。沉默片刻后，他亦很得体地回道："不客气。"

曾经那么深的感情，到如今，竟然是一句"谢谢你"，一句"不客气"。

江墨忽然坐直了身子。

她一定是被烧昏了头，控制不住自己。她想，不是的，不是这样的，他们两个怎么会是这样呢？他们怎么会是"谢谢你"和"不客气"的关系呢？

她用手捂住脸。

叶简南神色变了变，单膝跪在床边，沉下声音问："怎么了？还有哪里不舒服？用不用去医院？"

她张开五指，从指缝里看叶简南。感冒让她喉咙剧痛，她努力地笑，一句话用尽全身力气："没什么。我就是想，今天要是没有你，我一定很狼狈。"

叶简南这才松了口气。

一个人坐起来，一个人跪下去，他们的距离不知不觉地拉近了。叶简南最后看了江墨一眼，在离开前将台灯关上。

黑暗笼罩了整间屋子。

叶简南这人，老人作息。

第二天，他像往常一样在六点半睡醒，又在七点完成洗漱。坐在沙发里看过早间新闻后，他泡了一壶茶，开始打谱。

大概是这种生活维持了太久，他今天起来的时候还没觉得有什么异常。

茶泡到一半，他忽然想起来了——隔壁主卧还住了个人呢。

于是，他这棋谱也打得有些心不在焉。

江墨看来毫无健康作息的意识，直睡到日上三竿才发出些动静。起初还只是衣服细碎的摩擦，紧接着，屋子里传来一阵很嘶哑的"啊啊"声。

叶简南不禁抬头看去。

只听卧室里传出一声巨响，江墨穿着他的睡衣破门而出。她一手抓着他的袖子，一手指着自己的喉咙，无声地张大嘴。

看他一脸茫然，江墨又狂奔回卧室，把自己的手机拿了出来。她打开记事本，在上面敲打了一阵，然后将手机举到叶简南眼前。

一行大字映入叶简南的眼帘："我失声了！"

江墨经常出幺蛾子，以至于叶简南第一反应是她又在作弄自己。两个人大眼瞪小眼好半天，他才看出她急得眼圈发红。

奈县重逢，她装出一副成熟做派。此刻见她张皇失措，叶简南心里竟有些欣慰。

没变的，还是没变。

他的人生天翻地覆，但凡见到一丝熟悉旧景，都能生出无限温情。

"回房间，"他把江墨推了回去，"换好衣服，我带你去医院。"

奈县地处 J 国西南沿海，江墨拿的是旅游签证，又语言不通，看起病来颇费了些工夫。两个人在医院耗了一上午，总算赶在医生午休前把问题解决。

按医生的说法，她是症状较轻的病毒性感冒，挂过水后按时吃药就不会有太大问题。把医生的话翻译给江墨后，两个人并肩走出了医院大门。

江墨用围巾遮着脸咳嗽了两声。

她似是思考了一会儿，又用手机打字道："你怎么对奈县这么熟？"

叶简南把她推上车："住得久了就熟了。"

谁知坐进驾驶座后，他安全带还没系好，江墨的问题又来了："为什么在这里久住？"

为什么？

叶简南有些恍惚。

这些年，他除了有时回国参加比赛，几乎是长年累月地住在奈县，连棋院都去得甚少。久而久之，连他自己都忘了原因。

他似乎是在有意识地躲避什么。

看他迟不回答，江墨识趣地收回了手机。屏幕再亮时，叶简南看见她另起一行，言简意赅地写道："我饿了。"

03.

门铃发出一串清脆的撞击声，叶简南让江墨先走进去，然后对店里喊道："婆婆，您在吗？"

二楼静了片刻，随即传来脚步声。

"简南来啦？好久没见你了，你爷爷可一直惦记着那盘没下完的棋呢——"

下到一楼的老奶奶骤然收住了脚步。

她很仔细地打量起了江墨，把挂在胸前的老花镜都戴了起来。片刻后，她捂着嘴笑了笑，轻声问："终于带女朋友来见婆婆了？"

江墨想否认，无奈喉咙失声，支吾了半天也没说出个所以然。她愤然看向叶简南，用眼神质问他怎么还不澄清。

"拉面店的这对老夫妇是中国人，"谁知叶简南目不斜视，且答非所问，"你在一楼吃吧，我上楼陪爷爷下棋。"

另一边，婆婆已经从后厨热情地端出了拉面："简南女朋友，来吃婆婆的拉面啊！这是简南最喜欢的，你俩口味肯定差不多……"

江墨绝望地"啊"了一声。

婆婆一愣。

叶简南这才想起来似的顿住脚步，和婆婆解释道："她感冒，嗓子失声暂时说不了话，麻烦您照顾了。"

老人家对后辈多有照顾之心，更何况是江墨这样生着病的年轻姑娘。听闻这话，婆婆赶忙将拉面送进她手里，忧心忡忡地说："感冒了哦？婆婆再去给你盛点面汤，喝了身子暖暖的，是的吧！简南女朋友！"

江墨摸了摸自己肿起来的喉咙，只得含泪点头。

叶简南的脚步声逐渐消失在楼梯尽头，店里便只留下一老一少。婆婆戴起眼镜坐到江墨对面，真是越打量她越喜欢。

"你慢慢吃哦，婆婆和你说话，你嗓子疼就不要讲啦。"她慢悠悠地念叨着，"哎，认识简南这么久，他还是第一次带女孩子来店里呢。真好，真好，我还是第一次见他心情这么好……"

江墨顿住筷子。

她摸出手机，边吃边打出一行字："他心情不好？"

婆婆扶稳老花镜，凑近屏幕看了一会儿，感慨道："当然不好了！心情不好，身体也不好。今年还好些了，去年有段日子整晚失眠，我都觉得他要把自己熬干了……"

江墨愣了愣，在那行字下重复打道："失眠？"

"嗯，不然他为什么来奈县？"婆婆似是有些惊讶她的一无所知，"头疼，失眠，职业棋手，压力太大，他那年的比赛又太密集。连败太久，棋院主动给他放了假。"

江墨的手指慢慢攥起来。

脚步声又一次传来，江墨不禁抬头望去。这回楼上下来两个人，一个叶简南，还有一个拄着拐杖的老人。

"老头子，你怎么下来了！"婆婆赶忙去扶，"腿脚不好还要乱跑，一会儿上楼又是麻烦事！"

老爷爷赌气道："我也想送送简南啊！人家每次来都陪我下棋，

我这么大岁数，怎么能不讲礼貌啊？"

"好了，爷爷，"叶简南赶忙回头劝，"到这里就行了，我下次再来看您。"

老爷爷哼唧了几声，一探头，又看到了江墨。

"啊！这是——"他惊喜地喊，"这就是你带来的小姑娘啊？过来过来，让爷爷看看——是简南的小女朋友？"

老人太高兴，江墨实在是点头也不是，摇头也不是。目光躲闪间，她忽然觉得这爷爷颇有些面熟。

仿佛是在哪里见过……

然而不等她细想，奶奶便将爷爷送回了楼上。叶简南和他们道过别，便将江墨带出了面馆。

或许这天下的老人都是有些相似的吧。江墨这样想着，楼上又传来了爷爷的喊声："有时间再来看爷爷啊！把小姑娘也带上，这次都没说上话——"

远处传来车门开锁的"咔嗒"声，叶简南忽然有些烦躁。

大概是心里清楚，没有下次了。

江墨不会再和他来这里了。

出乎他意料的是，这次江墨没有任何肢体语言，甚至连记事本都不写了，只是不停地用余光瞟他。开了一会儿车后，她趁他等红灯时展示了自己的订票界面。

叶简南算了算时间，语调有些异常："你不是今晚走吗？"

大概是输液和面汤都对她的嗓子起了积极作用，江墨摘掉围巾，凑到他耳边，很艰难地发声道："再住一晚，明天飞。"

交通灯变绿，他松开刹车，心情随着车轮转动略显轻盈。

"嗯。"

04.

既然是常住奈县，叶简南这间临海的屋子便也有了解释。江墨昨晚发烧，今早又实在是慌乱，此时才有精力细细打量这间公寓。

装潢只有黑白灰，家具一切从简。好在灯光的颜色偏暖，这才没有让屋子显得过分不近人情。茶几上摆着一副棋盘，旁边还有没喝完的茶水。和卧室相比，似乎叶简南更常待在客厅。

窗外又开始下雨。

她病还没好，格外嗜睡，再加上吃的药有助眠作用，几乎是一沾枕头就陷入梦乡。梦里是空荡荡的客厅，叶简南坐在茶几前，从日出到日落，从花开到花谢，只与棋子、棋谱为伴。

她想，他的日子为什么是这样的呢？

她以为他过得很好，书里那些冷血无情的人不都过得很好吗？妈妈说，叶简南是个感情淡漠的人，人生在他眼里就是一场棋局。下棋最重取舍，叶简南选择放弃自己的恩师……

和以前相比，他什么都有了。可他……怎么一点都不快乐呢？

江墨慢慢睁开眼。

房门微开，客厅的灯光在黑暗中投出一条细细的线。墙上挂着夜光钟表，江墨眯着眼睛看了一会儿，竟已是半夜两点。

她咳了一声，片刻后才反应过来，自己的嗓子恢复了。

客厅有落子声。

江墨也不知哪儿来的怒意，披了件衣服，气势汹汹地往门外走。叶简南一下棋就两耳不闻窗外事，听得一声巨响才反应过来身旁有人。

他抬头看着江墨，愣了好一会儿。

"怎么了？"

江墨竟然被他问住了。

是啊，他不睡觉，和自己有什么关系？

支吾半晌，她说："你……你落子声音太大，把我吵醒了！"

叶简南还真信了她这胡诌的鬼话，神情颇有些歉意："我特意换了副声音小的，没想到还是吵到你了。你……嗓子好点了？"

江墨点点头。

"好，"叶简南端起棋盘，"我回卧室吧。"

"不是不是！"江墨赶忙拦住他，"你回卧室，带棋盘干什么？

哪有你这样的人，明明失眠得那么厉害，还大晚上做这些动脑子的事……"

叶简南微微偏了下头，知道她在说什么了。

"你不用太把婆婆的话当真，"他轻声说，"他们老人家，说话会夸张些……"

谁知江墨压根就不打算听他解释，直接从他怀里将棋盘端走。完成这一系列动作后，她一推叶简南的后腰，凶巴巴地说："回卧室啦！"

他在奈县熬过上千个长夜，这还是第一次在凌晨三点前就躺到床上。叶简南看了一眼孤零零躺在一边的棋具，再一次无奈地说："江墨，我试过的，我不下围棋也睡不着……"

江墨忽然朝他比了个"嘘"的手势。

气氛凝固了。

她坐在他床边，神情有些难过，她说："叶简南，你不开心吗？你不可以不开心。"

好多年了，好多年。

刚做职业棋手的时候他还小，输了棋，别人说，"你不可以哭"。后来长大了，胜率高得惊人，又有人说，"你不可以输"。

叶简南支起身子，忍不住追问道："为什么……不可以不开心？"

面前的女孩似是有很多话想对他说，可到最后全都忍住了。她字斟句酌，只挑出能被他知道的那部分。

"叶简南，你当初走的时候，爸爸祝你前程似锦。你现在，想要的都有了，你怎么……能不开心呢？"

"想要的都有了？"叶简南忽然觉得有些可笑，"可是你和老师不在了。"

江墨的脸色难看起来："那是你自己选的。"

两人间有片刻沉默，气氛格外尴尬，她咳了一声，试图转移话题："听说喝牛奶能助眠，我去煮一点吧。"

"喝过，"叶简南摇摇头，"没用的。江墨，我现在连吃药都没用。"

江墨怔了怔。

她按着太阳穴，轻声问："都没用吗？还有没有没试过的？"

叶简南低头想了想，忽然笑了起来。他的手指沿着被罩上的一条纹理划过，声音也波澜不惊的："有倒是有一个。"

"什么？"江墨蹲下身子，"需要什么吗？我帮你。"

他慢慢抬起眼，笑着说："就是……我以前哄你睡觉的那个办法。"

江墨眼前一黑，显然对少女时代的自己颇为嫌恶。她那时候……是真的作。

事到如今，自"作"自受。

大话放了出去，便没有收回的道理。江墨挪回叶简南身旁，俯下身，慢慢握住了他垂在床边的手。

这人体温真低，这么多年，手还是这么凉。男生的手太大，她单手包不住，只好覆上另一只。

恍惚间竟是回到少年时，他被她吵得头痛，扔下棋子质问："你要怎么才肯睡？"

她那时真是极不要脸，为了占叶简南便宜信口开河："我小时候失眠，我爸爸就会握着我的手等我睡着……"

话音才落，手背一凉。

叶简南一只手攥着她的手，一只手捏着棋子点棋盘："可以了？"

若干年后的奈县，江墨蹲在叶简南床边，慢慢抬起眼："可以了？"

叶简南愣了很长时间，才轻轻"嗯"了一声。他方才纯粹随口一说，万万没想到江墨还记得，甚至……还当了真。

他说："真的很管用，江墨，我困了，你去休息吧。"

她点了点头。

那双手慢慢松开时，叶简南竟有些不舍。

昏黄的灯光下，江墨垂下睫毛，一字一顿地说："很高兴这次能遇见你。"

叶简南说："我也是。"

听到这话，她忍不住笑了笑，随即转身离开。漆黑的卧室里，便只剩下叶简南一个人，慢慢回忆起那些年少的时光。

第二章
翰城童年

01.

十年前。

翰城，八月，秋储巷。

也忘了这座小城是什么时候改名为翰城的了，约莫是宋朝的时候出了几个有名的书法家，这边陲之地便被赐了个"翰"字。也是机缘，自那时起，住这里的人便有了尚雅的风气，琴棋书画，人人略懂。

懂是懂，却也没再出过什么大家，只留下古迹无数。秋储巷百年沧桑，最里面的宅子旧时是翰城棋院，几经易手，被改作"闻道围棋学堂"，种了满园繁花，名作"无尽夏"。

闻道，是取自古语"朝闻道夕死可矣"，也是指翰城围棋名家"江闻道"。江先生20世纪80年代曾作为国手出征海外，三十岁得了一女。巅峰生涯已过，他隐居翰城开设围棋学堂，当得起一句"桃李满天下"。

最开始叶简南于江墨而言，也不过是父亲的一个学生罢了。

"哎，分组结果出来了！"

随着一声呼唤，静坐在棋室的孩子们纷纷雀跃起来。在这里学棋的孩子约有六十个，按照水平高低分成"甲乙丙丁"四个组。分组模式实行计分制，每月一变，胜率高的会被分到甲组，也就是棋力最强的十五个孩子中。

满室嘈杂中，只有两个孩子没动。

他俩也不过十岁左右的年龄，气质却一个比一个沉稳。执白棋的是叶简南，执黑棋的叫祁翎。

叶简南虽说岁数不大，但气质冷然，端坐起来像个小大人。而他对面那叫祁翎的，则有些一言难尽。

即便这年龄的孩子还没长开，祁翎的五官也算得上很俊俏了。高鼻深目，侧脸的线条刀削斧劈般锐利。然而自领口起，刺目的红色印痕沿着脖颈向上攀爬，覆盖了他整个右脸。

像是被地狱之火燎烧过。

漫长的沉默后，他从棋盒中摸出两颗棋子，放到了棋盘边线之外。这一动作，在围棋中即是"投子认输"。

祁翎没有复盘的意思，他拿起书包，默默走到分组表前看了一眼。

果不其然，这个月的第一名……仍然是叶简南。

说不沮丧是假的。

在闻道棋堂里，"第一"的含义远远不止名词本身那么简单。当时围棋界的国手常刀与江闻道私交甚好，每年都会为棋堂里最优秀的小棋手提供一个在"常刀围棋道场"冲段训练的名额。冲段是业余棋手迈向职业棋手必经的一道门槛，其异地奔波的路费、住宿费、训练费，对普通家庭来说都不是一笔小数目。

但只要被常刀围棋道场选走，这些关于钱的问题就都迎刃而解了。

可如果不能被选走，祁翎家里是绝对不会给他负担这笔昂贵的费用的。

沉默片刻，他垂着头走出了棋室。

小棋手走得七七八八，到最后只剩叶简南一个。他端坐在棋盘前，努力回忆着祁翎的每一手，一个人把刚才的对局重复了一遍。

即便与祁翎对阵他赢多输少，可叶简南还是出了一身冷汗。

祁翎的棋风很凶，每一招都有着强烈的赌博意味，连江先生给他下指导棋的时候都会感叹这孩子杀气太重。若不是最后阶段他连出两次昏着儿,叶简南这一盘也赢不下来。

"同学,我要打扫棋室了,"门口传来清洁阿姨的声音,"快回家吧。"

天色已晚,叶简南沿着一条偏僻巷子回家,满脑子都是方才的棋局。

身后忽然传来刺耳的鸣笛声。

他猛地往路边一跳,一辆面包车与他擦肩而过。紧接着,巷子尽头有什么东西被撞翻了。

而那面包车只是加速驶远,没有半分下车看看的意思。

油门声消散在夜色中,紧接着,一阵极其细微的鸣叫又传进了叶简南的耳里。他顺着声音望过去,竟看到路面上有只小鸡摇摇晃晃地站了起来。

它显然是从巷子尽头被甩过来的。叶简南走近两步,只见它爪子畸形地扭曲着,鸣叫声格外悲凉。

他弯下腰将它捧了起来。

巷子尽头有说话声,他远远望过去,是个中年女人和一个小女孩,还有……

一地的小鸡。

路边有个被撞翻的泡沫盒,大约就是刚才那面包车的杰作了。一大一小两个女人手忙脚乱地抓鸡仔,再把它们丢进盒子。

他急忙往那边走去。

然而,路似乎有些过分长了。

他才走到一半,那边就已经收拾妥当。那女人唉声叹气地跨上电动车,把装鸡仔的盒子捆到后背上。

"谢谢你啊,小姑娘。"她好像说了这么一句。

然后就风驰电掣地离开了。

叶简南极少大喊大叫,跑了几步才发现真的追不上了。他一筹莫展地看看手里的小鸡,又一筹莫展地望向了巷口。

正巧对上那小女孩的眼神。

叶简南有点脸盲。

昏黄的灯光下，他只觉得这小姑娘看起来很眼熟，眉宇间似是有着……

江老师的影子？

还没等他出声，对方先开口了："叶简南，你怎么还在这儿？我爸爸不是早就下课了吗？"

哦，是江闻道的女儿江墨。

棋盘上培养出来的不动声色，让他即便内心有着"恍然大悟"的感觉，面上也没什么表示。江墨从头到脚地把他扫了一遍，目光最终定在他手里。

"这……这不是刚才那阿姨的小鸡吗？它、它、它怎么瘸了？"

江墨望向他的表情让叶简南觉得这只小鸡的噩运似乎与他有关。

不！才没有！

他踏上一步，和江墨面对面站在一起。

"伸手。"

江墨被他的脸色吓得一哆嗦，手不由自主地伸出来。

小鸡重心一变，被递到另一双手中。它撕心裂肺地"叽"了一声，眼睁睁地看着它的前任主人毫无留恋地转身离开。

江墨愣了愣，随即迈开步子追上去。

"叶简南，你干吗给我呀？你快去还给那个阿姨啊，她才走——"

顿了顿，她似乎也回忆起了那阿姨绝尘而去的车速。小鸡被她颠得东倒西歪，在她手里凄厉地鸣叫起来。

她仰天长叹："可我不会养鸡啊，它死了怎么办？"

叶简南歪了下头，回身冷冷开口："不许死。"

然后，他便转身离开，背影在月色中如临战托孤的侠士。

江墨低下头，只见小鸡一屁股坐到她手心里，伸着一只瘸脚，脸上写着六个字："你得对我负责。"

02.

第二天的练习赛，叶简南一着不慎，中盘负于祁翎。

复盘讨论的时候，江老师和清洁阿姨聊天的声音从门外传来：

"……也不知道我女儿从哪儿捡了一只小鸡，喂它东西也不肯吃，真是头疼死了……"

"叶简南，"祁翎忽地抬眼看他，"你下错了，刚才那步不是这么走的。"

他这才回过神来。

后半盘叶简南也频频走神，满脑子都充斥着莫名的"叽叽叽"的声音。直到围棋课散了，他抬起头，恍然间竟不知道今天都做了什么。

学棋的走得七七八八，他又是最后一个离开的。从棋室出去要经过一片草坪，叶简南仿佛又产生了幻听。

"叽叽。"

"叽叽叽。"

他烦躁地摇了摇头，余光赫然看到草坪上蹲了一人一鸡。

江墨俯低身子，缩成了一小团。小鸡呆呆地站着，偶尔抬头虚弱地叫一声，但大部分时间紧闭着双眼。

听到身后传来脚步声，江墨也不抬头，只是低头盯着那只小鸡。叶简南叫她不应，俯身一看——

竟然在哭。

在叶简南短暂而辉煌的童年生涯中，他面对过许多复杂的棋局，但直面女孩哭泣这一世界级难题，还是第一次。

他结巴着说："你、你哭什么？"

江墨揉了揉眼："它会死吗？"

看了看小鸡的状态，叶简南说不出那个结局。仿佛明白了他的沉默，江墨更卖力地哭起来。

"你为什么要给我养，我养不活啊……我该喂的都喂了，它不吃怎么办？小鸡要、要死了，都是我害死的……"

叶简南彻底蒙了。

定了定神，他问："你喂它什么？"

"虫子。"

叶简南犹豫着蹲到了江墨身边。鸡命关天，一切因他而起，他也不能这么撒手不管。

"会不会……"他安慰似的拍了拍江墨的肩膀，"它不吃虫子？"

"书上画的不都是小鸡吃虫子吗？"

"书上画的也不一定对啊！"叶简南这小崽子看着循规蹈矩，还颇有些反叛精神，"你……你有没有试试小米？"

两个小孩翻箱倒柜，把棋堂厨房折腾得像黄鼠狼来过。叶简南往碗里放了点水和小米，小鸡总算赏脸啄了几口。

两个孩子松了口气。回头一看，天已经黑透了。

"最近先这么喂吧。"叶简南疲惫地站起身，思量对局已经够累的了，谁料到下课还要养鸡。

江墨点点头，又追问道："那你还会来帮我吗？"

他本想拒绝，可是看到江墨一双饱含期待的眼，说出口的话却变成："会。"

棋堂的无尽夏迎风而晃，江墨抱着膝盖坐在草丛里，眼角还挂着眼泪，脸上却有了笑意。叶简南愣了愣，因为棋局压抑了一天的心情忽然放松下来，连着嘴角也忍不住弯起一道弧度。

小小的孩子哪里知道，有的时候，一承诺……

就是许多许多年。

翰城小学图书馆。

管图书馆的李老师是个棋友，利用一点小小的权力给图书馆进购了不少棋谱。这些棋谱除了他，就是一个叫叶简南的孩子在借。一来二去两个人就熟了，偶尔还会在无人的图书馆里对弈一盘。

叶简南今天又来了。

李老师热情地张罗："哎，简南，我又进了几本常刀九段的棋谱集，你看不看？"

"不用了李老师，我上次借的几本还没看完呢。"

"啊？那你来做什么？"

"李老师，"叶简南咬咬牙，一脸难以启齿的样子，"你能不能帮我找一本书？"

李老师看出了怪异："哪本？"

叶简南眼一闭，心一横。

"养鸡的书。"

五分钟后，叶简南怀抱着《家禽养殖》，面色如常地走上了去棋堂的路。但是近看会发现，他额头上全是汗，嘴里还念念有词："没关系，叶简南，你是棋手，要不动声色。胜而不骄，败而不馁，借一本养鸡的书也不用觉得难堪……"

他到得早，棋室里还没来人。叶简南偷偷把书藏在桌子底下，看得正入神时，身旁忽地传来一声响动。

抬起头，祁翎给了他一个狐疑的眼神。

"你在看什么？"

"没什么。"

他的眼神飘忽不定，一看就是心里有鬼。祁翎低头想了想，忽地心里一沉：糟了，叶简南一定是拿到什么"看过以后就可以天下无敌的棋谱"了。

叶简南本身学养鸡就学得心情很沉重了，谁知一抬头，祁翎也一脸心事重重的样子。

"看来彼此的人生，都有着难以言说的苦闷啊。"

十岁的叶简南如此想道。

祁翎心头被"天下无敌的棋谱"压得痛不欲生，屡屡失手，中盘告负。叶简南赢得莫名其妙，只是心思早已飘远，拎起书包就去棋堂后院找江墨。

两个人这些天一心扑在养殖事业上，有时遇到困难，江墨还会鼓励叶简南："没事的，叶简南，我觉得你在这方面经验已经很丰富了。以后如果你当不成国手，我们就一起开一家养鸡场。"

叶简南眼角抽动，婉拒道："不用了，谢谢。"

在他循规蹈矩的人生中，还不曾有过这样长时间的不务正业。胜负表上的"败"章越来越多，转眼就到了月底出名次的时间。

出乎所有人的意料，祁翎得了第一，叶简南则掉到第二。

棋盘上胜败乃兵家常事，但这是自叶简南问鼎后第一次魁首不保，在围棋班内引起的轰动自然不言而喻。人们纷纷挤到名次表前看热闹，只有两个人心事重重。

一个是叶简南。他自我反省许久，终于得出自己是把过多的心思花在养鸡上才导致如今的退步，暗暗下了和江墨告别的决心。

一个则是祁翎。

按理说他赢了，是不该这么面色凝重的。但他死死盯着棋盘，眼神变得更加慌张了。

电视剧里都是这么演的，侠客在修习绝世武功时，先前内力尽失，一时间变成一个废人。但一旦神功练成，便天下无敌，无出其右。

叶简南一定是在酝酿一个绝世棋招，不然以他的水准，怎么会……怎么会输给自己？！

抬起头，叶简南已经不在了。

"看啊，他根本不在意这一时的得失。"

想到这儿，祁翎越发面如死灰了。

另一边，棋堂后院。

"你，以后不来了？"江墨惶恐地问。

她怀里抱着的是已经开始换毛的小鸡，鹅黄色的绒毛褪去，失去了当初憨态可掬的模样。脖子上秃了一块，翅膀上抽出羽毛，整只鸡长得越发刻薄。

"它现在已经不会那么轻易就死了，"叶简南低着头说，"我们要考核，我就……不再来了。"

江墨无法拒绝，哀怨地点点头，目送着他离开的背影。

叶简南一边走一边想：怎么不就是养只鸡，却有一种自己是个负心人的感觉啊……

03.

他很快就不用再为自己的离开感到内疚了，因为就在小鸡换掉羽毛的第一个月，江叔叔对它的叫声不堪其扰，只能将它送去乡下的亲戚家。

江墨又哭又闹，却无法扭转乾坤。那大约是她此生第一次面对离别，撕心裂肺不过如此。叶简南草草结束和同学的对局，特意去小花园找到了她。

江墨坐在草坪上发呆。

她说："叶简南，它会不会被吃掉啊？"

叶简南说："不会的，我问了阿姨，她说要留着它下蛋呢。"

可江墨仍是一副打不起精神的样子。

叶简南真是头痛极了。他觉得自从遇见江墨，自己一帆风顺的人生就开始面临一个又一个难题。养鸡就算了，如今连"如何哄女人开心"这一千古难题也摆到了他面前。

无奈他这个人责任心太强，且习惯性把责任归到自己身上。他觉得既然整件事都是因他而起，那他就有义务管到底。

"哎，"他忽然眼睛一亮，握住江墨的手腕，"你跟我来。"

秋储巷以北，沿河而过，是一条商业街。不同于翰城新区的繁华，这条街上多是百年老店，中药铺、糕点店、卖画具的"今古堂"，还有专门卖棋具的"烂柯社"。

烂柯，围棋别名。传说晋代有个樵夫在山上看到几位童子在下棋，没看一会儿便发现自己的斧柄已经腐烂了。等他回到人间，百年已过，亲友皆逝。

一局棋，百年老，烂柯之名由此而来。

棋具店的主人姓过，无妻无子，却收养了个小傻子做孙子，给他起名小弈。街上的孩子都欺负小弈迟钝，只有常来店里和过爷爷下棋的叶简南对他好。

看见叶简南从街尽头走来，小弈欢天喜地地冲进门："爷爷！简南哥哥来了！"

"傻孩子，"过爷爷说他，"看见简南比看见爷爷都高兴。"

小弈"嘿嘿"一笑，挠挠头："简南哥哥对小弈好……简南哥哥还带了个姐姐过来！"

门口的风铃叮当作响，过爷爷闻声抬头。墙壁上悬挂的棋谱被风吹得扬起，拂过两个孩子的面颊。

他摘下老花镜："小叶子，你干什么？"

过爷爷长得有些吓人，江墨躲到叶简南身后，充满戒备地打量着店里望不到尽头的货架。

"过爷爷，你那儿不是有一套……蛤棋石的棋子吗？"

老人闻言猛然抬头，眼睛瞪得比棋子还圆："你问它干什么？那是顶级的雪印蛤棋，你知道要多少钱吗？"

叶简南急忙辩解："爷爷我知道，我……我是想买一颗。"

"瞎胡闹，"老人推开他的手，"你当是买糖啊？"

小弈不高兴了："爷爷，简南哥哥你就给他嘛！"

过爷爷气得直吹胡子："要不说你傻，你怎么胳膊肘往外拐？"

江墨眼圈还是红的，莫名其妙地就被他拉来了这里。她皱起眉看着他："叶简南，你到底带我来这儿干什么啊？没什么事我回去了。"

老人脸色一变。

回过身，他一掌把叶简南按到柜台下。

"哦，原来你买棋子哄小姑娘开心？"

"开不开心……就看您卖不卖了。"

爷孙俩蓦地弹起，老的那个仙风道骨地捋了捋胡子。

"嗯，这个倒也不是不可以。不过棋子黑白成双，不能只卖一颗呀？这样吧，小叶子，下个月店里的棋子存货要大清洗，你来给我打下手，我送你两颗棋子好了。"

烂柯社棋子数以十万计，这老家伙纯属趁火打劫。然而叶简南骑虎难下，挣扎着抽了抽嘴角："行吧。"

蛤棋石的材料是蛤贝。蛤贝自然生长，花纹薄厚不一。而雪印则指的是花纹均匀且可通体贯穿的蛤棋石，可谓是千里挑一。这样手工打磨出的一副棋子，说价值千金亦不为过。但蛤棋为白，与之配套的黑棋是用那智黑石打磨而成。过爷爷从库房最宝贝的匣子里摸出一黑一白两颗棋子，递给了身后双眼放光的叶简南。

谁知这小子得寸进尺。

"爷爷，你家是不是有打孔机？"

一贯端庄稳重的叶简南冲过爷爷绽开一个死皮赖脸的笑："爷爷，给我们打个孔吧。"

等到走出烂柯社时，江墨还是迷迷糊糊的。

"你为什么要送我这个？"

棋子打了孔，孔里穿了根线，便成了一黑一白两条棋子项链。叶简南把黑棋塞进自己的领口，又帮江墨把白棋的戴到她脖子上。温润莹白的蛤棋石戴在颈间，让一切钻石珠宝都黯然失色。

"别人我不保证，"叶简南轻声说，"江墨，我不会走。如果哪天我不在了，你就和这颗蛤棋棋子说话。

"蛤棋石与那智黑石会互相感应。

"我会回来找你的。

"我和你承诺。"

04.

夜深忽梦少年事，再醒来时，天光微亮。门外有脚步声，大约是江墨已经起床，正在洗漱。

叶简南坐在床上愣了一会儿，便将衣服穿好。谁知一开门，却迎面撞上个茫然的背影。

江墨穿了件米白色的毛衣，肩膀单薄瘦削，怔怔站在书架前。

他有些疑惑，轻声喊："江墨？"

对方身子一僵，赶忙将手里的东西往下放。谁知手一松，首饰盒子"咣当"一声坠地，木盒盖翻开，露出一条棕色线绳。

叶简南也愣住了。

棕色的线绳，下面串一颗玉珠，再下面，是一颗打了孔的黑色棋子。

两个人皆有片刻沉默。

翰城终年的温润气候，秋储巷昏黄的灯光，闻道棋堂的杨柳。童年往事铺天盖地地涌来，江墨低下头，将那智黑棋子捡起来，装得若无其事。

她问："你还留着啊？"

叶简南轻声道："一直留着。"

他走到她身边，接过首饰盒，把它重新放回书架。

江墨的表情很复杂，她看着他的一举一动，抱起手臂，没头没尾地说了一句："叶简南，你骗人。"

他顿住了动作。

江墨揉了揉眼睛，转身进了卫生间。关门的最后一刻，她转过身，也没有责怪的意思，语气竟似开玩笑一般："蛤棋石与那智黑石才不会互相感应呢，我说了那么多次，你从来没有回来过。"

门被"咣当"一声撞上，叶简南的神色终于显出几分黯然。

昨夜温度又降，他的车顶亦盖上一层厚厚的白雪。等他收拾完毕时，江墨已经先下楼等他了。

推开公寓的门，他走进奈县的茫茫白雪中。

大雪把一切都盖住了，脚踩在地上发出"嘎吱"的声音。时候太早，院子里还没别人，叶简南裹紧大衣，沿着地上那串新踩出的脚印走过去。

江墨的步子迈得很大，和她小时候一样，总是大步流星的。停车场新停了一辆厢式货车，把他的那辆车遮得严严实实。绕过货车，他忽地愣住了。

他车窗上盖了一层雪。

很薄很细的雪，把车窗染成一张白纸。纸上用手指画出了四个大字：

要开心啊。

"开心"笔画少，写得还规整些。"啊"字写得潦草，雪花粘连，糊成一团。

脖颈忽地一凉，他惊叫一声，回头便抓住始作俑者的胳膊。江墨身子一躲，没被抓住的那只胳膊扬起来，往他脸上糊了一团雪。

他躲闪不及，又好气又好笑。

"你干什么？"

江墨挣脱不开，帮他把雪掸干净。

她说："叶简南，扯平了。"

沉默片刻，她又说："叶简南，你开心点。"

你开心点啊。

叶简南低下头，看着江墨黑发上沾染的白雪，心里忽然起了个古怪的念头。

从公寓开车去机场，那念头迅速地生长壮大，让他手指忍不住有些痉挛。他装得像什么都没发生一样，帮她送行李，陪她办登机手续，给她买了早餐。

直到分离的最后一刻，江墨转过了身。

"叶简南，这应该是我们最后一面了。

"那就……再见啦。"

他没有回答，只和她摆了摆手。

她转过身，朝人潮汹涌处走去。叶简南望着她的背影逐渐消失，嘴角慢慢浮起一丝笑来。

最后一面？

江墨，既然能与你重逢。

那我就再也不会错过。

05.

L大，女生宿舍。

从奈县回来已经半个多月了，江墨在学校的生活也逐渐回到正轨。闹钟响了三遍，江墨才睡眼惺忪地从被子里爬出来。对铺的钟冉半梦半醒地坐起身，扒着床栏杆问她："今天有课？"

"没有，"她叼着牙刷一脸颓废，"我得去给大一做助教。"

"斌老板器重你，别这么丧。"钟冉给她打气。

斌老板即是江墨大三的课题导师廖斌。这位五十多岁的软件工程系主任并未被世俗对于程序员的偏见所绑架，将软件工程系主任和曲艺社骨干人物的双重身份融合得天衣无缝，且以"对自己实验室学生的个人问题格外关怀"闻名全校。鉴于他每年稳定促成五对的战绩，江墨他们软件学院内网被 L 大学子称为"世纪斌缘网"。

除了带他们大三的做课题，这些教授还得承包两节低年级的基础科目。斌老板大手一挥认领了高数，然后把判作业、签到这些任务全交给了自己的得意门生江墨。

江墨去阳台把漱口水吐了，洗了把脸就要出门。

"墨姐，"钟冉伸手死死拽住她，"我求求你打扮一下再出门，让大一新生对未来自己的大学生活有点期待。"

"期待？"江墨翻了个白眼，"进了软件学院，就不要对大学生活有期待了。"

高数课在明哲楼三楼。江墨进去得迟了，斌老板已经坐在讲台上整理着课件。看见她气喘吁吁地跑进来，他"哼"了一声，丢给她一本花名册。

"大三的学姐，一点带头样子都没有，"斌老板横了她一眼，"点名，点完名上课。"

台下坐了四十多个人，新生刚结束军训，江墨看了一眼台下无数被晒得黝黑的面孔，清了清嗓子，从花名册上第一个念起。

L 大军训时间出了名地长，被训练了大半个月的男生嗓音嘹亮，一声声"到"字震裂苍穹，吓得江墨险些跌个跟头。

然而念到第一页末尾时，她的声音突然停下了。

上一个学生以为点名的学姐没听见自己的答到声，提高声音又喊了一遍。江墨抬起头，视线循着教室转了一圈，不期然地对上了一张明显没经历过军训的白皙面孔。

"江墨？"斌老板听出不对劲，抬眼看着她，"你发什么愣呢？"

她如梦初醒，低下头，格外艰涩地开了口：

"叶，简，南。"

"到。"

清朗的男声从教室后排响起。

接下来的两个小时，江墨如芒在背。

她知道他坐在后面，她甚至知道他应该是在看着她。好不容易挨到下课，斌老板却叫住了她。

"别动，坐那儿等着。"

她绝望地瘫下去。

斌老板的夕阳可能是过于红了。不但唱戏，还要跳舞；不但拉二胡，还要下围棋。叶简南的到来，对他而言是天降大礼。

"久仰大名，"斌老板像古代人似的冲叶简南抱拳，"叶大师可是棋迷的偶像啊。"

叶简南还能说什么呢？他后退一步，也像个古代人似的推辞："不敢当，不敢当。"

"学高数的时候，我是你老师。下围棋，你就是我老师了。什么时候有时间，叶大师给我指点一盘，好吧？"

江墨翻了个硕大的白眼。

这个白眼翻得太明显，一下就把她的存在感加强了三倍。斌老板像是忽然发现了这么个学生的存在，"啪"的一声拍了下桌子。

"对，这是我的学生，也是你的学姐。江墨，带你学弟去学校转转，好好招待一下。"

江墨张口结舌，眼睁睁地看见叶简南回过头，朝她露出一个礼貌的微笑："学姐，带我转转去吧。"

两个小时后，江墨坐在食堂里，对着学院群里《优秀运动员免试入学推荐名单及信息公示》的文件露出了绝望的表情。

L大每年都会接收一批在专业领域上卓有建树的国家运动员，今年也不例外。除了田径等老牌项目，棋院今年也推选过来几个棋手，叶简南就是其中之一。

这位棋手把她的饭卡推回桌子一侧，语气不无揶揄："江墨，你是不是对我来你们学校念书特别不满啊？从上课起就没给我好脸色。"

她瞪了他一眼："没有。"

沉吟片刻，她接了一句："扮猪吃老虎，居心不良。"

"下午记得带我转学校，廖教授委派的任务。"

"我下午有课。"

"你没有。廖教授那儿有你的课表，我看见了。"

"叶简南？"她俯过身，格外认真地看着他，"你怎么现在这么死皮赖脸？当初那个冷漠儿童去哪儿了？"

叶简南对上她的目光，身子微微半仰，神色忽然略带黯然。

"他啊，"他垂下眼看着汤匙，"他死了。"

江墨一愣。

L大校园中间有条马路。马路以东的建筑多是新千年以后建造的，因此被称为新校区；马路以西则是原L大旧址，有山有水，人文景观和自然景观都更为丰富。

江墨没想到叶简南指名要去老校区的中山楼。

"那栋楼算文物，平常都不开放，你去那儿干吗？"

"我认认路。"

"认路？"

天有些阴，叶简南抬头看看云彩，若有所思："这周六有场围棋比赛，在学校中山楼举办。"

"是吗？这么大的事，我们怎么不知道？"

"除了对棋手算大事，现在谁关心围棋？"

他说的倒也是实话。江墨带着他东拐西拐，总算踏上了通往中山楼的小道。老校区的规划布局也很是传统，条条小路九曲十八弯，路边点缀着山石树木。

"怎么棋下得好好的，来L大上学了？"

"常老师推荐的我。"

"就是办常刀围棋道场的那位？"

"嗯。"

"学什么？"

"投资学。"

"祁翎也来上课？"

"是，不过，他高数没和我安排在一节。"

"叶简南，你当我傻啊？投资学是经院的，你在软件学院系统里上高数，动了什么见不得人的手段。"

"对啊！"他倒承认得毫不勉强，"我知道助教是你，就和校领导说我时间周转不过来，特意把高数课选到你们系里。"

江墨一时语塞。

抬眼便看到了中山楼，大理石浇筑出巍峨的楼宇，在半明半暗的天空下气势逼人。二楼的窗户缝隙里有泥土，竟然生长出了一株鹅黄色的花儿来。

"看什么？"江墨问他。

叶简南目光在木雕的窗框上流连片刻："好像翰城棋堂。"

他不说也就罢了，他一说，连江墨也想起了那栋古老的建筑。有水滴落在她脸上，江墨忽然反应过来："叶简南，下雨了。"

中山楼不让进，附近也没有避雨的地方。江墨着急往回跑，叶简南倒是不紧不慢。黑云迅速压过来，风吹得草木飒飒作响。

她急走了两步，身后的人却毫无跟上来的意思。

"快走啊！"她急得一把抓住叶简南的手腕，"被淋湿了怎么办？"

人与人相处久了，很多肢体动作都会成为习惯。叶简南体温低，江墨感受到他皮肤的冰凉之后，才反应过来自己握他手腕的时候根本没过脑子。

她瑟缩了一下想放开，叶简南却反手把她拉到自己身旁。

"那边有个保安亭，"他扬了扬下巴，"躲一会儿吧。"

雨顷刻之间就大了，江墨被他拉着躲进了狭小的保安亭。老校区的人实在是少，以至于许多安保措施都形同虚设，譬如坏了的报警器和这间从来没人的保安亭。

门关上，窗关上，亭外风雨大作。密闭的空间里，他们的呼吸声变得格外清晰。

打闪了。

与叶简南相比，江墨是个极度受不了尴尬的人。她清清嗓子，试图打破保安亭里难熬的沉默："你周六比赛？"

"是，"叶简南抬眼看她，"你要来？"

"我去干吗？"江墨翻了个白眼，"好不容易没课。"

谁知对方挑起了眉，一脸意味深长："你来吧。"

"我去干吗？"

"你来我能赢。"

话说到这份上，江墨已经是骑虎难下。她有点懊恼为什么要和叶简南躲在这保安亭里——这要是在宿舍楼下，她转身离开就能一了百了。

她越不说话，气氛就越尴尬。雨势一点都不见小，叶简南俯低身子，几乎是在江墨耳边说："周六，来看我比赛，好不好？"

堂堂国手，竟然如此无赖。江墨肩膀塌下来，满脸被命运支配的挫败感："好。"

半个小时后，L 大雨过天晴。

叶简南把江墨送到宿舍便转身朝校门的方向走去。校门口停了辆车，驾驶位上坐着个侧脸轮廓极其锐利的男人。叶简南敲敲车窗，对方转过头，露出了另一半脸上通红的疤痕。

"上车吧。"他偏偏头示意道。

绑好安全带，叶简南抽出几张卫生纸把头发上的雨水吸干。

"江墨答应了？"

"嗯。"

"真是老谋深算，"祁翎发动汽车，"知道要下雨还让人家陪你去老校区。"

"心理战。"叶简南舒展了一下脖子。

"我算知道瞿九段以前为什么不喜欢你了。"

"为什么？"

"他说你下的棋步步为营，棋风不像好人。"

"不是好人就不是吧。"叶简南毫不在意地笑了笑，"再过几年没有江墨的日子，我就是个死人了。"

06.

周六没有课，江墨一般是会躺尸到中午才起床的。摁了三次闹钟后，她被钟冉的靠枕砸了起来。

"你是不是忘调闹钟了？"

江墨哼哼唧唧许久，脑中白光一闪，猛然弹了起来。

叶简南的比赛！

周六的清晨，鸟语花香，晨光和煦。宁静忽然被车铃声打破，江墨一个刹车，停到了老校区错综复杂的小道前。

屏息凝神思考半晌，她总算想起中山楼的方向。然而还不等再次出发，身后却忽然传来一声呼唤："同学，你是本校的吗？"

她回头看去——

身后的女孩气喘吁吁地扶住膝盖，长发高高束起，发梢垂到腰际。即便她已经打扮得相当低调了，却仍然遮不住她本身的艳丽。

是一种有杀气的美。

江墨愣了一瞬，随即反应过来："是。怎么了？"

她扶了扶额头，直起身子："你知道中山楼怎么走吗？"

中山楼？

江墨嘴角一扬，朝她拍了拍后座："你上来吧，我也去中山楼。"

她这辆小破车，带过钟冉，带过斌老板，还带过图书馆三尺厚的专业书。眼看都要报废了，想不到它有生之年还能载个这么漂亮的姑娘。

"你去中山楼干吗啊？"江墨微侧过头问。

减速带让单车颠簸起来，那女孩双手扶住江墨的车座，轻声回答："看比赛。"

"围棋比赛？"

"嗯。"

江墨莞尔："你是棋迷？"

对方愣了愣，轻笑出声："其实……我不太懂围棋。"

八点四十分，棋手陆续入场。这还是江墨第一次来中山楼，前脚刚进门，后脚就听见一声尖叫。

"天啊，那不是霍舒扬吗？"

面前掠过一阵疾风，江墨被突然聚集的人流挤得差点摔个跟头。转过头，被围在人群中的正是刚才被她带过来的那个女孩。

她显然也没想到会遇到这么多记者。摄像机围了一圈，霍舒扬有些茫然地站在人群中，保持着一个僵硬的微笑。她求助似的看向江墨，目光却在望向江墨身后的一刹那定住了。

一只骨节修长的手按住了江墨的肩膀。

围观霍舒扬的记者显然也发现了江墨身后的来人。情况一下陷入两难的境地——叶简南，是他们此行的目的；然而霍舒扬，显然是个更大的惊喜。

然而不等大家雀跃，叶简南身边的男生脸色忽然沉了下来。江墨眼睛一亮，抓住救命稻草似的躲到了祁翎身后。

不同于与叶简南四年未见，祁翎每年都会到闻道棋堂去探望江墨爸爸。江墨就这么眼看着少年人的轮廓被年月拉伸开，肩宽腿长，单是站在阴影里便能给周围带来一种压迫感。但祁翎其他地方越完美，就越衬得那半张脸阴郁可怖。再加上他对媒体一贯不客气，即便他和叶简南在年轻一代棋手里同样出类拔萃，也少有不要命的记者敢来骚扰他。

"简南，你快进棋室吧，"他对眼前的喧哗视若无睹，"别又拖到最后入场。"

"好，"叶简南点点头，"你带江墨去研究室。"

棋手要入场，记者便没有了缠着的道理。江墨跟着祁翎走向走廊的研究室时回头望了一眼，只见那个叫霍舒扬的女孩子被人群簇拥着，一言不发地望着他们的背影。

"她是谁啊？"

祁翎帮她开门时，江墨忍不住多问了一句。

有光从研究室照出来，祁翎的五官便淹没在这汹涌的白光里，他的嗓音忽然显得过分克制："不认识。"

江墨觉出奇怪，可等门关上时，祁翎的表情却是滴水不漏。她狐疑地打量了他一眼，转过头，被房间里突然聚拢的目光吓得膝盖一软。

祁翎显然也没想到屋里会有这么多人。正对着他坐着的是个十几岁的小男生，嘴里叼着半袋奶，手指颤啊颤地指向江墨："翎哥，什么情况？"

祁翎维持着自己一贯的不动声色："你们什么情况？怎么全来了？"

小男生旁边坐了个二十来岁的年轻男人。江墨认识的棋手大多骨子里有些禁欲感，因为常年不苟言笑显得少年老成。这个男人倒好，舒展着身体往沙发上一瘫，懒洋洋地回答："一日不见叶大师如隔三秋，我们来为他做应援啊。"

说完，他给江墨腾出一片地："小姐姐，来我这儿坐，我给你现场解说。"

周围几个棋手集体"吁——"了他一声，随即作鸟兽散。祁翎显然只和这两个人还熟悉些，领着江墨和他们坐到一起，一脚把刚才说话的男人踢到一边。

"别瞎撩，小心一会儿你叶大师出来吃了你。"

寸头青年"哦"了一声，恍然大悟地看了过来："你就是江墨啊？久仰大名。我是裴宿，这小子叫景深沉，都是棋院的。"

虽然也不知道裴宿是从哪儿"久仰"了自己的大名，江墨还是客气地朝他笑了笑。

所谓研究室，就是正式围棋比赛的时候一个供职业棋手现场讨论的会议室。而墙壁上的屏幕，会在比赛开始后对棋盘进行实时转播。

现在比赛还没开始，镜头对准的不是棋盘，而是叶简南。

其实重逢以来，江墨还没有像现在这样肆无忌惮地盯着叶简南看过。

无论表面上是怎样插科打诨，她内心深处是知道的，他们已经不是当初那两个小孩子了，他们中间到底还是隔了一层。

所以，她总在逃避他的眼神。

这是她时隔四年之后第一次这样认真地看向他。

隔着屏幕，隔着镜头，她看到他眼底有一层青灰。男孩子长大成人是一件多么奇妙的事啊——五官变得凛冽，肩膀变得宽阔，肩胛骨把衬衣抵出浅浅的痕迹，仿佛能透过那层薄薄的布料听见骨头拔节的声音。

可她错过了。

她错过了他最好的五年。

他也是。

棋赛开始，叶简南垂下了眼。镜头对向棋盘，右下角的小目落了一颗黑子。

江墨从小跟着父亲住在棋院里，虽然棋艺不精，但多少还是懂些围棋的基本规则。但是在她认识的棋手里，她最讨厌的就是看叶简南的棋。

祁翎的棋是好懂的——杀就是杀，破就是破，弃就是弃。叶简南却鬼手特别多，时常在开局时有一些莫名其妙的落子，叫谁都摸不着头脑。可是等到战况激烈时，这颗棋子总会突然派上用场，杀得对手猝不及防。

果然，开局不过八分钟，景深沉和裴宿便哀号起来了。

他们面前也摆了个棋盘。叶简南那边下一步，他们就跟一步，把镜头上的棋局原样复制到了自己的棋盘上。裴宿用食指敲打着中腹处的落子，一脸的不可思议。

"简南这又是在干什么？"

景深沉没说话，手指点着棋盘，大脑明显在高速运转着。几个人正意图参透叶大师的心思之际，门外突然传来了一阵嘈杂。

其中夹杂了一个女声。

裴宿和景深沉没在意，祁翎的神色却变了。他皱起眉，两步便跨到了门口。嘈杂声渐大，他开门低喝一声："你们安静点。"

门内门外都寂静下来了。

门缝半掩，江墨抬起头，意外地发现霍舒扬的身影一闪而过。再一眨眼，祁翎也不见了。

研究室大门紧闭，就好像刚才的嘈杂从来没有发生过一样。

裴宿二人显然已经习惯他们翎哥这副煞天煞地的做派，愣了片刻便继续回到棋盘讨论上。江墨听得半晌觉得无聊，忽然对刚才消失的那两个人格外好奇。

她清了清嗓子，站起了身："我去个卫生间。"

裴宿瞥了她一眼："去听八卦就直说，回来记得给我们讲啊。"

江墨一个踉跄，差点摔倒。

比赛已经开始半个小时了，方才还熙熙攘攘的一楼大厅变得格外空荡。江墨蹑手蹑脚地贴着墙壁前行，果然听到了祁翎那标志性的冷淡声线。

"你别跟着我了。"

"我来看棋赛也不行？"霍舒扬昂着头，发梢有一个流畅的弧度，"我也是棋迷啊。"

"是我多管闲事。我当初要知道你是桥牌冠军，就不会不自量力地帮你出头。"

"你觉得那是多管闲事？"女孩摇摇头，"我倒觉得那是命中注定。"

"你……"祁翎难得语塞，"你明知道记者全都想从你身上找点击量，就别这么大张旗鼓的。刚才要不是我让他们走，你还不知道要被堵到什么时候。"

"是呀，"霍舒扬踮起脚，凑近他的鼻尖，"所以我又欠你一个人情。"

大厅传来一阵凌乱的脚步声，明显带着些落荒而逃的意味。江墨屏气凝神了半晌，霍舒扬的声音慢条斯理地传过来。

"别躲了，出来吧。"

她讪笑一声，尴尬地从柱子后面站了出来。

"原来……"江墨指指祁翎离开的方向，"你是来看他的啊。"

"是啊，"霍舒扬撇嘴，"他在棋院躲着我，我只能在比赛的时候来找他。"

顿了顿，她又把目光转向江墨，眼里飞过一道杀气："你看起来和祁翎很熟？"

"啊，不不不，"江墨心道不妙，急忙撇清关系，"我和他一般熟。不过……居然喜欢祁翎啊……"

"他就是个冰块。我认识他也挺久了，还没见过他对围棋以外的什么感兴趣。"

霍舒扬若有所思地点点头，然后忽然笑了。

她实在是太美了。剑眉，红唇，头发扎得很高，整个人像把出鞘的剑。往前踏了一步，她意味深长地看着江墨："哎，你知道吗？我们下桥牌的人，直觉都很准。"

江墨愣住了。

"我的直觉告诉我，祁翎这块冰，早晚会被我融化掉。

"我的直觉还告诉我，那个叫叶简南的男人，会和你在一起。"

江墨怔怔地看着她，被她的气势压得半个字都说不出来。她把一切都说得太肯定，仿佛从这一刻起，故事便没了回旋的余地。

铃声大作。

比赛结束。

身后越发嘈杂起来，霍舒扬转身消失在人流中。江墨站在人来人往的一楼大厅，心里有种茫然。

她……会和叶简南在一起吗？

再次……在一起？

愣了半晌，江墨突然自嘲地摇摇头。

不会的，他们两个，从那件事情发生开始，就已经没了回旋的余地。

07.

祁翎几乎是回到宿舍的一瞬间就瘫在了床上。

说是宿舍，其实是他、叫简南和裴宿的合租房。他们几个刚定段的时候就住在一起了，即便是后来收入水平高了几十倍，也因为熟悉彼此的生活方式选择继续合租生涯。

也是，像他们这种职业棋手，饮食起居都和普通的年轻人不太一样，这样住在一起反倒能彼此照应。三个大男人搭伙过日子，也是棋院内的一段佳话。

闭上眼，和霍舒扬的初遇便又浮现在他眼前。

酷暑，美国，拉斯维加斯，面具之夜。

本来他只是因为比赛行程提前结束才陪着裴宿和景深沉去看个热闹，却因为怕那个看似人畜无害的小姑娘被骗而施以援手。他们职业棋手记牌和吃饭喝水一样简单，但他不熟悉桥牌规则，三局下来勉强和对方打了个势均力敌。

他真傻啊。

他要是知道那个在一旁看着他的霍舒扬是连续两届的国际桥牌大赛冠军，他绝不会出那个风头。

然后呢？

然后，她就缠上了他。

那么年轻漂亮的小女孩，应当是喜欢那些美好而精致的东西才对。可为什么，为什么他摘下了面具后，她仍然坚定地站在他身后说着"喜欢"呢？

"喜欢"是什么？

"喜欢"是多好的东西啊，他这种人，怎么拥有得起呢？

祁翎伸出手，慢慢抚摸着右脸上通红的印痕，那是他从出生起便带有的印记。就因为这印记，他被歧视，被厌恶，被排斥。

如果不是围棋，他或许真的会变成一个怪物。

他冷漠，他刻薄，他不苟言笑。他的棋风犹如狂风骤雨，每一步都似一把沉重的大刀在棋盘上砍杀。从十四岁定段到如今，他是棋坛的一个传说，媒体称他为"鬼面棋士"。

鬼面棋士啊。

这样的他，怎么配得上霍舒扬呢？

门锁响了一声，叶简南也回来了。祁翎收敛好情绪，开门出去和他打了个招呼。

"你今天没和江墨去吃饭？"

"没有，"叶简南略带不解地摇头，"不知道霍舒扬和她说了什么，她今天情绪有点低落。"

听到那个名字的一刹那，祁翎的眼神有一瞬间的躲避。

叶简南和他做了这么多年朋友，显然捕捉到了他那丝转瞬即逝的情绪。可叶简南刚想开口说些什么，手机却振动起来。

叶简南看了一眼屏幕，脸色一变。

"我去阳台透透气。"他和祁翎示意道，随即把阳台的门关死。

叶简南的屏幕上是一条短信："我是霍舒扬，给我打电话，避开祁翎。"

他也不知道霍舒扬从哪儿搞到他的手机号，确认了一下祁翎已经回到自己房间，叶简南点开发送人按了"拨出"。

只响了一声，那边就接了。

"什么事？"他开门见山。

霍舒扬很是欣赏叶简南这种不寒暄不废话的性格，她把玩着手里的红桃 K，慢悠悠地开了口："叶大师，我看你和那个叫江墨的女生很有问题啊。"

叶简南皱了皱眉："你这是什么意思？"

红桃 K 被揉皱了，她换了张梅花 A。

"叶大师，咱俩都是聪明人，合作一下怎么样？"

"合作？"

"十月在平湖举办的十番棋比赛，你和祁翎都要去吧？"

十月四日，他们的老师常刀会和韩国选手孟昌宰九段在平湖大酒店举办十番棋比赛第二局。这两个站在巅峰的男人的对弈百年一遇，他们这些棋院的棋手绝不会轻易错过。但这事……

霍舒扬是怎么知道的？

"是，要去。"

"好。"霍舒扬的声音轻快了许多，"叶大师，我帮你说服江墨去平湖，你帮我安排和祁翎独处一天。这个交易，你觉得划不划算？"

他不作声。

"你本来也想叫江墨和你一起去的吧？不过，这事可不比去中山楼看场比赛那么简单。千山万水的，你用什么借口，你自己想好没有？"

叶简南在棋盘上纵横多年，如今忽然觉得自己的智商被个玩牌的压制了。

"我没办法，你就有办法？"

谁知那边传来一声轻笑："我当然有办法。"

"那好，"叶简南把手里的打火机扔起来，又接住，"成交。"

第三章
平湖十番棋

01.

十月一日，北市到杭市的动车。

叶简南看了半晌身边睡眼蒙眬的江墨，还是觉得有些不可思议。

三天前，江墨忽然自己找到棋院来，说要和他一起去平湖看常刀的十番棋比赛。他变着法地引诱江墨把原因说出来，她却打死不松口。到最后逼急了，她丢下一句"你不愿意带我去算了"就要走。

那他哪能答应！

给人家买了车票订了酒店，又求着棋院前辈多给了一个平湖大酒店的入场名额，到江墨和他一起坐上去杭市的动车，叶简南还是恍然若梦。

那边，江墨又打了个长长的哈欠。她泪眼蒙眬地望向叶简南，对方正心不在焉地翻看着平板电脑上保存的棋谱。

"谁的？"

"常老师和孟昌宰九段。"

江墨略显惊讶："他们下过这么多棋？"

"当然了。之前那么多年，世界大赛打到最后，十次有八次只剩他俩。"

江墨点点头。孟昌宰她不熟，常刀的名字却是如雷贯耳。且不提他和江闻道的私交，就说当时棋堂的小棋手，他们十有八九是常刀的棋迷。而常刀开设的"常刀围棋道场"，更是带出了叶简南、祁翎这一批棋坛新秀。

围棋这种运动其实和赛场上的竞技一样，拼的是年轻。老话说，二十岁不成国手终身无望，而常刀显然已经过了棋手的黄金年龄。

但在风头正劲的几个年轻棋手看来，他的棋力却并没有随着年龄的增长而显出颓势。最有趣的是，即便常刀在国内战事上偶有疲态，但只要在国际上遇到孟昌宰九段，他便会爆发出惊人的棋力。

常刀和孟昌宰的对弈，奇局妙局数不胜数，精彩片段会被各国棋手十次百次地揣摩。他俩的对局往往大开大阖，攻守态势变化无穷，是当之无愧的"棋逢对手"。

而这次的平湖十番战，正是这对"绝代双骄"的一场宿命对决。挑战由孟昌宰提出，两国媒体共同炒热，而常刀这边，不能不应。

十番棋顾名思义，是由双方棋手对弈十局，先赢六场者获胜。常孟十番棋每场相隔时间一个月之久，每次都会选在不同的城市，既开展比赛又推广围棋文化，声势浩大到吸引了多国媒体的关注。

平湖之战是比赛的第二场。其实早在清代，围棋国手范西屏与施襄夏便于平湖对弈，史称"当湖十局"。主场作战，又选在这么个历史名城，让这一场对弈显得格外关键、格外激动人心。

然而对江墨而言，这一切都回归到了一个最简朴的问题上："叶简南，你觉得谁能赢？"

这个问题实在是太简朴又太尖锐。叶简南沉思片刻，苦笑着看向江墨。她挠了挠下巴，僵硬地转换了话题："——那，你和小深沉谁比较厉害？"

小深沉就是景深沉。这孩子虽说才十九岁，可两年前就在世界围棋等级分排名榜前列了。江墨本来提出这个问题是想缓和一下气氛，没想到叶简南的表情变得更凝重了。他站起身扫了江墨一眼，系上扣子一言不发地去了卫生间。

徒留一道忧伤的背影。

"江墨姐姐，你快别说话了。"裴宿扒着椅背把脸伸到她身边，"简南都连输小深沉四盘了，这孩子简直天下无敌。"

"嗯？谁？"一边的小深沉突然把眼罩掀开，一脸大梦初醒的困倦，"谁天下无敌？"

裴宿没好气地白了他一眼："你，你天下无敌，行了吧？"

小深沉满意地哑哑嘴，也不知道听进去几个字，戴上眼罩重新陷入昏睡。

江墨倒回椅子，满脸服气。

就包括叶简南在内的这帮幼稚儿童，一个个都是国际上顶尖的围棋高手。

谁信啊？

火车开了一夜。

比赛定在十月四日的平湖大酒店，届时会有车来杭市把他们接过去。几个年轻人舟车劳顿，一到达在杭市预订的宾馆就纷纷昏睡过去。

裴宿和小深沉一屋，祁翎和叶简南一屋，江墨自己一屋。

"小深沉怎么又睡？"江墨摇摇头，"这孩子睡一路了。"

叶简南靠在门口笑："他就是醒着的时候用脑过度，精力太旺盛，所以觉特别多。"

"简南，"祁翎的声音从对门传来，"我也要睡会儿，你要不进来把房卡拿上。"

"你先睡吧，我待会儿要出去。"

"你去哪儿啊？"江墨收拾行李的手一顿。

"去……一所学校。"

江墨怎么也没想到，叶简南会去一所聋哑学校——相比于普通校园的喧闹，这所连操场都没有的学校实在是过分寂静了。

叶简南带着她走到了二楼尽头的一间教室外。

墙上开了扇窗子，透过玻璃，能看到教室里坐了几个十来岁的学生。

黑板上写满了围棋死活题，但讲台上的老师却一言不发。

她在用手语讲解。

江墨略显惊讶："这是……"

"针对聋哑学生的围棋课。"

叶简南看向她："前几年我和祁翎在杭市培训过一段日子，空闲时间在这儿做过支教老师。当时我就想，如果他们不能说也听不到，围棋是不是可以成为他们的另一种语言？"

他话音刚落，屋子里突然传来了一阵敲打声。江墨抬起头，这才发现教室里的孩子全都回头看着叶简南，用手掌卖力地拍打着桌面。

讲课的老师也很惊讶，丢下粉笔就跑了出来。

"叶老师？你怎么来也不打声招呼？"

叶简南和她握了握手："我就过来看看，明天就走了。"

老师倒也爽朗："那我就不上课了，他们都可想你了。"

里面的孩子越发躁动，叶简南急忙走进教室。那老师打量了眼江墨，笑眯眯地问："你是叶老师的女朋友吧？"

江墨深吸一口气，一脸无可奈何："老师，我脸上是写着'叶简南女朋友'这六个字吗？"

一定是写了吧？不然怎么从拉面店阿婆，到霍舒扬，再到如今这个八竿子都打不着的学校老师，人人都如此笃定？

那老师捂住了嘴，像是意识到自己说错了话。但随即，她按住窗户玻璃，语重心长地劝道："叶老师，可是个好人。"

"是吗？"江墨语调上扬，似是想起了什么事，"怎么好？"

"两年前，我们学校因为资金问题要关门，老师都走得就剩两三个。那时候叶老师和另外几个棋手在杭市有训练，也不知道是谁告诉他们这个消息，他们就主动来帮我们上课。"

"那几个人还会上课？"江墨有点不敢相信。毕竟，职业棋手定段以后就不太去学校了，她实在想象不出叶简南在黑板上写公式的样子。

"小孩子的课，没有那么难，"老师笑了笑，"开始只教基础课，后来，叶老师开始教他们下围棋。"

屋里虽然没有说话声，但脚步声却显得很嘈杂。叶简南被孩子们团团围住，年龄小的挂在他身上、坐在他怀里，年龄大的就站在他身边。他好脾气地和他们比画着手语，脸上不时露出微笑。

老师继续讲："叶老师教了他们两个月，给他们报了比赛，竟然有个孩子拿了奖。有记者报道了这件事，学校的经济问题一下就解决了。这两年叶老师偶尔来给孩子上课，棋手们的资助也一直没断过。"

教室里的叶简南身上的衣服被孩子们都扯乱了，老师急忙走进去维持秩序。江墨静静地站在窗外看着那个笑得一脸和煦的男人，忽然想起她之前问他："当初那个冷漠儿童去哪儿了？"

他说："他死了。"

无论他这些年经历了什么，他确实与过去很不一样了。

叶简南从孩子堆里逃了出来。他的衬衣皱了，襟前扣子被扯开一颗，整个人无比狼狈。对上了江墨高深莫测的眼神，他尴尬地抓抓头发。

她没说话，伸手帮他把扣子系好，又拉平上衣的褶皱。叶简南身上有股草木香，靠得越近，就越浓郁。

"叶简南，"她在他耳边说，"你真的不一样了。"

"人总是会变的吧。"

江墨退后一步，眼神忽然一暗："那你会后悔吗？"

叶简南怔住了。

"后悔五年前你的决定？"她轻声问，"你现在倒是活成一个好人。不过那个时候，你可真狠心啊。"

他的手指慢慢捏紧了。

沉下声，他的眼神忽然变得很暗淡。

"江墨，我……很后悔。

"非常后悔。

"我那时候太年轻，对胜负看得太重。我——"

"叶老师？"女老师的声音从他身后响起，"你忘拿手机了。"

他僵硬地接过手机，朝老师道了声感谢。老师又看了看他，忽然开口："叶老师，我认识你两年，今天第一次见到你这么开心。

"你让这里的很多孩子找到了活着的乐趣。

"我和孩子们，希望你也能找到你的乐趣。"

叶简南的手指摩挲着手机屏幕，脸上有一种无可奈何的笑："我尽量吧。"

回去的路上，叶简南变得格外沉默。江墨望着车窗外流逝的街景，轻轻碰了一下他的肩膀。

"他们都说，你前两年总是心情不好？"

"谁说？"

"拉面店的老板娘、祁翎，还有刚才那个老师。全世界都知道，你是有多不开心啊？"

"嗯……"他斟酌着词语，"也没有吧，就是高兴不起来。"

"去年好点？"

"嗯。"

"怎么好的？"

车停了，乘客如流水般穿梭在车门前。叶简南后仰着头，把整个人晾在了车椅上。

"说了怕你不信。"

"我信。"

"我去年去 L 大找你了。"

他冲着车顶笑起来，语调有些压抑："我那年输得太惨了，连新人都下不赢。棋院给我放了半年的假，我在奈县过了冬。奈县的冬天很冷，我以为自己要死在那儿了。

"回国的时候，祁翎告诉我，你考到北市念书了。"

那个春天，叶简南每天坐车跨越半个北市，在 L 大女生宿舍楼底下一坐就是两个小时。在那两个小时里，他可以什么都不想，什么都不做，大脑完全放空，身心无比宁静。

他知道，江墨在离他不到三百米的地方。

有的时候会看到她下楼，有的时候不会。他逐渐发现，只要能隔三岔五地看到江墨，他的心情就会好一点，他的胜率也会高一点。

他开始赢棋了。

"你在哪儿等我？"

"往东面数第二条长椅，"叶简南闭上眼，"旁边有棵大树挡着，不太明显。"

江墨看着他疲惫的样子，心里忽然开始钝痛。

车快到站了。日暮风起，吹得满城桂花香。车窗外的喧哗入了耳，夹杂着叶简南低沉的声线，仿佛是他在喃喃自语。

"江墨，我真的很后悔。

"原来没有你，我做什么都不行。"

02.

送江墨回房间不久，霍舒扬就发来了短信。

"叶大师，怎么样？"

祁翎在洗澡，叶简南把手机调成振动："进展良好。"

"那……我的事呢？"

水声停了，吹风机的声音响起来，叶简南争分夺秒地回复："你到杭市了吧？"

"到了。"

"明天上午十点，杭市美院西门，你开车去接祁翎。"

浴室门"嘎吱"一声，祁翎穿着灰色睡衣走了出来。叶简南看向他的眼神格外一言难尽——对不起啊，把你给卖了……

"你看我干吗？"祁翎瞥了他一眼。

"祁翎，你……帮我个忙吧。"

"什么忙？"

"你明天去平湖，能不能别和我们一起走啊？"

"为什么？"

"我……"叶简南一咬牙，一闭眼，为了和霍舒扬打好配合脸都不要了，"我想和江墨去……办点事，你在不太方便。"

祁翎擦头发的动作蓦然止住，半晌，他的脸上浮起一种一言难尽的表情。

"行，"他慢吞吞地说，"我不和你们一起，行了吧。那我怎么走？"

叶简南倒真是面不改色心不跳。

"我有一个朋友，明天要从杭市开车去平湖，我让她把你捎上。"

脑袋埋在毛巾里的祁翎完全没发现叶简南的异常。头发上的水珠四溅的同时，他含含糊糊地答应了："行吧，一会儿给我那人的联系方式。"

十二个小时后，祁翎拖着行李箱站在美院西门的树荫下，脸上的表情僵硬得仿佛一张冻实了的面具。

他用尽全力张开嘴，脸上的面具裂开一条缝。

"你就是叶简南的朋友？"

霍舒扬靠在车门上，英姿飒爽地用手撩起长发。发香随着满城桂花香悠然散开，祁翎的心理防线在那一刻溃不成军。

另一边，开往平湖的中巴车里，从各地赶来的棋手睡得东倒西歪。

江墨还是有些觉得不对劲。

"祁翎为什么不和我们一起走啊？"

叶简南若无其事地看着窗外的风景，面不改色心不跳："他在杭市还有点事，明天早上再赶过来。"

手机振动，他垂眼一扫——

"叶大师，合作愉快。"

叶简南一行人到达酒店时，大堂里已全都是熟悉面孔。年轻棋手多多少少在比赛上打过照面，和迎面而来的人们寒暄了无数次后，他们总算挤到了办入住手续的地方。

裴宿忽然拍了下叶简南的肩膀。

"简南，看，瞿老师。"

他们前面站了一对男女，两个人都是五十岁出头，一身棉麻衣服，一派仙风道骨。或许是听到身后的说话声，他们的目光也随之转了过来。

几个年轻人肃然起敬。

"瞿老师，霍老师。"

江墨这才反应过来。

是和她父亲同辈的棋手，棋坛上戏称"十八段夫妻"的瞿丛秋九段和霍以白九段。

也不奇怪这些年轻棋手如此尊敬，这对夫妻年轻的时候都是排名前列的国手，霍以白更是难得一见的女子九段棋手。只是近年年轻棋手风头太盛，他们退居二线，很久没有在棋院里出现了。

但江湖上一直流传瞿老师非常不喜欢叶简南的传闻，根据目前的情形看来，此言非虚……

"祁翎那孩子呢？"瞿老师左顾右盼许久也没看到自己最心仪的年轻棋手，不禁颇为失落。瞥了一眼叶简南，他冷哼一声："你也来了？"

霍以白作为女性棋手显然温柔了许多。她拍拍叶简南的肩膀，示意他先去把入住手续办了。

潜台词就是：你可别在你瞿老师眼前晃了……

"瞿九段不喜欢简南，嫌他下棋太诡，"裴宿小声和江墨解释，"倒是祁翎那不要命的棋风和瞿九段年轻时候一模一样。"

江墨点点头，继而联想起自己亲爹江闻道那和叶简南如出一辙的棋路，以及棋坛上常年流传的"瞿九段与江闻道不和"的段子，不禁恍然大悟。

瞿丛秋眼锋一扫，打量了一下江墨，神色忽然有点困惑："你怎么这么眼熟？"

岂止是眼熟，江墨还不会走的时候瞿丛秋就抱过她了。但是叶简南站得太近，她实在不打算提起这些陈年旧事。

谁知霍以白的记性过分地好。

"老江，是不是？"她指着江墨，"和老江年轻时候长得一模一样。"

话都说到这份上了，江墨只好认下来："瞿老师，好多年没见了，我代爸爸向您问好。"

"你爸爸是……"

"江闻道。"

瞿丛秋和霍以白都是一惊。

"你真是江闻道的女儿?"霍九段拉着她的手上下打量。

"好多年没听到老江的消息了，"瞿九段也感慨起来，"他说回翰城教围棋，怎么现在杳无音信的?"

江墨欲言又止，正巧被身后一个中年男人打断："瞿老师，付老等您半天了。"

瞿丛秋忙不过来，朝她挥了挥手："我有点事，回头聊啊。"

江墨如释重负地点点头。

那边叶简南的入住也办好了。常孟十番棋声势浩大，全国的棋迷都往平湖赶。别说这间承包比赛的酒店了，旁边几家听说也没了空房。

告别了瞿丛秋夫妇，办好入住，江墨本来以为老老实实等着比赛开始就行了。谁知晚饭刚吃了一半，叶简南的手机铃声便疯狂作响。

江墨坐得近，抬眼一看，屏幕上赫然显示"祁翎"两个大字。

"不接了。"叶简南略显心虚。

"接呗，"江墨莫名其妙，"问问他住哪儿了，明天怎么过来?"

叶简南神色忐忑地接通了电话，随即把手机挪到离耳八丈远。

怎么说呢……

江墨和祁翎相识十年，还是第一次听到他这么中气十足地吼："叶简南，你立刻滚来见我!"

半个小时后，江墨坐在叶简南从霍九段那儿借来的车里，鄙夷地看了他一路。

"不是说人家在杭市有事吗?

"霍舒扬给了你什么好处啊?"

叶简南木着一张脸，满心满脑要和霍舒扬秋后算账。

原来霍舒扬送祁翎那辆车是在杭市借的，开到半路发动机出了毛病，两个人就这么被搁在了高速公路上。来处理的交警本来要送他们回杭市，霍舒扬却执意从路边的修车店租了一辆摩托车，狂飙三个小时前往平湖方向。

大概是人不顺喝水都塞牙缝吧。俩人到市区不久，摩托没油了。

打听了一下，最近的加油站也要走一个小时，更何况得推着几百公斤的重型机车。

祁翎把车扔在路边，终于不干了。

叶简南和江墨到的时候，这对苦命鸳鸯正蹲在路边谁也不理谁。方才的生死时速让两人的头发被风吹得造型格外后现代，更别提身上混为一体的汗和土了。

祁翎瞪叶简南，叶简南瞪霍舒扬。霍舒扬无人可瞪，只好含情脉脉地望向江墨。

江墨打开车门，僵硬地扯动着嘴角微笑："你们，上……上车吧。"

一番折腾下来，到酒店时已是深夜。

这场十番棋声势浩大，各地棋迷纷纷奔赴此处，附近大小酒店均已客满。霍舒扬这号人以往出门从来是主办方帮她把一切打理好，哪想到自己会落到无房可住的境地。

两间房，四个人，情况十分尴尬。

"霍舒扬，"叶简南硬着头皮暗示，"江墨那屋能睡俩人。"

谁知霍舒扬立刻抗议："我从来不和别人一起住。"

祁翎余怒未消："你当我现在愿意和叶简南睡？"

场面僵持不下，酒店房门开久了，便发出了"嘀嘀嘀"的警报声。霍舒扬从叶简南手里抽过房卡，一转眼消失在门缝里。

"我睡了，你们自己解决。"

祁翎走到景深沉的房门前"咣咣咣"敲了三下。屋子里有沙发，他是宁愿将就一宿也不想理叶简南了。

徒留两位无辜被嫌弃的人面面相觑。

"江墨，"叶简南指指房间，"你说咱俩又不是没一起住过……"

"咣！"

可惜记者都不住这层，不然第二天头条恐怕不是《常孟十番棋平湖开战》，而是《叶简南八段深夜酒店捶门高呼为哪般》。

"江墨，江墨你让我进去啊，我不能睡走廊里吧？祁翎！祁翎你开下门，江墨不让我进去！"

据说后半夜的时候，江墨终于给他开了门。

但是只给了他条毯子，然后让他在地板上睡了一晚。

叶简南被地板硌得辗转反侧时非常后悔，当初给江墨订酒店的时候怎么就没订间带沙发的客房呢……

03.

天才少年景深沉同学连续昏睡了三天，终于在比赛当天清醒了过来。

不但醒了，还醒得很早。酒店楼高，从窗外能望见江南的初秋景色。远处的老城区有保留下来的水乡民宅，河道纵横石板路，卖早点的婆婆推着车轧过曲折的小道。

城市刚苏醒。

常孟十番棋开始的时间还早，景深沉想先出去透透气。轻手轻脚地洗漱完毕后，他忽然听到楼道里传来一阵低语。

小深沉打开一道门缝，把耳朵凑了过去。

"哎哎，别碰，真的腰疼。"

"你怎么一晚上就撑不住了。"

"你干的那叫人事吗？自己倒是舒服了。"

"谁让你非要和我住一屋的。"

声音渐远，小深沉五官抽搐，几乎握不住门把手。想不到，想不到一贯衣冠楚楚的简南哥，就在与他们一墙之隔的地方，做出了这种事情……

他气呼呼地回到床上，早饭也不想吃了，衣服也不想换了。看着同房熟睡的祁翎，又联想到那个对他穷追不舍的女子桥牌冠军，小深沉不禁悲从中来。

他也成年了，不能再沉迷围棋不问凡尘俗世了。找女朋友这件事，是该提上日程了。

　　另一边，叶简南正和江墨坐在早点摊上喝稀粥。睡了一夜地板，他感觉年轻有为的自己要英年早逝了。

　　吃着吃着，他忽然打了个喷嚏。

　　不知道为什么，总感觉有人在骂自己……

　　自己吃饱，又给祁翎他们打包了三份早点，叶简南这才慢悠悠地晃回酒店。这几个人显然睡过头了，衣冠不整地跑出电梯，正撞上精气十足的瞿丛秋。

　　"你们几个怎么回事？"瞿老不满地瞪着他们，"我早就和院长说这帮年轻孩子不注意仪表，穿个短袖短裤就去打比赛，他就是不放在心上。你看看，现在都散漫成什么样子了？一会儿现场不光有国内媒体，你们一个个的衣冠不整……"

　　几个国内排名上过前十的年轻棋手站成一排挨训，叶简南小心翼翼地拎着小笼包站到祁翎身边。

　　一时间，祁翎余怒未消的眼神和小深沉一言难尽的目光同时落到他身上，只有裴宿抽着鼻子嗅到了早点的香气。

　　他实在是没睡醒，竟然无视瞿九段的长篇大论，一个箭步冲上前扯开了叶简南手里的塑料袋。

　　小笼包的香气瞬间溢出，把瞿九段鼻子都气歪了。

　　"你们啊，没救了！"瞿九段痛心疾首，背着手快步离开了。

　　小深沉接过包子，长叹一声，走向主会场。裴宿紧跟其后，给了叶简南三个飞吻。祁翎本来想继续扮演高岭之花，但前一晚本就没吃饭，今天又起得晚，只能一脸严肃地收下了叶简南的好意。

　　转过头，江墨和霍舒扬也肩并肩地走过来了。

　　叶简南觉得自己脑子有点没转过弯来。

　　"你们俩……什么时候这么熟了？"

　　江墨目不斜视，反倒是霍舒扬意味深长地朝他笑："在你不知道的时候。"

　　正当叶简南浑身散发着淡淡的小笼包味茫然地站在电梯前时，身后突然传来清脆的"叮咚"一声。

电梯门缓缓打开。

电梯里站了许多人——记者、客人、服务员。

但中间那个人却是最显眼的。

深色西装，暗纹领带。他的鼻子很挺，五官有着不逊于祁翎的锐利感，但气质却又不似祁翎锐意伤人，反倒散发出一股温和与笃定。

换个形容吧——你见过雄狮吗？

永远漫不经心，永远不动声色。

常孟十番棋的主角之一，常刀九段。

常刀三十多岁，名下"常刀围棋道场"走出的叶简南和祁翎都是棋坛新秀。看见自己学生，他脸上露出了一个很淡的笑。

"来了？"

"嗯。"叶简南一丝不苟地点头。

"一起进去吧，"常刀看看表盘，"比赛要开始了。"

身后的记者蜂拥而至，更有甚者先一步走进棋室，架好相机准备抓拍常刀进门那一刻的神情。

然而，他的神色没有丝毫变化。

棋盘对面坐着的是他的一生之敌，亦是一生之友。从年少轻狂到而立之年，他们的名字总是并肩，他们的身份总是对立。

景深沉和叶简南这代还太过年轻，当不起十番棋的腥风血雨。

瞿丛秋这一代解甲归田，对棋盘上的征战心有余而力不足。

这十番棋，唯有常、孟二人来下，才不负这门技艺上千年的传承。

这是他的使命，也是他的荣誉。

分针指向十二点的位置，钟表发出了悠扬的报时声。常刀抬起眼，朝看着他的孟昌宰微微一笑。

比赛开始。

04.

江墨是从洗手间回来的时候迎面撞上瞿老的。

十番棋下得激烈，观赛的棋手没有一个出来开小差的。空荡荡的走廊上只站了瞿丛秋和江墨两个人，她实在是避无可避。

无奈之下，江墨只好硬着头皮打了个招呼："瞿九段。"

瞿丛秋却没和她开口寒暄。

把江墨招呼到窗边，瞿老忽地开口："好孩子，你和我说实话。"

江墨猝不及防地抬眼。

"老江出什么事了？"

五十多岁的人了，人情冷暖看得比谁都多，怎么会看不出江墨方才的欲言又止。他沉默地等江墨把话头接过去，却看到面前的女孩眼圈一红。

其实这些年，江墨对"长辈"这个词的意识已经很淡了。

爸爸垮了，棋院关了。

妈妈被丈夫护了一辈子，碰到事只会六神无主。可任凭是这样，她也不敢把江闻道出的事告诉别人。

爸爸不会希望别人知道他现在的模样的。

但瞿丛秋身上，有一种强烈的"长辈"的气息，是那种撑起一片屋檐，可供小辈进去躲一躲的气息。

江墨定住身，缓缓说："瞿伯伯，我爸爸……已经不下棋了。"

喉咙一酸，她颤抖着闭上眼："我爸爸……他害怕围棋。"

可笑吗？

荒谬吗？

下了半辈子围棋的职业棋手，人到暮年，竟然把自己曾当作信仰的东西视为洪水猛兽。家里的棋盘棋子都烧了，连棋谱都被撕成碎片。有天妈妈半夜给她打电话，说父亲发了疯一样用铁锹砸闻道棋堂门口的木雕棋盘，根本没人敢去劝。

瞿丛秋显然没想到是这么个答案。

他急忙伸手握住江墨的肩安抚道："别哭，老江怎么会害怕围棋？"

江墨却摇摇头。

"那……你不想说，我不强迫你，"瞿丛秋长叹一声，"我和他怎么也有几十年的交情，以后用得着我的地方，说一声，我能帮则帮。"

"不用了，瞿伯伯，"江墨擦干眼泪急忙摇头，"现在对我爸爸最好的办法，就是让他忘了围棋，不在他面前提起过去的事。"

"那我也不能去看他？"

"您……最好别去。"

说完这话，江墨的情绪也差不多平静下来。窗旁是通往酒店花园的楼梯，她向瞿丛秋道了别，头也不回地走下楼。

酒店花园里倒是树多。江墨找了个没人的角落痛痛快快地把刚才没哭完的眼泪哭完，一抬头，正对上霍舒扬坐在远处石椅上直愣愣的目光。

"你……"江墨气结，"你看什么看？"

霍舒扬这才回过神："江墨，我发现你哭的时候比平常好看，梨花带雨的。"

江墨翻了个白眼，又因为眼睛哭得红肿，样子显得格外蠢。

"过来坐吧，"霍舒扬拍拍身边的空位，"你现在这样回去，得把叶简南急死。"

石椅后面立着石桌，江墨人坐着，手肘反撑在石桌边沿，半仰的脸上盖着霍舒扬给她的湿巾。

霍舒扬还是一贯的心不在焉："说说，怎么回事？"

"有什么好说的，"江墨避开话题，"你自己和祁翎的事还没弄清楚呢。"

"说到这个我还得谢谢你，"对方笑嘻嘻地转过脸，"多亏你和叶大师成全，我和祁翎度过了一个难忘的下午。"

高速公路上开摩托飞驰几个小时，这确实够难忘的。不过鉴于祁翎一直紧抱着霍舒扬的腰怕自己被甩下车，这几个小时就有些旖旎了。

"彼此彼此，"江墨嘴被湿巾盖着，口齿不清地回道，"要不是你找关系把廖教授弄去给桥牌比赛做裁判，我这国庆节得在实验室里待得长草。"

诚如之前所言，廖斌教授兴趣广泛，对棋牌尤其热衷。这次国庆因为带的研究生都回家了，他强行要求江墨去实验室和他一起干活。谁料想半路桥牌业余赛发来裁判邀请，他还能在赛后受到几个桥牌高手的指点——这千载难逢的机会他怎会错过？

至于江墨……她非常了解廖斌做起科研来有多变态，能躲过这一劫，霍舒扬让她干什么她都愿意。

不过，她也不傻。来了没两天，江墨就看出来霍舒扬不但把她安插进自己的队伍里，连叶简南也被策反了。

抓下湿巾，江墨斩钉截铁："你们这些棋院的人，可怕！"

霍舒扬满不在乎地笑了笑，不和凡人江墨一般见识。

"不过话说回来，"江墨又把湿巾铺回脸上，"你到底看上祁翎什么了？"

霍舒扬脱口而出："温柔啊。"

江墨撑着身体的手肘一软，差点掉进石桌和石椅的缝隙。半张湿巾在大惊之下被叼进嘴里，江墨丝毫不掩饰自己的错愕："温柔？"

祁翎这个人……她是了解的。

他在媒体那儿的名声不太好，不止一个记者被他摆过臭脸。有段时间他输棋输得特别惨，许多被他得罪过的记者甚至带着恶意地叫他"鬼面棋手"。

纵使后来他把名声一盘又一盘地打了回来，但对上不熟的人时仍然是惯常冷着一张脸谁都不理。

虽然像江墨、叶简南包括景深沉他们都清楚祁翎其实人特别好，但要说性格有什么特质……

那也绝不会是"温柔"。

"霍大小姐，"江墨哭笑不得，"祁翎温柔？"

"你知道什么。"霍舒扬冲她扮鬼脸。看江墨爱信不信的样子，她也懒得废话了——反正祁翎温柔的那一面，给我看见就好啦。

江南的初秋，怎么也冷不下来。阳光穿过她闭上的眼帘，直照进她眼底——真奇怪，就好像有个放映机似的，把那些零散的片段连在一起开始播放。

当职业牌手的第一年，家里的长辈都不同意，霍舒扬那时候才十六岁，输了几场比赛，躲在楼梯间呜呜地哭。她正哭得投入呢，铁门"哐"一声被打开，有人进来了。

楼梯间太暗了，她看不清对方的脸。高处的窗户投进来几缕微薄的天光，倒把对方的轮廓勾得格外清晰。

男生的侧脸立体得像是刀削斧劈出来的，她忽然想起一句诗——"阴阳割昏晓"。

祁翎那天也不知道哪根弦搭错了。大概是自己也输了几盘棋吧，竟然从霍舒扬身上找到了一丝"同是天涯沦落人"的感觉。长腿一弯，他蹲到了霍舒扬身边。

"别哭了，"他轻声说，"会赢回来的。"

让年轻女孩子动心，多简单啊。

后来祁翎慢慢下出了名堂，霍舒扬也拿了人生中第一块奖牌。她十几岁的时候还没现在这么死皮赖脸，每次碰见祁翎总是远远地看着，连多说一句话都觉得害羞。

他应该是认识自己的吧？他应该记得自己吧？霍舒扬这样想。

她真的想多了。

再后来，在拉斯维加斯碰见祁翎，在她的意料之外。

荒诞的沙漠都市，却有一切童话里才存在的事物。"面具之夜"，听起来就是骗游客的玩意，她还是没忍住去凑了个热闹。

被那帮中年男人拉到牌桌前时，她其实挺想大显身手的。

谁知道祁翎就那么站到了她身前。

他认不出她，可她怎么会认不出他？手指上被棋子磨出的薄茧，面具下锐利的侧脸轮廓，还有那股全世界只有祁翎随身携带的疏离气质。

她看他把她扯到身后，看他手法生涩地摸牌，看他搞不清桥牌复杂的规则频频出错，又靠着职业棋手的记忆力努力稳定住局面。

霍舒扬知道——

她喜欢祁翎，逃不掉了。

睁开眼，阳光把她的眼睛刺得有些酸疼。

霍舒扬说："江墨，我真羡慕你，叶简南那么喜欢你。"

江墨好像也在想什么。听到霍舒扬的话，她莫名其妙地苦笑了一声。

"可我真讨厌我自己。

"明明该离他远一点。可是只要他冲我挥挥手，我就什么都忘了。"

"你喜欢他，江墨，"霍舒扬摸摸她的头发，语气分外笃定，"你喜欢叶简南，我喜欢祁翎。喜欢这东西，不骗人。"

"昨日上午，常孟十番棋第二局于平湖开战，常刀九段执黑以半目劣势惜败孟昌宰，孟昌宰九段目前 2：0 领先。×× 棋牌新闻十月五日报。"

05.

常孟十番棋结束的第二天，叶简南他们就回杭市了。

大概是因为常来杭市受训，几个年轻棋手没有像往常似的嚷嚷着出去吃喝玩乐，反倒在宾馆里摆开棋盘研究起常、孟二人昨天的对局。

谁知说着说着，屋子里突然安静了下来。

裴宿和小深沉抬眼望去，只见屋子里空空荡荡，也不知叶简南和祁翎是什么时候离开的。

景深沉："裴宿，你鼻子一抽一抽的，闻什么呢？"

裴宿："我闻到屋子里有一股单身贵族的清香。"

店好不怕巷子深，怕的是碰不见霍舒扬这样的专业玩家。

她带着叶简南三人东拐西拐，没一会儿就走到一家清吧门前。说是清吧，却连个招牌都没有，只在墙上开了扇不到半米宽的木门。

霍舒扬带头走了进去。

不过半公里外就是景区，外面的喧闹却一点都没传进这间屋子。每张桌子之间的空隙很大，不同空间又用高及屋顶的书架隔开，店里弥漫着一种很舒服的低声絮语。

叶简南这些下围棋的可算没救了。

"这地方打谱不错。"他指指清吧一角。

祁翎是被他们三个强行拉来的，沉默了一路，终于被叶简南说得露出一丝笑来。

"是，咱们棋院旁边就没这样的店。"

"行了吧，二位大师，"霍舒扬飞速瞥了他俩一眼，"就你俩那天天从家到棋院两点一线目不斜视，哪看得见这种小门小户。"

说来也好笑，霍舒扬在桥牌上取得的成就一点都不比叶简南和祁翎低，行事做派却完全不像个能沉心静气的。知道这三个人都不太来这些地方，她随口便念出几种适合他们的鸡尾酒名。

祁翎第一个表态："我想换西瓜汁。"

"喝什么西瓜汁，"霍舒扬瞪了他一眼，"这老板我认识，你别给我丢人。"

祁翎一时语塞，憋了半天吐出一句："那我要度数低一点的。"

"放心，"她语焉不详，"没有很高。"

没有很高——也不低。聊了些不着四六的东西，他们很快就有些飘飘然了。

"哎，四个人，凑盘牌吧。"霍舒扬半仰着提议。

"和你们打牌，疯了吧？"江墨表示抗议，"我才不想被你们仨吊起来打。"

"狼人杀？"

祁翎："不会。"

"哎哎哎，"叶简南忽然出声，"那……要不你俩看我和祁翎下围棋？"

别说那两个女生了，连祁翎都唾弃道："谁要这时候和你下棋啊。"

空气一下陷入了片刻的寂静。

书架后也有人在聊天，声音低低地传过来，工作、感情，每句话都带着凡尘俗世的烟火气。霍舒扬喝高了，眼前的三个人变成了六个，又从六个变成了九个。

"哎，我说，"她突然用一种暧昧不明的口吻说，"聊聊梦想吧。"

梦想啊。

好俗的词。

人清醒的时候，是不爱把梦想这事拎出来谈的。毕竟梦想大多处于未完成状态，说出来，做不到，日后想起来总觉得丢人。

更何况，心尖上的东西不多，不愿拿出来让外人挑剔。

但是他们都醉了。

醉了的人，里子面子揉一团，囫囵丢进面前这半杯浊汤。那三个人还懵懂着，霍舒扬先举手发言。

"等我挣够了钱，我就不打比赛了，"她指指太阳穴，"天天和这几张纸过不去，头疼。"

"那你干什么？"江墨捧着脸问她。

"我要开个店。"说起这事，她眉飞色舞，"不用太大，但是要有两层。二楼住人，一楼开店。立一扇木门，墙是玻璃的，灯是暖黄的——对，不要那种性冷淡风格，就是那种冬天下雪的时候，路过的人会忍不住进来坐坐那种店。"

"卖……卖什么呀？"江墨有点困了。

"卖书，卖咖啡，再养只胖猫，"霍舒扬一脸憧憬，"我请你们去我楼上玩。"

把目光从半空中收回来，她正对上叶简南的眼神。

"你呢，叶大师？"

"啊？"叶简南猝不及防，"我……"

他醉得没霍舒扬那么厉害，犹疑了好半晌，再抬起头的时候，却清醒地笑了笑。

"我想拿世界冠军。"

国内升九段的方式向来严苛，晋升九段的方式除了段位赛，便是夺得世界大赛一冠或双亚。后者难度不言自明，前者看似简单，可实际上对高段数棋手而言却是九九八十一难。换句话说，与其他类型的比赛相比，升段赛耗费的精力与时间得不偿失。

纵然棋院和媒体都默认叶简南早有九段的棋力，可他名字后面缀着的，却一直是那个不那么圆满的"八段"。

这还是他第一次这么直白地说出这件事。

棋盘上的黑白之争，谁不想当一回天下第一。

祁翎笑了："没想到。"

"有什么想不到的。"

祁翎嘴上不说，心理活动却很丰富：谁让你天天云淡风轻的，赢了输了都摆出那张"叶简南看镜头专用表情"装深沉的啊！

弹了下杯子，他半是玩笑半是认真："那……你最好别在赛场上碰见我。"

对面的男生笑骂一句，把抱枕扔过来砸他。

霍舒扬看热闹不嫌事大："你的梦想也是世界冠军？"

谁知对方沉吟片刻，却摇了摇头："不是。"

酒杯上被他呵了一层雾气，祁翎的手指在玻璃上无意识地画了个笑脸："我想办围棋学校。"

他们都愣住了。

"是那种针对特殊孩子的围棋学校，"祁翎声音很轻，"无论是聋哑还是视力障碍，或者行动不方便的，包括……"

他声音低了些。

"包括我这样，想在围棋里求一个庇护的。"

气氛有些凝结。

酒精呛得霍舒扬眼前一花，她急忙把脸转开。

"江墨，你怎么不说话？"

江墨有些迟疑。

"我的梦想啊……"她慢悠悠地说，"没有你们那么酷欸。"

她抱着靠枕，把下巴埋进松软的棉花里。她的眼神好像飘到了一个很远的地方，连嗓音都变得缥缈起来。

她喝多了。

"我希望所有人都永远身体健康，不要生病，开开心心地过一辈子。"

"什么啊，"霍舒扬笑出声，"你还真是人间有大爱。"

江墨好像也觉得自己这愿望有点蠢，跟着霍舒扬一起嘿嘿傻笑。笑着笑着，放在包里的手机"嗡嗡"振动起来，她低头看了一眼。

随即脸色就变了。

酒醒了大半，江墨示意了一下就走出了清吧的门。霍舒扬醉得说话颠三倒四，甚至妄图站起来抓住江墨的衣角。

祁翎摇摇头，也清醒了一点。

"怎么回事？"

"不知道啊，"叶简南回头往门外看，"她这是醉没醉？"

"差不多了，我带霍舒扬回去，你去看看江墨，"祁翎像是想到了什么，神色也变了，"我估计是她家里的事。"

"你是说……"

"江老师。"

叶简南浑身都僵住了。

"简南，这事你早晚得解决，"祁翎把霍舒扬扶起来，"这是个坎，你得过。"

说完这话，他让霍舒扬倚在自己身上，头也不回地离开了。

门外的温度降了些。

天色发暗，街上是川流不息的人群。在清吧里待了一下午，叶简南几乎要忘了他们身处的是杭市最繁华的地段。

江墨已经把电话挂了。她身上的酒味被风吹散了大半，只留一丝缠缠绵绵的余味，和往事纠缠不清。

叶简南站在她身后。

他简短有力地叫她的名字：

"江墨。"

她像是猛然反应过来。人被强行从醉酒的状态里拔出来，三分迷茫，三分疲惫，还有四分措手不及。

叶简南问道："什么事？"

江墨几乎是条件反射地回答："没事。"顿了顿，她又说，"我不能和你们一起回北市了，我得……我得先回去。"

"回哪儿？"

她不说话了。

叶简南自问自答："回翰城。

"我和你一起回去。"

"不用，"江墨慌忙抬起头，"我自己回去就好。"

"你觉得可能吗？"他沉下声音，"你现在这样，我会放你自己回去？"

他声音一冷，江墨反倒清醒了。

哦……对，这副模样就对了，这才是叶简南。再开口的时候，她语气里就有了一丝嘲讽："不然呢？你回去，再让我爸疯一次？"

人的气质真是个玄妙的东西，同一张脸，同一把嗓音，换个气质，竟有着脱胎换骨的感觉。

江墨在一瞬间变成一把出鞘的刀。

"我就是个疯子，"她一字一顿，"我本来就该离你远一点的。"

她扭头就走。

酒醒了，人更觉得冷。气温降得太突然，她边走边发抖，抹了把脸，才发现自己哭了。

像是忽然想起了什么，江墨猛地回身——叶简南跟在她身后三步远的地方，一脸不知所措。

他像个做错了事的小孩一样慢慢靠近江墨，伸手拉住她的袖子。

"江墨，"他嗓音嘶哑，"让我和你回去吧。

"我不见你爸爸。

"我不见江老师。

"我就是……想陪着你。

"我求求你了，让我……陪着你吧。"

她忍着，忍着。

直到忍不住，她蹲下来，号啕大哭。

二十一岁的江墨在离家乡两千公里的城市街头的哭声和她十五岁的时候如出一辙。只是那个时候，叶简南已经离开了。

而现在，他站在她面前，伸出手，紧紧地把她抱在怀里。

他放过一次手。

他再也不会放了。

◈ 第四章
重回翰城

01.

“江先生，可不可以回答我几个问题？”

“好的。”

“您现在能想起来最早的记忆是什么？”

“最早的？嗯……一条河。”

“什么样的河？可以具体些吗？”

“其实我记不太清……河不宽，有阳光照下来，水面上有一片叶子漂过去……”

“您记得自己为什么在这里吗？”

“不知道。”

“那，您记得今天早上是从哪里过来的吗？”

“今天早上？对啊，我是从哪里过来的……我记不清了……”

“好吧……那您可以回忆一下最近的记忆吗？”

“最近的记忆……是一场比赛。”

“什么比赛？”

“记不清了……”

“您有亲人吗？”

"我有父母，离世了。"

"还有吗？"

"还有个妻子吧……是她送我过来的。"

"您有女儿吗？"

"没有。"

"好的，您喝杯水，一会儿会有人接您回家。"

门被打开，又关上，带出一阵风。

"记忆衰退确实加重了，"关紧门，刚才提问的医生对门口穿着浅褐色风衣的中年女人说道，"不过之前也和您打过预防针，这都是意料之内的。

"不过……怎么说，好在江先生不会再因为围棋受到刺激。他……已经连这部分的记忆也模糊了。"

中年女人腿软了一下，胳膊被身旁一双手扶住。

江墨接过医生手中的病历本，把自己妈妈扶到靠墙的椅子上。随着医生的脚步声消失在楼道尽头，江母终于缓回些力气。

"其实我不该叫你回来的。"

"什么话，"江墨眼神扫视着病历本上新添的几行字，"我爸都这样了，我不回来像话吗？"

"我啊，没用，"江母更委顿了，"前半辈子被你父亲照顾得太周全，什么都做不好，年龄一大更是力不从心。"

"这不是有我呢吗？"江墨安抚着自己当了半辈子大学教授的妈妈，伸手指了指门，"带爸爸回去吧，我还有点事要办。"

谢婉点点头，去屋里把江闻道领了出来。

当年在棋坛叱咤风云的男人，如今已形容枯槁，两鬓斑白。世界于他而言陌生如初见，只有那个女人能与他记忆中的往事重合。

谢婉牵过他的手，强颜欢笑道："走吧，回家。"

他顺从地跟上去，对一旁的江墨视而不见。

纵然早在去年就知道父亲对自己的记忆已经衰退干净，江墨身体还是不自觉地僵硬起来。

谁知江闻道忽然停下了脚步。

他转身看向江墨，然后和谢婉说："这个小姑娘看起来挺伤心。"

江墨的眼泪几乎是一瞬间就涌出来了。

她张皇失措地擦拭着自己的眼睛，根本就不敢看向江闻道。谁知对方沉默片刻，竟摇摇晃晃地走了过来，从兜里摸出一颗水果硬糖。

"遇见什么难事啦？"他温和却陌生地看着江墨，"回家吧，找你爸妈说说去。"

他把水果硬糖塞到江墨手里，然后拍拍她的肩膀。他的手掌宽大而温暖，手指上有常年下棋磨出的薄茧。

他朝她笑了笑，然后便转过身，和谢婉一同离开了。

在江闻道的身影消失在楼道尽头的同时，叶简南从另一边的拐角慢慢走了出来。

翰城的秋天，一落雨就格外冷。江墨穿着单衣单裤，一动不动地坐在靠墙的座椅上。

他坐到她身边，用自己的手把她的手包裹住。江墨没说话，只是不动声色地把手抽出来，然后拆开水果硬糖的塑料包装，把糖果含进嘴里。

过了好半晌，她才说："叶简南，我想去个暖和的地方。"

江墨和叶简南虽然同住翰城，但一个在新区，一个在老城。自分别后，叶简南回家的次数屈指可数，闻道棋堂更是一次都没有去过。

但他显然回过烂柯社。

那个门前冷落的棋具店在三年前改作一家棋室，总算焕发出些许生机。过爷爷还是那副看不出年龄的模样，盖着毯子坐在柜台后昏昏欲睡。

看到江墨，他反应了好一会儿，才把她和那个红着眼圈的小女孩联系到一起。

他略显欣喜地问面前两人："今年怎么这个时候回来了？"

"家里有点事，"叶简南拉了一把江墨，"爷爷，我们先上楼了。"

天气不好，棋室一楼只坐了几个老人在下棋，二楼更是空空荡荡。叶简南熟门熟路地走到一排茶杯架后，和江墨面对面坐了下来。

　　"对不起，"他艰涩地开口，"我没想到……江老师会发展到这个地步。"

　　却没想到江墨的脸上露出了一种很无可奈何的笑。

　　"其实……和你有什么关系呢。人就是这样吧，"她继续说，"没来由的事，总要埋怨给一个人，好像心里就能好受点似的。可其实……和你有什么关系呢？"

　　江墨呷了口热茶，然后把头埋进自己的手臂。

　　"让我睡会儿吧。"

　　她太累了。坐通宵的航班，二十多个小时没闭眼，几乎是放松下来的一刹那就睡着了。朦胧间，叶简南坐到了她身边，然后把她揽进自己怀里。

　　"对不起。"他用手拢住了她的眼睛，在她耳边低声说。

　　蒙蒙细雨的西南小城，窗外仍有小贩在走街串巷地叫卖。铃铛声合着雨声，把叶简南一点一点，带回那些往事。

02.

　　下围棋讲天赋，而天赋，往往是从很小的时候就显现出来了。

　　媒体时常把叶简南和景深沉、裴宿、祁翎他们算在一起的，都是年少成名，不到二十岁就横扫各大比赛，等级分排名常年位居前列。

　　但很少有人提起，叶简南的定段年龄并不早。

　　下棋者千千万，每年新增的职业棋手却屈指可数。所谓定段，就是进入职业棋手世界的一道门槛。而每年能走过这道门槛的，仅有几十个人而已。

　　最有天赋的一拨棋手，十一二岁就定段了。稍逊一筹的，定段年龄也不会超过十三岁。而叶简南的定段年龄，是十四岁。

　　也就是说，当比他小两岁的景深沉定段成功，与他同出一门的祁翎在新秀赛崭露头角时，叶简南还在常刀围棋道场里过着暗无天日的冲段生涯。

而这一切，要从他母亲失业那年说起。

"你说说吧，这本上是什么？"

叶简南站在门槛前，一言不发地看着他妈妈手里的作业本。田字格横平竖直的线条……实在太适合用来画棋谱了。

黑棋涂实，白棋画空圈。叶简南就在这么个本上，复盘出了不下二十场棋局。

"什么时候画的？"

见叶简南不答话，她的声调扬高了："上课，对不对？你看看你的成绩，都要考初中了，你怎么就一点也不着急呢？"

丈夫常年在外工作让她变得格外易怒。人来人往的院门口，她冲着孩子咆哮："你怎么就一点也不懂事呢？你喜欢围棋，我没有不让你学。可是现在家里经济条件不好，你又要小升初，怎么就不能先放一放呢？"

万万没想到，她那极少出言顶撞的儿子仰起头说："可是我要是被常刀围棋道场选走了，不用花你们的钱，也不用考初中。"

"职业棋手一年能出几个？"她不是对围棋全然不了解，只是想让儿子走一条更稳妥的路，"就算你被选走了，要是没考上，回来念书还来得及吗？"

"我能考上！"叶简南掷地有声。

叶母一愣，收敛了怒火，苦口婆心地说："这是我和你爸爸商量以后的决定。简南，你也大了，懂点事，理解理解家里，好不好？"

倒也怨不得她专横。自从她失业后，家里少了一半的收入，经济困难的重压下，她连病都不敢随便生。闻道棋堂的费用不低，叶简南那关于职业棋手的梦想更是前途未卜。

家里还有一担子柴米油盐的账要清算，她实在没精力和叶简南多说了。

叶简南在门前站了许久，转身朝闻道棋堂的方向走去。

还是那条秋储巷，红榜贴了两米宽，上面写的是小棋手们一年的成绩汇总。而第一名，毫无疑问地成了祁翎。这红榜显然是江闻道的手笔，"翎"字写得龙飞凤舞，嚣张得几乎刺痛叶简南的眼。

其实上个月叶简南退出棋堂的时候，祁翎和他的水平已经不相上下了。有这么个旗鼓相当的对手每天陪练，他俩的棋力水涨船高。然而就在常刀围棋道场的选拔前夕，叶简南被强行中断围棋课，与卷子上的古诗文默写和加减乘除做起斗争来。

"叶简南。"

转过身，叶简南的神色变了变。

祁翎。

经过选拔赛，他被常刀围棋道场选走已经成了板上钉钉的事。叶简南沉默片刻，言不由衷地说："祝贺你。"

"别假惺惺了，"祁翎一句话就戳破他的虚伪，"天天装得那么懂事给谁看？还不是说不让你学棋就不让你学。"

那时候叶简南还没有后来那么老谋深算，被祁翎一激就沉不住气了："幸灾乐祸。"

"我不是幸灾乐祸，是可惜，"谁知祁翎定定看着他，目光深邃得不像个十二岁的孩子，"你不在，我赢得名不副实。"

他指向秋储巷的尽头："去河边坐坐吧。"

翰城就这么一条外来河，横穿老城区，在秋储巷以北分成两股。叶简南和祁翎坐在河道的岔口处，望着荡漾的河面有一搭没一搭地说话。

叶简南往河底扔了块石头，"咕咚"一声："你什么时候走？"

"过完年。"

"真嫉妒你。"

祁翎扯起嘴角笑了："这才正常，别一天到晚装圣人。"

转头看了眼叶简南一脸的灰败，祁翎继续说："常刀围棋道场那边的人说，明年的选拔时间提前了。"

叶简南不明所以地看向他。

"他们六月份来，"祁翎歪过头，"十三岁开始冲段，也不晚。"

"你什么意思？"叶简南反问道，"我又学不了围棋了。"

"叶简南，听听你自己心里想干什么。"那么点儿大一个人，竟然也能这样一本正经地说话，"真想干的事，谁也拦不住。"

他少年老成地拍拍叶简南的肩："我在职业赛场上等你。"

祁翎也不知道这句话会给叶简南带来什么改变。但当他走到秋储巷的尽头时，身后突然传来了一声中气十足的喊声。

是那种，少年人特有的声调。

"别说大话，"叶简南的声音回荡在狭长的巷子里，"谁先定段还不一定呢！"

他也不理叶简南，背着手拐过了巷口。

三天后，江闻道也登门拜访。

江闻道教了这么多年棋，对学生的来来去去一向看得很淡。下棋是缘分，有人和棋缘分已尽，强求也没用。更何况这事儿事关前途，他作为外人总归是不好插手。

但这次，一是自己爱才心切，二是……二是……

唉，他家那个没出息的闺女鬼哭狼嚎地求他让叶简南回来上课，甚至祭出了"爸爸我每天少吃一顿饭能不能凑够他的学费"这种令人心碎的大杀器。

因此，我们可以说，叶简南在他的围棋道路上其实是走了一些裙带关系的。

江闻道的照片毕竟登过翰城晚报的头版头条。这样一个前大国手亲自来表达对叶简南才华的爱惜，叶母就很难开口拒绝了。

万般周折后，叶母终于松了一半的口。

说是一半，是因为随着学费减免后经济压力的缓解，她同意叶简南继续学围棋。但条件是他下午三点以后才能去棋堂练习，其他时间学习不能落下。

十二岁的孩子潜力能有多大？

叶简南拼命的年龄，比别人开始得都要早。

那么点儿大一个小孩，每天就开始睡眠不足了。顶着一双黑眼圈早早去学校补作业，下午三点又一路狂奔到棋院打练习赛。折腾到晚上九点多回了家，再继续温习白天学校的功课。

常刀围棋道场的录取通知和翰城中学的通知一起寄到他家里那天，他妈妈忽然抱着他哭了。

那是她儿子，她怎么会不心疼。

本来以为他会知难而退，却没想到他真的扛了下来。

叶简南拍拍他妈妈的后背，小大人儿似的说："妈，我要去考职业了。"

叶简南的定段生涯，用四个字来形容就是"九死一生"。

常刀围棋道场高手如云，当惯了第一的他一去就输了个惨不忍睹。冬天的时候道场放假，同窗们走得七七八八，叶简南第一次体会到什么叫"无颜见江东父老"。

他妈妈要去南方看他父亲，他没跟着一起。他申请了留校，准备和道场的保安大爷一起过年。

除夕夜那天，他裹着被子去保安室烤着暖气看春晚，迷迷糊糊就睡着了。

睡过了一整个长夜，他听见身边传来一道轻微的呼吸声。他被这气息弄得脖子有些痒，瞬间把眼睛睁开。

北方冬天的早晨，窗外是大片大片冷清的白。寒气从门缝里钻进来，卷起炉子散发出的余温，轻飘飘地落在叶简南颤抖的睫毛上。

他说："江墨，你怎么来了？"

女孩穿着件长及膝盖的羽绒服，杵着下巴一眨不眨地盯着他。

叶简南觉得自己在做梦，使劲揉了揉眼睛。他再睁开眼的时候，还是那张脸，还是那副神情。

保安大爷夹了煤块走进屋。

门一开一合，带进一股冷气，叶简南瞬间被激清醒了。他裹着被子爬起来，目瞪口呆地看看江墨，又看看保安大爷。

"人家小姑娘一早就来啦，"大爷捅炉子，火星"噼啪"冒出来，"不让叫你，说让你好好睡一觉。"

江墨伸手捅他脸："我爸妈带我来北市走亲戚。家里长辈太多，我不认识也不想见，正好过来找你。"

她把背包拖过来："我给你带了好多吃的！过来的时候就看见一地瓜子壳，你这年过得也太——"

话音未落，叶简南忽然整个人扑了上来。

他昨天和衣而睡，毛衣和棉被把温度都焐在了被子里。热气从被子里被带得"腾"一下冒出来，扑了江墨一脸。

保安大爷咳了一声，披起棉衣又出门了。

一年未见，江墨个子长了不少。女孩青春期发育得早，一不留神都快追平叶简南了。

"加把劲啊，叶简南，"她在一边比画着，"别被我超过去了。"

"你想得美，"叶简南眼神垂下去一厘米，努力做出睥睨的姿态，"我还得长脑子呢，个儿长得慢点就慢点。"

江墨越琢磨越不对劲："你什么意思啊？我不长脑子啊？"

他嗤笑一声，懒洋洋地转过身。

大年初一，街上的商铺关得一家也不剩。地上满是没化干净的雪和炮仗壳，映着淡而高的天，让整个城市看起来无比萧条。

他平常很少出门，对道场旁边并不熟悉，领着江墨东拐西拐，最后进了家公园。

公园规模不大，唯一值得称道的也就是园中央的一潭湖。大约是因为平常来的人太少，湖边杂草丛生，乍一望去像是在荒郊野外。

"你平常就这么点娱乐？"江墨满脸同情，"来公园看湖？"

叶简南面不改色："这儿挺安静的。"

挺安静的。实在撑不下去的时候，他就来这儿哭一哭。

毕竟，他也才十三岁。

两个人坐在湖边，有一搭没一搭地聊天。聊学习、聊围棋、聊过去，聊将来，江墨说得眉飞色舞，叶简南就在一边安安静静地听。

结冰的湖面上回荡着她的声音，这地方忽然就有了烟火气。

日头升起来了一点。

冰面被太阳一照，反射出的光也没有那么寒冷了。江墨小心翼翼地伸手去摁，"咔嚓"一声，摁出一道裂缝。

"没冻实，别离那么近。"叶简南拉她袖子。

谁知江墨回头看着他笑了笑，食指往下戳，竟在冰面上戳出一个硬币大的口子。

她不顾叶简南困惑的眼神，又找来一块石头，把那块石头"咕咚"一声扔了进去。

冰面下的水泛起波动。

"快许愿，"江墨拍拍他的胳膊催促，"冲冰洞喊。"

向来自诩成熟稳重的叶简南本来是不屑于做这种自降身价的事的，但江墨的目光过分认真了："我爸爸说，他做职业棋手的时候，就会找一片湖，投一颗石子进去，然后把心里的话喊出来。"

拒绝的话就不好说出口了。

他低头望着那个冰洞，冰层下的水面泛着寒气，也看不清湖有多深。他就那么看着，好像看了很久，又好像只看了一会儿。

他说："我想赢。"

水面毫无波动。

但这三个字好像一句咒语，把他内心某个压抑了许久的地方打开了。

输过的棋，打过的谱，深夜惊醒的噩梦。半年来所有的难过都在那一刹那涌到胸腔，叶简南觉得自己身体里的不甘和委屈像浪一样翻腾起来，最后只化成了三个字：

"我——想——赢——"

少年的声音沿着冰封的湖面传递出去，甚至惊起了湖边打瞌睡的野猫。他气喘吁吁地坐下，仰身倒在干枯的杂草里。

他才不云淡风轻。

他从始至终，都是一个有着强烈求胜欲的人。

那声音撞到远处的墙壁上，转了个弯回来，最终落进湖面上被凿开的冰洞里。

江墨用一块更大的石头堵住了那黑漆漆的洞口，他的秘密就被封住了。

天地一片白茫茫，寒气把他的脸浸得冰凉，叶简南却感到，有一股热流缓缓从他的脚底升了起来。

他精疲力竭地说："江墨，谢谢。"

她分明，什么都明白，什么都知道。

叶简南对江墨的依赖从那个冬天就开始了。只是种子埋下的时候，连他自己都不知道。

叶简南在到常刀围棋道场的第二年定段成功。最后一场比赛，他以半目的优势获胜，精疲力竭地离开赛场。

走下楼梯的一刹那，有束阳光忽然打到他鞋尖上。叶简南愣了愣，抬起头，看见江墨举着罐可乐朝他笑得没心没肺。

她变着法地来北市亲戚家过暑假，为的就是这一刻。

她说："你好呀，叶简南初段。"

在后来的许多日子里，叶简南反复地梦到这个画面。人来人往的街道，炽热的阳光，可乐罐凝结的水珠，江墨穿着淡蓝色的长裙，扎一个马尾，笑眼弯弯地对他说："你好呀，叶简南初段。"

然后在深夜里惊醒，辗转反侧，再难入睡。

03.

江墨醒时，日头西沉。

她枕在叶简南腿上的靠垫里，听见他在压低声音接电话。

"我明天到。"

话筒里的声音猛然拔高，让江墨听得一清二楚："明天到？那你不是下了飞机就得来赛场，哪儿还有时间休息啊？"

江墨愣了一会儿，这才想起来——叶简南前几天就和她提过了，他明天本来是要参加联赛的。

话筒里的声音辨识度很高，明显是裴宿，他似乎还想说话，电话那边却突然传来个女孩的声音。

"裴宿，我是江墨。比赛什么时候开始？"

裴宿条件反射地回答："明天下午。"

"在哪儿？"

"萨市。"

联赛的场地走位一向风骚，常常这一场还在东南沿海，下一场就定在西北地级市。萨市虽然地处高原，但是每年多少也会承包几次比赛。

江墨瞥了叶简南一眼："好，他会按时到的。"

她不由分说地挂掉电话，手指一滑就开始查航班。正巧，现在是下午五点，翰城机场有一趟飞往萨市的航班。

"去吧，"她把手机往叶简南怀里一塞，"去比赛。"

"那你呢？"

"这些事我又不是没处理过，不用你守着。"

他神色有些复杂，过了半晌才缓缓说："我来，就是不想再让你一个人面对了。"

"叶简南，事有轻重缓急，这边没了你不会出岔子，那边没了你比赛就要弃权。"

她顿了顿，话里也有点负气。

"况且，你真欠我爸爸的，这一时半会儿也还不清。"

说完这句话，她也不想多看叶简南，直接站起身把睡乱的头发扎了起来。下楼梯的时候，叶简南走在她身后，突然自嘲似的说了一句："是，你说得没错，我还不清。"

江墨顿住脚步，长长叹了口气。

"去比赛吧，叶简南，"她说，"别的事，回来再说。"

第二天，萨市天路大酒店，联赛后半场已近尾声。

虽然职业棋手都隶属棋院，但在联赛中，棋手会受聘于各省的不同俱乐部并以团队的名义参加比赛。譬如祁翎受聘于北市的一家俱乐部，而叶简南和裴宿则分别为杭市队的主将与二将。

叶简南这个人下棋的时候完全处于一个与世隔绝的状态。裴宿比赛结束得早，巡场时去看了叶简南的棋，怎么看他脸色怎么觉得不对。

他的眼神是很专注的，整个人的注意力完全贯注在棋盘上。但他的身体状况明显已经出问题了——额头有冷汗，唇色近乎苍白。

下围棋，听着是脑力运动，其实消耗的体力一点也不亚于长跑。又是在高原上比赛，对身体素质的要求就更高了。有的人高反严重，甚至须要中途吸氧以维持比赛继续。短短两天，从杭市到翰城，又从翰城转飞萨市，海拔的转换实在让叶简南身体有些吃不消。

裴宿急忙找到领队老师。

"不会吧？"领队忙了一天，有些惊讶地顺着裴宿手指的方向看去，"简南年年都来这儿比赛，以前没出过问题啊？"

萨市海拔三千多米，每年都会出现棋手须要吸氧比赛的情况。叶简南之前来前的几次都没什么严重反应，况且他来得较晚，领队确认了其他棋手的状态后就没太关心他了。

"我去和主办方申请氧气瓶，"自知失职的领队急忙丢下手里吃了一半的面包，"等他比完就——"

负责叶简南一桌的裁判忽然发出了比赛结束的信号。

叶简南刚刚斩杀对手一条大龙，方才还错综复杂的比赛局势在瞬间清明起来。对手投子认负，叶简南朝他点点头，没多想就从棋盘前站直身子。

"简南，你先坐下。"领队赶忙走过来。

叶简南方从棋局中拔出身，这才感觉出来自己出了一身的虚汗。太阳穴剧痛，鼻腔里也有点血腥味。身后的领队也不知在喋喋不休什么，他在转身的一刹那间，意识忽然出现了短暂的空白。

空白的意识里冒出一句话。

叶简南觉得这句话太妙了，完美地描述了他作为一个棋手因高反而眩晕的状态："眼前一黑，大脑一白。"

他在昏迷中做了一个很长很长的梦，也没有什么具体的情节，只是重复着他在奈县度过的那个冬天。岛国冬日昼短夜长，叶简南一个人坐在木建的庭院里下棋。

他穿得很少，但是也不冷，整个人的五感都非常麻木，是一种濒死的状态。

下棋的时候，很孤独。

输棋的时候，很痛苦。

赢棋的时候似乎是应该开心些的，但是，也没有。

没有开心。他不知道有什么可开心的。

和他对弈的人来了又走，五官衣着模糊不清。雪停的时候，庭院的门响了一声。

叶简南听到了雪花碎裂的声音。

明明梦里是风雪长夜，来人却只穿了件蓝色长裙。她走进来的时候，叶简南忽然感到有一股热流从自己心口里涌了出来。

他低头望去，发现落樱在他心口缀成了一朵花的形状。而江墨在他面前弯下腰，笑意盈盈。

她说：“你好啊，叶简南初段。”

然后，她就坐到了他身边。棋盘没有了，雪也融化了，奈县的山川河海烟消云散。他和她并肩坐在翰城棋院的门槛上，都还是十二三岁的模样。

叶简南靠在她身上睡着了。

在梦里，再一次，睡着了。

04.

叶简南醒的时候，床边整整齐齐站了一排人。除了领队和教练，队里和他关系好的几个棋手也目不转睛地看着他，其神情之肃穆让叶简南不禁怀疑自己阳寿已尽，而大家在举行遗体告别仪式。

他动了动手指，确认自己并没有客死异乡。

“醒了，醒了，”领队赶忙坐到他身边，“简南，你感觉怎么样？”

他觉得头有点疼，但周围的人的表情实在是过于慌张，他不好意思说。

"能好吗？"一道女声凭空炸响。

这道声音让床边站着的棋手立刻呈现了"噤若寒蝉"的效果，连领队和教练的脸色都变白了。叶简南顺着声音望过去，看见江墨拎着个烧水壶气势汹汹地走进病房。

他藏在被子下的手狠狠互掐了一把。

不是，不是梦。

"好好的人，刚过来就高反，"江墨把壶往桌子上一砸，壶口处溅起一片危险的水花，"别的队员都没事，晕了也有领队准备氧气瓶，你们怎么还能让叶简南直接晕过去呢？"

江墨平常和谁都笑眯眯的，真发起火来却气场极强。叶简南乐得想笑，谁知对方眼神一转，落到自己身上。

"还有你！"江墨一声怒吼，吓得站着的诸位都是一阵哆嗦。

她顿了顿，胳膊一挥："你们先出去。"

无关人等屁滚尿流地往外跑，领队走之前还恭恭敬敬地把门带上了。

叶简南身体平躺，内心立正，低眉顺眼地听训。

"下棋下得不要命了？不把高原反应当回事是吧？是，是我昨天催你过来，可能你到得太晚了也没休息好。可是你感觉不对了总得及时吸氧吧？裴宿那儿不是有预防的药吗？你怎么就不吃啊？你——"

"江墨，"叶简南斗胆打断了她，"你别嚷嚷了，我头疼。"

他示弱，她偃旗息鼓。

窗外天色漆黑，时间也已接近午夜。

"你怎么来了啊？"

"网上有你的比赛直播，底下的评论有现场的人说你高反晕了。我给裴宿打电话问了问，感觉挺严重的，就过来了。"

"那……江老师呢？"

江墨顿了顿。

"我爸没事，老样子。"

叶简南平躺在床上，脑海里浮现出刚才江墨那被踩了尾巴的模样，又觉得好笑起来。

江墨把脸凑在他脸边，百思不得其解。

"不是我说，叶简南，你是不是晕傻了？一直笑什么呢？我打去年冬天碰见你都没见你笑过这么多次。"

他努力控制了一下表情。

然而根本控制不住，只能说话转移注意力。

他说："江墨，我想喝水。"

江墨拿起刚才那个被砸在桌上的烧水壶给他倒了杯开水，吹了吹递到他眼前。

他抿了一口，递回来："烫。"

江墨："你自己吹吹。"

叶简南："不行，我高反。"

江墨："高反不能喘气啊？"

叶简南："你别嚷，我头晕。"

江墨："你……"

"今日上午，围棋甲级联赛第 19 轮，杭市队在萨市天路大酒店保持连胜。值得一提的是，主将叶简南在获胜后因为高原反应晕倒在地。在对杭市队的赛后采访中，领队称叶简南八段因为旅途劳顿身体略有不适，现在已经在医院接受治疗。××棋牌新闻报。"

◆ 第五章
圣诞颂歌

01.

从萨市回来不久，叶简南又被召去国外参加别的比赛。他连着两个月为了比赛行踪飘忽不定，回来的时候人都累瘦了一圈。

斌老板在台上拖着长音讲求导，叶简南坐在江墨身边直打瞌睡。

"你非要上什么课，"江墨勤勤恳恳地抄笔记，"昨天半夜到北市，就不能休息休息再过来。"

"那不行，一周就两节高数，"叶简南困得泪眼蒙眬，"再不来都期末了。"

江墨嗤笑一声，心里颇为好笑——八段的职业棋手，在棋盘上华山论剑，比赛结束还得担心高数挂科。

半个小时过去，终于挨到下课。

天气几乎是一转眼就冷下来了。教室外寒风刺骨，他俩顶着风走到食堂前，江墨却突然停下了脚步。

"你看，"她指了指食堂大门，"好大一棵圣诞树啊。"

圣诞树高高耸立，旁边挤了许多学生。叶简南被江墨拽着走到树旁，才看见墙上悬挂的彩色便笺和签字笔。

"这是什么？"

"许愿树啊！"江墨兴致盎然地拿过纸笔，"我们学校每年的圣诞节，都会在食堂前面放一棵圣诞树，让大家把自己的愿望挂上去。"

纵然自己从不参与这种幼稚的活动，叶简南还是笑了："真的会实现吗？"

"信则灵嘛。"江墨让叶简南背过身，把他的后背当桌子，"你想许什么愿，我帮你一起写上去好了。"

叶简南没答话。

"你不说我也知道，"江墨在他背后一笔一画地写，"你最想要的，是拿世界冠军，对不对？"

谁知叶简南忽地转身攥住了她的手腕。

他说："不是，你不用写我的。"

江墨觉出奇怪，追问道："那是什么？"

叶简南没回答。

他越不说，她就越好奇。从开始吃饭到他把她送回宿舍楼下，江墨提出了不下八十种猜想。

"到底是什么啊？"她有点不高兴了，"至于这么瞒着我吗？"

叶简南没想到江墨这么执着。虽然他不想说，但是显然，他再沉默下去，江墨就要生气了。于是，他叹了口气，揉了揉自己的眉心。

他说："江墨，我最大的愿望……"

江墨仰起头，定定看着他。

她的眼里映出冬季浅蓝色的天，叶简南忽然感到脸颊一凉。

下雪了。

纷纷扬扬的雪里，他又想起了奈县。江墨伸手去接雪花，看着那些白色的精灵在自己掌心融化。

然后她听到叶简南一字一顿地说："是希望你回到我身边。"

圣诞节，马上就要到了。

02.

圣诞节当天。

裴宿一觉睡到下午，从卧室出来时竟然发现叶简南和祁翎穿戴十分整齐。他看看日历，又看看表，完全没弄懂这俩人休息日打扮得这么精神做什么。

叶简南看了看表，招呼了一声："祁翎，我先走了。"

裴宿还茫然着："你干吗去？去棋院？"

"不是，"叶简南蹬上鞋，"我去……"

他神情复杂地看了裴宿一眼："约会。"

只听得门"咣当"一声，叶简南的身影便已消失在楼道尽头。裴宿一脸被伤害的表情，回头看了看祁翎。

祁翎被他盯得浑身不自在，立刻穿上了外套。

"简南去约会，你去干什么啊？"

祁翎顿了顿，格外婉转地回答："我……去和霍舒扬看电影。"

裴宿一声哀号，用力把他推出了门："走！都走！这个世界对没有感情线的人太不友好了！"

裴宿的声音极具穿透力。公寓楼下停了辆红色的天籁，车窗半开，坐在驾驶座上的人闻声险些滑下车座。

霍舒扬目光转向公寓大门。

一道身影先行撞到楼门外，叶简南从她的车旁大步走开。紧接着，门禁又发出了"嘀嘀"的一声，祁翎故作镇定地走了出来。

车里有股香水味，霍舒扬一袭秋冬长裙，真人演绎何为香车美女。

祁翎坐上副驾，对这香艳的一幕无动于衷。

霍舒扬翻了个白眼，发动汽车，拐进了小区外的主路。她向来没什么方向感，车载GPS（全球定位系统）上定位了要去的商厦，一眼望过去都是表示拥堵的红线。

果不其然，车开了不过十分钟，两个人便被堵在了马路上。

霍舒扬觉得他俩的姻缘可能犯了"马路之神"一类的东西，不然不至于一上路就出岔子。

祁翎倒是不着急，他看了看窗外的风景，又摆弄了几下车载导航，手指指向另一条街上的某幢建筑。

"一定要去你说的那家电影院吗？"他微微侧过脸，"我知道这儿也有一家，岔路口拐过去就能到。"

霍舒扬侧眼一看，差点窒息。

祁翎这个侧颜的杀伤力未免太强了，这个时候就算他说要带霍舒扬去蹦极，她也能二话不说答应下来。

于是，霍大小姐立马换挡，把车拐进了祁翎说的那条小路。

说来也惊奇，明明再往前走便是车水马龙，这条街却能闹中取静。路本就窄，两边又种满了杨树，即便是身在冬日也能想见它们盛夏时节的遮天蔽日。

霍舒扬按照祁翎的指示过了两个红绿灯，最后停在一幢破旧的小楼前。

小楼的底层以前似乎是个旱冰场，但如今已经关门了。两人顺着"吱呀"作响的楼梯往上走，能看见墙壁上贴着五年前的海报。

店小店破，影片却是最新的。虽然放映机频繁的抖动和音响的杂音让观影效果打折不少，但好在电影本身是部怀旧片，和这家影院的氛围分外契合。

他们坐的地方离别的观众也远，霍舒扬压低声音问："你怎么知道这家影院的？"

祁翎收回落在荧屏上的目光，轮廓被光影一勾，好像一尊雕塑。

"小时候，"他说，"在道场冲段的时候，我和叶简南都没钱，想看电影的时候就来这里，看完一部躲到椅子底下，放下一部的时候再爬出来。"

霍舒扬"扑哧"一声笑出来："你俩还干过这种事？"

祁翎也笑，显然也觉得童年行为过分荒谬。霍舒扬看了他一会儿，伸手刮了一下他的鼻梁。

祁翎被吓了一大跳。

"你干什么？"

大概是他今天看起来脾气很好的样子，霍舒扬的行为称得上狗胆包天。

"祁翎，你鼻子真挺，会不会把手刮破？"

他无语地转过头，像看神经病似的看了一会儿霍舒扬。霍大小姐倒好，揩完油就人五人六地坐正了身子，脸上的表情正经得可以去主持《新闻联播》。

两个人没再说话，安安静静地看完了后半场电影。

是部小众文艺片，整体的色泽都很鲜亮。故事的最后，男女主角在一座电影院前重逢，五颜六色的雨伞撑起来摆满了地面。他们面对面地走向对方，步伐越来越快，最后跑起来，把雨伞撞开，跑出了一条重逢的道路。

字幕，音乐，黑屏。

观众席发出一阵絮语，方才坐着的那些人开始站起身往外走。霍舒扬抬头看看天花板，略带怀疑地问：

"结束了？"

"嗯。"祁翎站起身，"这家影院结束不亮灯。"

霍舒扬眨眨眼，摇摇晃晃地站了起来。大概是眼睛无法适应黑暗，她站了许久也不敢迈出第一步。

祁翎回头看了她一眼。

他对黑暗的适应程度要比霍舒扬强，借着微弱的光线也能看出霍舒扬神色里带了些犹豫。沉默片刻，他朝她的方向迈了一步，伸手握住了她的手腕。

"这边。"

就是一瞬间的事，霍舒扬的心忽然就落下来了。她还是什么都看不清，却坚定不移地朝着祁翎声音的方向走了过去。

她能感觉到祁翎是面朝她倒退着走的。走到尽头的时候，他顿了一下，把空着的手往前一挡，霍舒扬就撞进他臂弯里。

"这儿有张往后倒的座椅，"他低声说，然后迅速把手臂抽离，"小心点，别撞上。"

霍舒扬"嗯"了一声。

其实，她已经能看清了。

被光线刺激得收缩的瞳孔在黑暗里慢慢放大，破旧的影厅逐渐清晰起来。她仰起头，肆无忌惮地凝视着近在咫尺的祁翎。

他离她很近。

祁翎的轮廓在阴影里格外清晰，眉峰高挑，眉骨耸起，眼窝很深。鼻梁沿着眉骨向下走，笔直，锐利，像一把薄薄的刀。

黑暗吞噬了他右脸的红痕，这才是他本来的模样。

霍舒扬忽然伸手捉住了他的另一只手腕。

祁翎的脚步一顿。

她拽着他的手腕往前站了一步，一下就站进了他可以怀抱的那片领域。

祁翎的手不受控制地落到她的腰间。

他身上可真好闻啊。既有少年特有的清爽，也有成年男人荷尔蒙的气息。霍舒扬钩住他的脖子，一点点踮起脚。

她的眼睛里映进他的脸。

就在他们气息纠缠的最后一刻，祁翎却一把将她推开。他退后一步，视线偏移，避开她的目光。

霍舒扬没力气了。

她说："你什么意思？"

"没什么意思。"

他看出来她的视力已经恢复得差不多，扭头便走出了影厅。霍舒扬长吸了口气，快步跟了上去。

这一场影片已经结束，下一场开始的时间还早。电影院前空无一人，只有地上枯黄的落叶和瑟瑟风声。

霍舒扬费了很大力气才把眼泪逼回去。

她说："祁翎，我长这么大没有这么低声下气过。"

祁翎停下脚步，声音里没什么起伏："霍舒扬，你没必要。"

"你明明就喜欢我，"霍舒扬一字一顿地质问，"为什么？到底为什么？"

祁翎在堆满落叶的人行道上站了很久，然后他转过了身，眼睛有一点点红。

他竟然笑出来了。

他说："霍舒扬，是，我是喜欢你。

"我不喜欢的，是我自己。"

霍舒扬愣了愣，感觉眼睛被风吹得有点疼。车停在路边，她摁了下钥匙，听见车子发出一声开锁声。

"我想回去了。"

"好。"

她就真的孤身一人坐上了驾驶座。车驶离了这段种满杨树的街道，像是驶离一个飘浮在玻璃球里的梦境。车轮碾起一片尘土，霍舒扬从后视镜里看过去，只能见到一个高挑的男人插着兜站在人行道上，望着天，发呆。

那片尘土被风带着和车一起走，最终落进了霍舒扬的眼睛里。祁翎远了，看不见了，被沙埋在那儿了。

霍舒扬长得好，家世好，从小所求皆可得。

可是面对祁翎的时候，她第一次产生了无能为力的感觉。

他连自己都不喜欢啊。

你让他，怎么喜欢你？

可是我喜欢你啊，霍舒扬。

比你想的还要早。

不是在南山美院你靠着车门朝我笑的时候，不是拉斯维加斯你摘下面具的时候，甚至不是在棋院的楼道里你哭的时候。

还要早，还要早。

不过现在，都无所谓了。

你没必要知道。

03.

日近黄昏，商业街已被布置得流光溢彩。

所有大厦灯火通明，路边的灌木上缠绕着银色灯串。江墨把脸埋进围巾呼了几口热气，再抬头的时候，看到了商厦门外等她的叶简南。

　　他一向穿得简单，白色毛衣外面罩着黑色外套，弯下腰逗一只萨摩耶。白色大犬冲他摇摇尾巴跑开了，再抬起头时，江墨歪着头看他。

　　"想养狗吗？"

　　"算了，"叶简南笑着直起身，"天南海北地跑，不方便。"

　　江墨点点头，背着手走到他身边。

　　"毕业了我养一只，你可以来看。"

　　"你啊，"叶简南侧过脸看她一眼，"你连小鸡都养不活。"

　　江墨一愣，随即大笑。说起来，她和叶简南这段缘分，都要归功于那只小鸡。

　　等上菜的间隙里，叶简南忽然想起了祁翎和霍舒扬。昨晚这两位职业棋手同时得知对方要陪女生过圣诞节，拿出钻研棋谱的精神共同学习了一番约会的知识点。自己这边看起来进展还顺利，也不知道说要去看电影的祁翎那边……情况如何？

　　他和江墨两个分开这么久，如此正儿八经地约会倒是第一次。店里播放着欢快的圣诞颂歌，周遭的人们脸上都洋溢着笑意。熙攘之间，一派人间烟火气。

　　他很不合时宜地想起了去年的圣诞。

　　他在奈县，打了一天棋谱，晚上去便利店买水果。小城没有那么浓厚的节日氛围，唯有橱窗里摆了一个"Happy Christmas（圣诞节快乐）"的立牌。

　　他这才想起当天是什么日子。

　　于是，他又在一筐香蕉、橙子里多扔了一个苹果。

　　那就是他的圣诞了。

　　棋院的朋友有一次聊天，装宿说，总感觉叶简南像游离在俗世之外似的，老了怕是要做书里那种上古棋仙，靠喝露水活着。

　　他也很努力地去融入过。

　　失败无数次后，他终于放弃了。

后来，他终于想清楚，他抗拒的不是这个世界，是没有江墨的人生。而没有江墨的人生，还不如下棋来得有趣。

好在如今江墨回来了。

这个世界在他眼里，终于也变得流光溢彩。

吃过饭后，江墨去卫生间补了几分钟的妆。口红涂好后，她低头将化妆包塞回手袋，再抬起头时，神情不禁一怔。

镜子里，她身旁站着个美到极点的女人。

这女人年龄似是要比她大一些，妆容一丝不苟，五官精雕细琢。最要命的是，她身上那股气质——魅而不妖，哪怕是同性见了也移不开目光。

江墨向来觉得霍舒扬已经是她认识的女孩里最漂亮的了，可到了这女人面前，霍舒扬怕是也只是个黄毛丫头。

感慨了一番"好看的女人真多"之后，她灰溜溜地跑出了洗手间。

江墨和自己的舍友钟冉关系实在太好，往年的圣诞节都是两个女生一起过。今年她有叶简南陪伴，却也不好意思把钟冉一个人丢在宿舍，便把和她的逛街活动约在了和叶简南吃饭之后。

酒足饭饱，她和叶简南走到电梯旁边。

"你真是……"叶简南无奈，"我还以为能和你多待会儿呢。"

"下次吃饭我请，"江墨自知理亏，语气格外"狗腿"，"人家年年陪我，我有了你就不要她，也太不讲义气了。"

电梯"叮咚"一声，叶简南揉了揉她的头发。

"那你们两个女生结束了叫我，我过来送你们回学校。"

"好！"

电梯上的数字从"5"降到"-1"，江墨舒了口气。她靠着墙和钟冉发短信，抬起头时，却看见刚才吃饭那餐厅的服务生跑了出来。

"小姐姐，"对方气喘吁吁地扶住膝盖，"这是不是你们的东西啊？"

她"啊"了一声，赶忙接过，打开钱包，看见了叶简南的身份证。

"是吧？"服务生直起腰，"我看像刚才那个男生……他人呢？"

"哎呀，他去车库了。"江墨赶忙按下电梯按钮，"我去送给他吧，麻烦你了。"

圣诞节本就人多，现在又是刚吃完饭的高峰。江墨等电梯就等了好久，下楼时又每层都停，她急得直跺脚。最关键的是打电话并没人接，也不知出了什么事。

好不容易到了车库，她赶忙跑了出去。

车库空旷而安静，又因为没有暖气而极度寒冷。耳机里是"嘟——嘟——"的忙音，江墨拐过弯，忽然愣住了。

叶简南皱着眉，正和一个女人说话。

她赶忙躲到一辆车后。

距离太远，她听不清两人在说什么，却看清了那女人的面容——正是她在洗手间里碰见的那个！

江墨有些愣怔。

说着说着，那女人竟低头哭了起来。叶简南迟疑片刻，递去一包纸巾。两人又说了几句话，叶简南打开车门，很绅士地将对方送上副驾驶。

车库，哭泣的女人，副驾座位。

江墨的手指有些冰。

她眼睁睁地看着车子启动，听见发动机轰鸣。车子绝尘而去，她接起钟冉的电话。

"江墨……"她的声音很困倦，"我睡过头了，不去了，你继续和你朋友过节吧……江墨？你怎么不说话？"

她嗓子很哑地"嗯"了一声，随即挂了电话。

车库里温度极低，她越走身子越冰。好不容易走到商厦外，她拦了一辆出租，低声报出叶简南家小区的名字。

她也不知道要去做什么。

他们有五年没见，他应当……也有她不知晓的一部分人生。

事情来得太突然，她茫然极了。叶简南仍是没有回复她的信息，而车窗外是北市的万家灯火。江墨茫然地看了一会儿，拨通了霍舒扬的电话。

霍舒扬正在家里摔枕头。

她傲了二十年，头一次碰见祁翎这样的男人。一想起自己那个被躲开的吻，她就把头埋在被子里哇哇大叫，气得只想找人打一顿。

接到江墨的电话，让她彻底爆发了。

"江墨，我这就去，"她风风火火地穿上外套，"我看出来了，他和祁翎，都不是好东西！"

04.

江墨带着司机绕了好一阵，才好不容易找到小区门口。刚走到楼下，便看见公寓大门被狠狠打开。

一道身影踏入夜色，

竟还是那个女人。

她才来多久，怎么又下来了？

江墨身体先于意识后退半步，毫无志气地缩进一辆私家车的阴影里。

那女人向前走了几步，铁门又响了一声，追出来的人……

竟然是裴宿！

江墨不可思议地捂住嘴。

他穿得少，人被屋外的寒风吹得瑟瑟发抖。女人回过头，语气略带愠怒："裴宿，你这是干什么？"

他抖得太厉害，江墨甚至分不清他是因为冷还是因为愤怒。

"你不回来了，对吧？"

语气里带了点哭腔。

裴宿这个人，虽然和江墨交情不深，但留给她的印象总是玩世不恭的。棋院这帮年轻棋手一个比一个少年老成，唯有他是十二分放荡不羁。

可就是这么个人，此刻却手扶着膝盖，半蹲在雪地里，一字一句都是克制的痛彻心扉。

女人偏了偏头，颈椎处的骨骼在雪夜里发出一声脆响。

她说："对，不回来了。"

裴宿的喘息声逐渐消失了，取而代之的……

是哭声。

江墨没见过男生这么哭。

面子不要了，尊严也不要了，只是窒息一样大口吞咽着空气，他用一种近乎崩溃的口吻一字一顿地说："戚雅，你就是个骗子。"

年轻的声音在雪夜里有种巨大的萧索感。

江墨没有发出任何声音，那个被称为戚雅的女人也陷入了沉默。寂寂雪夜中，裴宿说话的样子就好像要把他这么多年的委屈都从血肉里撕扯出来，然后掼到对方面前，掼到这片雪地上。

"我十二岁业余赛第一次输给你，你说你会等我赢你的那天。

"然后，你就去做了职业棋手。

"我做了职业棋手，我追你，你说我还太小，说等我成年。

"我十八岁生日去和你表白，你说你只和世界冠军谈恋爱。

"我拿了世界冠军了，你现在来告诉我，你要结婚了，要移民，让我别再惦记着你？

"凭什么都是你说了算啊？凭什么从始至终，永远都是按照你的规则来啊？

"就因为我喜欢你，因为我比你小四岁，所以我就永远都来不及，都跟不上，是吗？"

裴宿气喘吁吁地把这些话说完，然后就一屁股坐进雪地里，双眼通红地望着戚雅。她显得那么无可奈何，无可奈何地垂下眼，无可奈何地俯视着他。

就好像这么多年来，她一直做的那样。

她说："别坐地上，地上凉。"

"你别再用那种哄小孩的语气和我说话，"裴宿拂开她的手，"你就没把我当男人看过。"

戚雅叹了口气："可你现在不就和小孩似的吗？"

他一怔。

"和小孩似的，要的东西得不到，就坐在地上耍赖。我如果真的像你说的一样永远按照自己的规则来，何必要千里迢迢跑这一趟？"

她轻飘飘地收回了手。

裴宿后知后觉地一握，却只握住了几粒雪花。

她说："裴宿，我这回真的走啦。"

雪地上延伸出两行脚印，消失在重叠的居民楼之后。老天爷似乎在用这种切实的痕迹来提醒裴宿，他爱了一整个青春的那个女人来过，又离开了。

真丢人，他心想。

他在雪地里坐了很久，坐到四肢都冻麻木了。过了一会儿，旁边走过来一个人，给他递了张纸。

江墨说："擦擦吧。"

她或许比任何人都能理解裴宿现在的心情——这种爱了许多年的人将你抛下后，全世界似乎只剩你一个人的心情。

有那么一刹那，她甚至看见了十五岁的自己，在闻道棋堂前号啕大哭。

裴宿都没力气问她为什么会在这儿了。他抽了抽鼻子，把纸巾往脸上一糊。

他说："江墨，你们女的是不是觉得吊着人玩儿特有意思啊？"

江墨苦笑："没有啊。"

裴宿鼻子堵了，说起话来瓮声瓮气的。

"那就行，那你可别吊简南了。你看我，多惨。"

铁门的"咣当"声，今晚第三次响起。江墨回过头，看见叶简南抱了件衣服下楼。他略显诧异地看了一眼江墨，然后把衣服扔到裴宿身上。

"穿上，"他又把眼神转向江墨，"你怎么过来了？"

"我不，"裴宿破罐破摔，"让我冻死在这儿吧，纪念我死去的爱情还有我——欸，这是谁的车？"

一辆红车开着远光灯冲破雪雾，从小区门口直插到他们所站的单元门前。江墨被车灯晃得闭上眼，再睁开的时候，眼前骤然出现一个气势汹汹的霍舒扬。

她拎着某奢侈品牌的手包，暴怒之下毫无预兆地抬手就往叶简南头上砸了一下。

叶简南毫无防备地受到了来自霍舒扬的重击。

江墨赶忙冲上去："舒扬舒扬，我错了！"

"你别心软，"霍舒扬怒从心头起，"你错什么啊？他们男人就没一个好东西！祁翎也是，叶简南也是，都是一群——你别拦着我，我帮你揍他——"

"我误会了！我误会了！"江墨费了九牛二虎之力，终于把暴怒状态下的霍舒扬按住了，"那个女的和叶简南没关系！"

霍舒扬痛心疾首地看向江墨。要不然说女人一谈恋爱就智商为零，这孩子是色迷心窍了啊。

"都和叶简南回家了，还和他没关系？他又编了什么故事哄你啊？江墨——"

"舒扬！"江墨破罐破摔，"叶简南是带那个女的来见裴宿的！"

她跑到裴宿身边，扶着他的下巴把他的脸摆正："你看这眼泪，你看这悲痛的表情，看出什么了吗？

"被甩了！叶简南带那女的回家是特地来甩他的！"

四个人在瞬间陷入了可怕的沉默。

在座的，智商都不低。

裴宿觉得自己真是太惨了。别人被甩了能得到各种安慰，他在撕心裂肺之后还得听别人一清二楚地把自己的惨状描述一遍。

他站起身，深深凝视了一眼江墨，然后上楼了。

叶简南觉得自己真是太冤了，帮舍友带女人回了趟家，不但被自己正在攻略的准女朋友误解，还被霍舒扬拎包打得七荤八素。

他拽着罪魁祸首江墨的衣领，打算把她带上楼好好教导一下。

霍舒扬扶住门框，对着叶简南消失在楼梯转弯处的身影虚弱地呼唤道："叶大师……"

应该……不会伤到头吧……

她杵在楼梯口缓了缓，刚准备离开时，身后却传来一阵嘈杂的脚步声。

她的心莫名一沉。

霍舒扬慢慢转过了头。

祁翎。

他以往出现在她面前时，多是克制的、疏离的、循规蹈矩的。可这一刻，他却显得格外荒诞。

他喝多了，一身酒气，神色涣散。他站得不是很直，因为他背上扛了一棵圣诞树。是真的圣诞树——枝干上包裹着粗糙的树皮，树叶修剪成倒锥形，树梢上缠绕着彩灯和铃铛。树枝在雪地上被拖拽前行，划出一道又一道交叉纵横的伤痕。

天知道他从哪个店里弄了这么一棵树回来。

"疯子。"霍舒扬轻声说。

祁翎扛着那棵圣诞树，摇摇晃晃地站在雪地里。他仔细看了一会儿站在阴影里的霍舒扬，苦笑道："真的醉了，到处都是你。"

然后，他把那棵树往单元门前用力一戳。

圣诞树上的亮粉被抖落一地，也洒了祁翎一身。他走到霍舒扬跟前，俯下身很认真地看着她。

他说："圣诞快乐，霍舒扬。"

霍舒扬咬着嘴唇不说话，眼睛里逐渐蓄起一层水雾。

这个世界上怎么会有一个祁翎，又有一个霍舒扬？他只用说一句话，她就想笑，想哭，想歇斯底里地尖叫。

饶了我吧，祁翎，我求求你了。你是要我生还是要我死，不如一刀给个痛快。

祁翎蹲了一会儿，扶住膝盖慢慢站了起来。

他比她高大半个头，眼神诚恳得像只小狗。他的眼睛离霍舒扬只有三厘米，他下定决心的样子特别稚拙可笑。

他说："我当你是幻觉。"

他力气怎么这么大？是要抱人，还是要把人碾碎在他怀里？他怎么就这么没用，只有喝多的时候才敢吻她，而且还当她是个虚像？

"霍舒扬，"他把她按在墙上，仔仔细细地吻，态度考究，如同棋局到了生死关头，"我爱你。"

05.

"你们觉得，"大约是祁翎回家时的造型太惊人，裴宿迅速从失恋的伤痛中走了出来，"翎哥现在在做什么梦？"

三人蹲成一排，而祁翎四仰八叉地倒在客厅的沙发上。

十分钟前，祁翎一身酒气地出现了家门口。而霍舒扬站在门外，把他推进叶简南怀里后便面色不善地离开了。

时间太晚，外面又太冷，再加上祁翎在沙发上睡得过分安详，正好给江墨腾出了一间屋子。

谁知叶简南躺下不过十分钟，江墨就裹着毯子来找他了。

她说："我睡不着，和你说会儿话行吗？"

叶简南一愣，随即把看了一半的书合上。

"过来吧。"

她抱着枕头被子屁颠屁颠地跑了进去。

他挪了挪，给她腾出一片空地。

"认床？"他问。

"没有。"

"那怎么睡不着？"

"想不明白。"

"想不明白什么？"

"叶简南……"她拖长了声音问，"你说两个人想在一起，也不是一件那么简单的事，对吧？"

他俩一块长大的，话里话外的意思，一点就透。

是，不简单。

"戚雅是裴宿的求而不得，"她用膝盖顶着下巴，"祁翎自己和自己过不去。咱俩……咱俩……"

"你到底想说什么？"叶简南把书压到枕下，很专注地看着江墨。

叶简南下棋的时候就是这副表情，眼睫毛压下来，在脸上投下一片阴影。嘴角抿着，好像在思考什么大事。

江墨抓住他的袖子，慢慢说："我想今年回家的时候，和我妈提一下你的事。

"要是行的话……

"过去的事，就让它过去吧。"

她说着说着，忽然有点委屈，也不是替自己委屈，是替叶简南难受。

"叶简南，我最近老是想你一个人在奈县的日子。

"你当时不也就十七八岁，异国他乡的，一个人一住就是半年。

"你这人别扭，从小能让你高兴的事就那么几样。那段时间老输，也没我陪着，你是怎么过来的啊？"

是……这些事吗？

重新遇见江墨以后，叶简南就很少想起奈县的事了。此刻旧事重提，他神色平静得仿佛那些难挨的长夜不曾存在过。

"你想这些干吗？"

"今天我看裴宿那样，我突然就觉得你们这些棋手挺难的。从小就得宠辱不惊，感情老压着不说吧，还认死理儿。他今天和我说，让我别吊着你了——我吊着你了吗？"

"就你这智商还吊着我？跟人都跟不对。"

江墨瞪他。

叶简南揉了揉太阳穴，笑了起来。

他说："江墨，其实我在奈县的时候老想，要是当年我没下那盘棋，是不是一切就都不一样了。

"想了也没用，想了我也回不去。

"后来有天我有点发烧，自己在床上躺着，没水没药的。我和自己说，叶简南，你看你，活了小二十年，今天死这儿了都没人管你。

"睡了两天吧，醒的时候病也好了，正好赶上奈县下大雪，我站在窗户前面看雪，突然就发了疯似的想见你，想当着你的面把这些年攒的话都说了。"

江墨坐直身子。

"在这儿呢，你说吧。"

他垂眼看她，五官被灯光晕染开。分明是个薄情的长相，眼睛里却映了两泊水，几乎要把江墨溺死在里面。

他说："江墨，你再喜欢我一回吧。"

那年的圣诞节，时隔多年后仍会被他们提起。那天有太多的误会，太多的眼泪。有人袒露心意，有人旧事重提，还有人受了皮肉之苦。

那天真是太混乱了。

可是……

也真是，太浪漫了。

第六章
万家灯火

01.

大学的期末周，轰隆隆地就碾过了。

叶简南象征性地参加了几门考试，就又回到棋院为来年的一系列比赛做起准备。职业棋手的生活其实相当枯燥，每天无非三件事：

吃饭、睡觉、下围棋。

而江墨在参加完期末考试之后没有直接回家。一月十五日到十八日，棋院主办了一场为期三天的青少年围棋冬令营，竟然把叶简南和裴宿叫去给小学生当教练。

江墨喜闻乐见。

究其原因，大约是自从她见到叶简南在聋哑学校的表现以后，就对"叶简南带孩子"这件事抱有超乎常人的热情。

冬令营上午九点开始，江墨早上没起来，赶到的时候已是下午一点。

孩子们都在午休。

叶简南正在活动大厅里和人说话。他对面的那个男人大约三十多岁，高个宽肩，气质颇为挺拔。江墨站在门口看了一会儿，忽然想起这人是谁了。

常刀。

常刀围棋道场的创始人，叶简南的老师，常孟十番棋的主角之一，常刀九段。

他手里牵了个七八岁的小女孩，女孩年龄不大，香香软软一小团，蹭在父亲身边像只小花猫。

"乖点儿，"他低头哄了一句，随即继续和叶简南说，"我晚上有事，她妈妈今天也不在家。你们这边是棋院办的冬令营，我送过来放心。"

"您放心吧，都是灵珺这么大的孩子，"叶简南蹲下身，"还记得我吗？小灵珺？"

常灵珺空着的那只手牵了他一下："简南哥哥。"

她话音刚落，大厅的音响突然开始播放音乐。常灵珺飞快地缩回手，紧紧抱住常刀的裤腿。

"胆子太小了。"常刀苦笑了一下，抬头问道，"是不是下午的活动开始了？"

不等叶简南回答，活动大厅外便传来了孩子们的喧哗声。小灵珺被吓得眼圈一红，可怜巴巴地看向常刀。

"爸爸，你要走了吗？"

常刀一颗老父亲的心都要碎了。

"我……"他顿了顿，看向叶简南，"简南，你们下午第一个活动是什么啊？我看你们做完再走吧。"

叶简南笑了笑："好。"

说是冬令营，能入选的孩子其实也经过层层选拔。叶简南和裴宿各带一个五人小队，指导小孩下棋的同时还要配合电视台的几次节目录制。

而下午第一个活动，是给孩子们下指导棋。

指导棋不比正式对局，其本意在于其指导对方做出正确的应对，以前辈的姿态在棋盘上对后辈产生正确的引导。好的职业棋手，一盘指导棋千金难求。

裴宿驱赶着熊孩子们坐到座位上时，江墨溜到了叶简南身边。

"给。"她递给他一瓶水。

叶简南接过去："你可以再来晚点，活动都散了。"

江墨朝他做了个鬼脸，溜达着去看裴宿带孩子了。自从那晚她见了裴宿为爱痴狂的样子后，就再也没法把他和以前那个玩世不恭的公子哥儿联系起来了。更何况，在叶简南口中，裴宿的真实身份其实是一个有着千万家产要继承，但为了梦想和爱情与家里一刀两断的传奇人物……

她以前真是瞎了眼，对这么一个货真价实的富二代视而不见。江墨打算等他走出失恋伤痛以后把他介绍给自己舍友，这样她以后说不定能做一个富婆身边的女人之类的……

裴宿完全不知道她脑子里在琢磨什么弯弯绕绕，他仍对江墨那晚的行为怀恨在心，压低声音对着自己这队的孩子们说："看到没有，你们要是不好好下棋，以后就会变成她这样。"

一个孩子举起手："老师，哪样？"

裴宿："无所事事，形似失智。"

无所事事的江墨同学不经意间便晃到了常刀和他女儿身边。

常刀这个人，还是很传奇的。虽然棋院里十个九段有八个都是传奇，但像常刀这种以一己之力劈开一个时代的还是屈指可数。有棋评说，常刀巅峰时期的大局观，即便是出自他道场的叶简南和祁翎也远未领略其中一二。

可就是这么个男人，却是个不折不扣的"女儿奴"。

裴宿和叶简南开始下指导棋了，他还在那儿哄着女儿落子。

"下一个，再下一个。"

常灵珺不情不愿地把一颗黑子摆到正中心的天元位上。下围棋讲究"金角银边草肚皮"，灵珺这落子，可谓是得了上古棋神的真传。

常刀："下得好。"

江墨心道：常九段您这真是睁眼说瞎话……

常灵珺绞着衣角，不情不愿。

"爸爸，我想下跳棋。"

"没有跳棋，陪爸爸下围棋好不好？"

"那我不喜欢黑的，我想要白的。"

常刀百依百顺的模样，别说换棋子了，刀山火海也愿意跳。

"爸爸为什么喜欢下围棋呀？"

"为什么呀……小灵珺知不知道千古无同局？"

常刀随口一问，江墨却愣在了原地。

"千古无同局呀，就是说自帝尧造围棋教子丹朱以来，人们下的每一局都不一样。围棋纵横十九路，棋子变化无穷。我下的每一盘棋，都是新的。你说，有没有意思？"

常灵珺若有所悟。

江墨定了定神，走出了活动室的大门。

"千古无同局呀……"

好多年前，也有个人，这样和她说。

其实长大成人这件事也没有许多故事里讲得那么不堪，长大以后，就可以去更远的地方，见更多的人，做更多想做的事情。

可是如果硬要说长大有什么不好的，那就是必须无可奈何地，接受父母的老去。

即便如今的江闻道什么都忘了，但江墨替他记住了太多事。她记得自己家里那些有关围棋的期刊杂志上总有江闻道的采访。记者有时会把他年轻时的照片附上去——当真是鲜衣怒马少年狂。

再后来，他结了婚，有了江墨。棋坛新人辈出，他带着谢婉回到故乡翰城开设棋堂，从"国手"成了"老师"。

他会想念当初的日子吗？他和瞿丛秋，他们这一辈人，也曾披荆斩棘，也曾横刀立马，也曾执笔写传说。可惜少年子弟江湖老，他试图把梦想寄托在下一代身上。

然而江墨对围棋兴趣寥寥。

江闻道年轻的时候太狂，有时候胜局已定又不想浪费时间，就变着法地劝对手投降。万万没想到，劝降了那么多次，对着孩子却一天到晚念叨："墨墨，再下一步，再和爸爸下一步。"

江墨不耐烦，把棋盘一推，"刺溜"就跑没影了。

次数多了，江闻道也灰心了。后来叶简南和祁翎来了棋堂，他便把所有对围棋的热忱都投注到这两个孩子身上。

可是江墨知道，他是有一点小小的失落的。

江闻道忘了所有事以后，她会后悔。她后悔，自己当初怎么就没和父亲下过哪怕一盘完整的围棋呢？

他最后一次试图和江墨下棋的时候，江墨说："这有什么好玩的，还不如跳棋。"

那是江闻道第一次，也是最后一次冲她发火："你知不知道什么叫围棋？你知不知道什么叫'千古无同局'？"

八岁的江墨被他突如其来的怒火吓得号啕大哭，到最后，江闻道长叹一声，把她抱到了膝盖上。

"没事，墨墨不喜欢下，以后爸爸不和你下就是了。"

天知道她有多想父亲再和她下一盘棋啊。

可是，没机会了。

千古无同局。

无论这世上再有一千盘棋，一万盘棋，都没用了。那盘残局永远留在她八岁时的翰城棋堂，永远也不会有人把它下完了。

02.

指导棋才下完，电视台录节目的摄制组也来了。叶简南和裴宿分身乏术，忙到晚上七点多才算告一段落。冬天天黑得早，从窗户望出去，楼外已亮起一片华灯。

生活老师把孩子们带去吃饭了。空荡荡的活动大厅里，只坐着常灵珺一个人。

距离灵珺妈妈来接她的时间还有不到十分钟，叶简南看了看表，打算过去陪她坐坐。

和常刀在身边时的胆小不同，孤身一人的常灵珺显得格外乖巧懂事。她端坐在高高的椅子上，用白色棋子在棋盘上摆图案。

"小灵珺，做什么呢？"

常灵珺抬头朝他笑："在做小兔子。"

叶简南揉揉她的头发："你妈妈一会儿就来了，哥哥陪你等一会儿。"

常灵珺忽然停下手。

她说："简南哥哥，今天下午，有个姐姐坐在楼道里哭。"

叶简南一愣。

"长头发，穿一件灰色的大衣，哭得可伤心了。我问她怎么了，她抱了抱我就走了。"

他今天没和江墨说几句话就去忙了。此刻仔细回忆起来，倒是能记起她穿了件浅灰色的长款大衣。

这么一想……他下午就没再见过她了。

叶简南急忙摸出手机给江墨打电话。

所幸她接得很快，叶简南松了口气。

"怎么了？"

"江墨……"叶简南避开了些常灵珺，"常老师的女儿说，你今天……哭了？"

"哭了？"她反问了一声，"没有啊。"

"不是你？她说今天看到一个穿灰色大衣的姐姐在楼道里哭，不是你？"

"你就这么盼着我哭啊？"江墨哑然失笑，"不是我。我下午看你们太忙就先走了，现在已经在回翰城的火车上了。"

叶简南将信将疑。

"车上信号不好，我挂了。"

"那你……一路小心。"

直到听筒里传来"嘟——嘟——"的挂断声，江墨才把手机按灭。她蜷缩进车厢狭窄的卧铺上，目光转向车窗之外。从她的角度望出去，能看到车窗外起伏的地平线，月色下山石的轮廓，还有村庄人家里亮起的光晕。

万家灯火。

也不知闻道棋堂的灯火，有没有被谢婉点亮。

更不知她这次回去要说的事，会掀起何样的波澜。

打完电话没多久，常刀的妻子便来了。常灵珺欢呼雀跃地扑进妈妈怀里，回头和叶简南打招呼："简南哥哥，我走啦！"

叶简南点点头，把母子俩送到了门外。

他越想越觉得不对劲。

一月的北市寒风刺骨，叶简南却像凝固住似的定在门外。他手指摩挲着手机屏幕，一时不知这第二个电话是打还是不打。

眼前有车灯亮起。

他下意识地伸手挡住眼，强光变弱，一辆车停到他面前。

这车……有些眼熟。

就像为了解答他的疑惑似的，朝向人行横道这面的前后车窗都被摇下来了。前窗坐的是瞿丛秋前辈，后窗那个把头伸出来的，竟然是小深沉。

"简南哥！"小深沉兴奋得直嚷嚷，"瞿老师要带我们去他家里吃饭，我们来接你和裴宿啦！"

他诧异地弯下腰，看到了坐在驾驶座的祁翎。

"还愣着干什么？"瞿丛秋伸手推了他头一下，"快上楼去叫裴宿啊。"

"哦，"叶简南这才反应过来，"好，我现在就上去。"

他急匆匆地转身上楼，手机屏幕则定格在了那个未拨出的界面上。

车近市郊，驶进一片别墅区。

像瞿丛秋这样的男人，少时成名，行为乖张，职业生涯几次起落，再出现在媒体面前时已是三朝元老。二十多岁的时候他把混账事都做完了，如今所求竟只剩给老婆梳头给儿女做饭。

传奇落幕未必就是悲凉，传奇只是想过平凡日子。

叶简南一行人跟着瞿老下车往屋里走。门前的花园里养了只萨摩耶，看见人来也不叫，懒散地抬起眼，又懒散地趴下。

霍以白听见人声，风风火火地来开门。

屋子里一派温暖。

他们落了座没多久，饭菜便上齐了。瞿老招呼霍以白坐下，又伸手指窗外的花园："可惜现在是冬天，你们明年夏天来，想摘什么都有。"

"又念叨你那些花花草草，"霍以白笑话他，"快吃吧，你们不来，我都好久没下厨房了。"

裴宿："啊？那平常谁做饭啊？"

饭桌一下陷入了诡异的沉默，瞿老咳了一声，试图掩饰他脸上的尴尬。结果弄巧成拙，把所有人的目光都吸引过去了。

霍以白："咳咳咳，嗓子里有鸡毛啊？装什么十指不沾阳春水。"

几个年轻棋手心知肚明地笑起来。瞿丛秋在外头厉害，在家里却是个"妻管严"，这是棋院无人不知的秘密。

笑声刚落，窗外骤然亮起一片光。

车轮碾过十字路，门外传来刹车的声音。花园里的萨摩耶雀跃地叫起来，紧接着是一个女声："别闹，别闹！"

祁翎在听到声音的瞬间脸色就变了。

钥匙插进门锁使劲转了转，寒风顺着开启的门缝疯了似的往屋子里钻。霍以白站起身，匆匆忙忙地迎了上去。

"扬扬，怎么回家也不说一声呀？"

年轻女孩抖掉一身雪花，嗓音有种倦怠。

"从外地回来的，路过家门，懒得往市里开了。"

叶简南筷子落地，满脸难以置信。他转过头，用口型询问祁翎："霍舒扬？"

然而祁翎已经完全老僧入定，对外界任何的刺激不闻不问不听不看。他的大脑此刻一片虚空，虚空之中只有一个问题不合时宜地升起：

霍舒扬，为什么跟妈姓？

问题的主人公刚刚换掉长靴进门，她把外套搭在手里，睫毛和头发上落满尚未融化的雪花，从冬夜风雪里走出来的模样像个易碎的玻璃制品。

抬眼的刹那，她愣住了。

门外是雪，大片大片的雪，被风吹得砸在地面上，把长夜装饰得凄冷孤单。门内是蒸腾的热气、饭菜的香气，还有那个坐在那儿的，叫祁翎的男人。

他怎么这么若无其事？

他怎么会、怎么能、怎么敢，这样堂而皇之地坐在我家里，坐在我面前，在我被冻得凄凄惨惨地从雪里走进来的时候，以一个主人的姿态在那儿看着我？

屋子里安静得掉一根针都能听见。

霍以白显然对他俩的爱恨纠缠一无所知，她把霍舒扬拉到饭桌前，满脸要给女儿介绍几个青年才俊的热情："扬扬，妈妈没和你说，今天你爸爸请了他们棋院的几个棋手来吃饭。你看你也在棋院，你们认识一下——"

"妈，"霍舒扬突然开口打断，神情格外讥诮，"不用了，叶简南他们，我认识。"

"真的呀？那太好了，你都认识？"

她把外套挂起来，坐下，仔仔细细地端详着饭桌上的每一张脸，最后把目光落在祁翎身上。

她举起手，不偏不倚地指向祁翎。

"这个人，我不认识。"

这下，即便是她不知情的父母，也觉出女儿的异常了。

霍以白去抓她的手。

"扬扬，别指人，这不是从小教你的规矩吗？怎么一点礼貌也没有。"

霍舒扬一把将手抽开。

"我不礼貌？那这个陌生人到我家，我却一点都不知道，他有没有礼貌？"

"舒扬，你怎么回事？"瞿丛秋脸上略显怒容，"祁翎是我请来的，是咱们家的客人！"

"客人？好，客人了不起。我这个自家人，回来得不是时候。"

说完，她"哗"的一下站起来，转身就往门外走去。

即便知道自家女儿性格骄纵，但这么不懂礼貌也是第一次，瞿丛秋刚要呵斥出声时，祁翎却推开椅子站了起来。

"霍舒扬，你别走。"

语惊四座。

棋院八卦男团立刻有了反应：

裴宿和小深沉凑在一起开始窃窃私语，而叶简南摩挲着手机屏幕，只恨今天没带江墨来。

另一边，祁翎沉沉开口："你别走，我走。"

窗外有狂风尖鸣而过。

瞿丛秋年轻的时候脾气暴烈，棋院闻名。老来远居郊外修身养性，这帮年轻人竟然把他当叮当猫。

"都给我坐下！"他一巴掌拍向桌面，中气十足地吼道，"谁也不许走！"

很快，除了霍舒扬和祁翎，桌旁的人全都恢复到了正常状态。叶简南三人在瞿丛秋故作慈祥的眼神下对上午结束的青少年选拔赛侃侃而谈，餐桌上浮动着一派虚假的热闹。

瞿丛秋在明，霍以白在暗，她从餐桌底下踢了霍舒扬一脚，压低声音问："你怎么回事？"

"没怎么。"

"你认识祁翎？"

"不认识，就是不合眼缘。"

她叼着勺子抬起头，煞有介事地看着自己亲妈："妈，我刚才一看见他就觉得他是我命里一劫，你趁早把他送走。"

霍以白伸手掐她腰："胡说八道。"

祁翎坐在桌对面，既不抬头，也不参与叶简南他们的对话，生人勿近的气质和餐桌上的氛围格格不入。

这回轮到霍以白嗓子卡鸡毛了。

她说："祁翎呀，是不是阿姨做的菜不合口味啊？"

祁翎赶忙否认："没有没有，我就是吃饱了。"

"吃饱了呀，"霍以白顺势而上，"那喝点汤吧。去，扬扬，厨房锅里煲着汤呢，去给祁翎盛一碗。"

叶简南和瞿丛秋说话的声音抖了三抖。

祁翎试图把拒绝的话说得柔和一点，但是几个否定词滚到嘴边，怎么想怎么不礼貌。霍舒扬看他自我纠结了半晌，又觉得这倒霉孩子实在可怜。

"盛就盛呗，又不掉块肉。"

她站起身接过祁翎的碗，谁知道瞿丛秋把自己的也摞了上去。

她怒视自己亲爹。

"干什么呀，给你爸盛碗汤亏着你了？"瞿丛秋瞪回去。两双颇能体现遗传美学的杏仁眼对视半晌，年轻的那双败下阵来。

小深沉忽然端起碗，把碗底几粒米风卷残云一般吃完了。

"舒扬姐，"他嘴角沾着米粒冲霍舒扬笑，"我也想喝。"

余下三位棋手同时扶住了额头。

霍舒扬不情不愿地端着三个空碗走向厨房。瞿老前辈这别墅也大，从客厅走到厨房得拐两个转角。祁翎坐立不安了三秒钟，在霍舒扬的背影消失前的最后一秒起身追了过去。

第一碗汤被"哐当"一声放到案台上。

"你跟过来干什么？"

"三个碗你拿不了。"

霍舒扬没好气："我可以送两趟。"

"霍舒扬……"

"嗯？"

"我不是故意来你家的，我真没想到你姓霍……瞿九段，是你爸。"

"来都来了还那么多废话，吃完赶紧滚。"

第二碗汤被递向祁翎，他赶忙伸手接住："嗯。"

大概是他过于低声下气，霍舒扬语气缓和了些："我爸妈结婚的时候就说好了，两个孩子，一个随爸姓，一个随妈姓。我还有个在国外念书的哥哥就姓瞿。"

语气是缓和了，手上却一点没留情。霍舒扬给祁翎的两个碗都盛得满满当当，几乎是稍有晃动就会洒出来的水准。

"走呀，祁翎。"她捧着自己的碗，一脸人畜无害。

祁翎看了她一眼，神色复杂，半晌也不敢动一下。

"怎么啦？"霍舒扬自己生了半个月的闷气，此刻大仇得报，越发跳脱，"你不是来帮我吗？原来两个人也拿不了啊，那你过来干什——啊啊啊——"

厨房地面上不知怎么洒了摊水，霍舒扬得意忘形，右脚一滑，身子直挺挺朝前扑去。

祁翎刚把意志力都贯注到碗面平衡上，只见眼前一道水光闪过，自己就被迎面而来的霍舒扬扑倒在地。

确切地说，是他摔倒在地，霍舒扬摔倒在他身上。

瓷碗清脆的碎裂声，惊动了客厅里的所有人。

十分钟后，叶简南拿着瞿丛秋的车钥匙，带着祁翎和霍舒扬赶往离别墅区最近的医院。

祁翎临开车前还努力辩解："老师，我真没事，就烫了一下，都拿凉水冲了。"

"不行，"瞿丛秋狠狠瞪了霍舒扬一眼，"红了那么一大片，去医院看看我心里踏实。"

霍舒扬恨不得把自己缩进车后座的角落里。

霍以白站在车窗另一边戳她脑门："还人家是你命里一劫，我看你是人家命里一劫。"

祁翎见状赶忙拍了拍叶简南的肩膀："简南，开车吧。"

"好。"

车提速快，转瞬就蹿上了马路。祁翎转头看了一眼垂头丧气的霍舒扬，低声安抚道："我没事。"

霍舒扬没应声，捧过他的手，借着车窗外的路灯仔细看。

他们下棋的人手就没有不好看的，骨节分明，五指纤长，用力时能看见隐隐的青筋。祁翎皮肤白，烫红了就特别明显，纵是灯光昏暗也能看出伤得不轻。

真是怪了，伤的是他，疼的也是他，哭的却是霍舒扬。

"很疼吧？"

"没有。"

"会不会影响你比赛……"

"不会。"

"对不起……"

"霍舒扬，"他忽然伸出另一只手，把她散落的长发别到耳后，"你信不信我？"

"我……信。"

"那我说，没事。"

夜色如深潭，窗外长风猎猎，星河流转，霍舒扬抬眼望向祁翎，星光和风映进眼。

她不想辜负这一刻。

"祁翎。"

"嗯？"

"我一个月没见你了。"

"你……"

"我有点想你。"

"霍舒扬——"

她一个字都不让他多说。

"祁翎，你能不能为了我，喜欢一下你自己？"

窗外有渺渺星河，有万千灯火。宇宙无题，棋局难解，人心易变。一直一个人走在这偌大天地间，有时候，真的太孤独了。

原来咫尺人心，也可一溃千里。

祁翎听见自己低声说："那我……试试吧。"

叶简南把自己的存在感降到最低,上半身缩在驾驶座的椅背前,努力不露出一根头发。他现在唯一不确定的是,到底是该减速让后座那两个人多厮磨一会儿呢,还是该加速赶到医院给祁翎的手上药?

叶八段的心中,五味杂陈。

03.

翰城,二月。

其实关于江闻道每隔三分钟询问一次"你是谁"这件事,江墨已经逐渐习惯了。

不习惯也没办法。不习惯,就得一直活在痛苦里。

这是人趋利避害的本能。

江闻道生病以后,江墨一直在查这种早发型阿尔兹海默症的相关资料。阿尔兹海默症,又称老年痴呆,多发于老年人群,但也极少数地存在于四五十岁的中年人身上。这种病的残忍之处在于,它把人的一部分往事给剜走了。

江闻道,忘了他有一个女儿。

忘了来处,忘了归途,他只记得自己有一个很爱的女人,叫谢婉,是他的妻子。除此之外,什么都记不住了。

他爱的女人也老了。

不得不说,谢婉这些年越发憔悴起来。江闻道追她那年她才二十一岁,师范大学英文系的女学生,还没来得及体验人生艰难就被爱人捧进手心。再往后,念书念到博士毕业,回了翰城大学教书,她以为自己一辈子就会这么平平安安地结束。

可生老病死多难缠。

江闻道生病的这些年,她以前所未有的速度成长起来。但是从被妥帖呵护到独当一面,她的性格难免会变得尖锐许多。

"你说什么?"谢婉放下筷子,从眼镜上方逼视着江墨。

江墨没想到她反应这么大。

她深吸了口气，坚持着说了下去："妈，我觉得当初那个事，真的不能怪简南。他也痛苦了这么多年了，咱们是不是该让他回来见见爸爸——"

"闭嘴，"她冷冷地打断江墨，"要是没有他，你爸起码不至于对围棋有那种反应。这个病与他无关，但这件事他脱不了关系。"

"妈，"江墨有点急了，"你不知道他这些年经历了什么……"

"那你知不知道你妈这些年经历了什么？"谢婉的声音骤然拔高。

江墨哑然。

"我知道你喜欢过叶简南，我以前也喜欢那孩子。

"可我就不委屈吗？

"你爸爸得这个病，我无人可怨，是咱们家运气不好。可是这些年，你爸爸烧棋谱，砸棋盘，一看见围棋就像疯了似的——你知不知道这些都是因为他？"

"你怨他是因为你想找个人为这事负责，"江墨脱口而出，"如果当年和我爸下棋的不是他呢？如果是祁翎，你是不是也要怨祁翎？要是个咱们不认识的人呢？那我爸爸就算输给他——"

"可是我认识叶简南！"谢婉尖声说，"我不但认识他，你爸爸还是他的启蒙恩师！他就为了赢那盘棋，你——"

"你们在吵什么啊？"

江闻道站到餐厅门前，惶恐地问道。

谢婉骤然收声，狠狠瞪着江墨。她压低声音，用一种令人绝望的语气说："我不知道你们是不是又联系上了，我也不想管。我不想见他，更不想听他所谓的赔礼道歉。我心里这道坎，过不去。"

她摔下碗筷，去搀江闻道了。

江墨听到江闻道问她："你们在吵什么呀？"

谢婉轻声回答："没事，你睡你的。我陪你去卧室。"

江墨慢慢放下筷子，身上逐渐没了力气。

棋堂外有人在放烟花，她盯着夜幕中变幻的图案发了半晌愣，才想起来，明天就是除夕了。

庆祝开始得真早啊。

可谢婉生命中的璀璨年华，却早就落幕了。

她有什么资格要求这样一个为爱人奉献了后半生的女人去原谅呢？

江墨坐在棋堂的门槛上，想了很长很长时间。等到烟花都散尽了，她眼前出现了一双黑色的帆布鞋。

抬起头，是祁翎。

她笑了笑："你也回家过年了？"

祁翎点点头，坐到了她身边。

"我今年还是见不了老师？"

"见不了，"江墨的笑变成了苦笑，"但凡和围棋沾边的，都不能近我爸的身。"

她小时候和祁翎不太熟。那时候光记着和叶简南厮混，对祁翎的印象只剩下"凶"和"阴郁"。可后来江闻道病重，叶简南杳无音讯，是祁翎帮着江墨处理了许多本该成年之后再面对的问题。

这样想来，霍舒扬那句"祁翎是个温柔的人"也有它的道理所在。

"你什么时候回来的？"

"上周六。"

"你倒是熬出头了。当初你爸妈怎么也不想让你学围棋，还好你自己考进了常刀围棋道场。现在回家，也没人说你下棋的事了吧？"

"说什么说，"祁翎毫不在意，"一场比赛比他们一年挣的都多，我爸妈也不傻。"

"简南也回家了吧？他妈妈不是搬到南方和他爸住了吗？你俩冬令营结束以后，他也该回去了吧。"

祁翎顿了顿。

"你怎么不说话？"

"哦，没有，"他转过头，表情略显僵硬，"我走的时候他还没走，也……也不知道后来回去没有。"

"肯定回去了吧，明天就过年了。"

"那，可能吧。"

祁翎不会说假话，应付几句之后，他不由自主地站起身。

"江墨，我回家了。你过两天要是在家里待得无聊，叫我陪你出去也行。"

"好啊，回家吧，晚安啦。"

"晚……晚安。"

他逃也似的离开了秋储巷。

走到一半，他又停下了，转过身，江墨坐在门槛上，歪着头看天上的烟火。

他忽地低声说："江墨……你对简南，好一点吧。"

他站得太远，她什么都没听见。

祁翎离开后不久，江墨的手机响了。

是叶简南的语音来电。

江墨怕谢婉听见，握着手机跑进巷口的阴影里。语音接通，对面是叶简南低沉的声线。

"在干吗？"

"在等你找我啊。"

"真的？"

"真的。"

"在哪里？"

"在棋堂外面……巷子外刚才在放烟花，我才出来看了没多久。"

"多穿点啊，别冻着。"

"你当是北市啊……翰城什么时候冷过。"

"不冷也要注意保暖，别感冒。"

"哎，你好烦啊……和我打电话就说这些……"

他轻笑了一声。

"那你想听我说什么？"

"我想听好听的。"

"好听的？"

"嗯。"

"那……江墨？"

"嗯？"

"我想你了。"

翰城其实也没她说的那么暖和，江墨在墙根里跺了跺脚，往手心呵了口热气。她蹲下身，用手拢着话筒，一字一顿地回道："我——也——想——你。"

千里之外的奈县，叶简南坐在客厅里，轻轻点了点头。

异国的节日氛围没有那么浓，他心里也会好受一点。奈县于他而言真是一座死城，又是一座生城。他当年住在这里的时候时常觉得压抑得要死掉了，但当他感到孤独甚至恐惧时，又会不由自主地躲进这里。

这是他在这里度过的第三个新年。

以前没有江墨，熬也就熬过来了。可如今她回来了，每一个没她的日子都显得那么难挨。

互祝晚安后，他们挂了电话。

奈县的月亮照进窗户，把叶简南的影子长长地投射到了地上。

他的身后空无一人。

这么多年，一直如此。

◆ 第七章
浩瀚星河

01.

棋院开年第一场大戏，是 MR 战。

经过网络预选赛的洗礼，选拔出来的 8 人与 24 名种子选手入选本赛。五轮淘汰赛过后，MR 挑战者从这 32 名棋手中脱颖而出，与上届冠军进行三局两胜制的 MR 战。

而叶简南作为 MR 冠军头衔的拥有者，需要和挑战者进行最终的三轮对决。比赛地点在北市郊区的温泉酒店，上一届的冠军和挑战者早在昨天就已经入住。

江墨没想到，今年的挑战者是裴宿。

"祁翎……"霍舒扬开车带江墨和祁翎去比赛现场的时候，江墨弱弱地问坐在副驾的祁翎，"裴宿不是世冠吗……"

围棋虽然也属体育项目，但世界冠军的概念却与其他赛事不同。譬如跳高的世界冠军，只可以在奥运会或者世锦赛中拿。但由于职业围棋没有此类的比赛，所以只要是在中日韩三国举办的职业大赛中夺冠的都可称为"围棋世冠"。

棋院里不多的世冠棋手中，有裴宿的一席之地。

江墨是围棋外行，对业内的新闻关心寥寥。但在得知裴宿"痴心不改富二代"的人设之后，又惊闻平常看着吊儿郎当的他在去年就拿到了世冠，更下了要把他介绍给自己舍友的决心。

她唯一不太明白的是，裴宿一个世冠，为什么还要去过五关斩六将地去打 MR 战？

祁翎半侧过头耐心地解释："现在要拿一个国内冠军，难度不亚于在世界大赛夺冠。"

霍舒扬接过话茬："是，我们桥牌队的教练也说，她在棋院待了二十多年，还没见过哪代职业棋手这么争气呢。"

"多累啊！"江墨杵着下巴感慨，"32 个人争一个名额，最后还不一定能赢。我要是拿了世界冠军，才不去凑这个热闹呢。"

"你不懂，"祁翎摇摇头，"世冠是荣誉，MR 战是信仰，这比赛出过不少传奇。常老师当年是 MR 战六连霸，让二追三那次比赛的故事我们都不知道听了多少遍。"

霍舒扬笑他："平常一字千金的，说起围棋没个完，你们这些职业棋手啊。"

江墨仰倒在后座椅背上，也跟着感慨："你们这些棋手啊……"

她的眼前忽然浮现出叶简南下棋的样子——后背挺得笔直，端端正正地坐在桌前，每一次落子都郑重其事。

她一直觉得他下棋的时候，是和平日里不一样的。

叶简南下棋的时候，好像会发光一样。

赛场。

裴宿已经习惯赛前去卫生间抽烟这件事了。

他其实不算个抗压型棋手，大战来临，时常失眠。

那么多年是怎么熬过来的来着？

哦，对了。

想一个人。

想他十二岁第一次见到她，他当时刚学围棋没多久，在同龄人的业余赛场上所向披靡，拿着奖杯回去和爹妈换零花钱。

他赢惯了，第一次输，输给个黄毛丫头。

裴宿当场哭出声来。

戚雅懒得和小屁孩一般见识，给了他一颗糖哄他。临走前，裴宿擦干眼泪冲上去，硬要和她私下再约一盘。

戚雅嫌他麻烦，搪塞道："我要定段考职棋了。你好好下，我在职业赛场上等你。"

裴宿活了十二年，要风得风要雨得雨，围棋让他第一次知道什么叫"求而不得"。

他和家里人说想参加职业棋手的比赛。家里老人也是棋迷，没多阻碍就把他送去道场了。

一番血泪史，不堪回首。

他拿到职业比赛的入场券时，欢天喜地地去找戚雅。少年心思萌动，他竟然和比自己大了四岁的女孩表白。

戚雅哭笑不得，完全把他当作心血来潮的小男孩：

"等你成年吧。"

她那时候的男朋友拿了两次世界冠军，手里还握着一个 MR 冠军头衔。裴宿心想，自己十八岁的时候，怎么也不能比他差。

但家里那边不同意了。

他做职业棋手，学校的课程已经落下一大截。老人病逝后，家里再没有一个支持他下围棋的人。

他要定段，父母当他图个新鲜便送去了。研究围棋总比在外面闯祸要好吧？可谁知，他竟然还要继续下。

"你要下到什么时候？"

好像故事里有点钱的家庭都有这种毛病，把孩子当成自己的所有物，动辄危言相逼。裴宿那时也硬气，家里不支持，硬是靠着职业棋手每个月微薄的工资撑了下来。

他得当戚雅的男朋友呢。

后来段数慢慢升上去了，他的棋力也与日俱增。赛场上赢多输少，收入足够让他活得体面。可家里人看不上他这点钱，也看不上他这一行。

道不同不相为谋，他与家里的关系越发淡漠。

他的朋友在围棋圈里，他的梦想在围棋里，他爱的姑娘也在围棋世界里，他不会走的。

裴宿十八岁生日那天，又去找戚雅表白了。

她也没想到这段十几岁结下的缘分会绵延至今。面对少年人炽热的感情，她在慌不择路下又一次推脱道："我只和世界冠军谈恋爱。"

裴宿的眼神暗了暗，却又亮起来。

他说："好。"

他觉得自己就像中世纪的骑士，能为了心爱的女人踏平一切坎坷。戚雅以为她能让他知难而退，却不知道这种混杂着胜负欲的单恋拥有多么强大的力量。

可以持续这么久。

戚雅于裴宿而言，似乎已经不是爱情本身了。她成了他头上的一道光，他每一次前行都是为了她。

可是光灭了。

他狠狠把烟头捻灭。

楼道里有人声喧哗起来，裴宿赌气似的想：我从今天开始，为了自己下棋。

他丢掉烟头，看了一会儿镜子里的自己，然后向赛场走去。

记者们挤在门口，对着已经落座的叶简南不停地拍照。裴宿说着"借过"，坐到了这位有着 MR 冠军头衔的年轻棋手面前。

赛场下，他们是好友。

而赛场上，他们只是棋手。

九点三十分整，裁判宣布比赛开始。叶简南抓出一把黑子，裴宿则从棋盒中摸出一颗白子。黑子分组点数后，有十四颗。

裴宿猜错单双，叶简南执黑先行。

咫尺之外的研究室，祁翎盯着转播屏发出了一声叹息。

"怎么了？"

怕打扰到周围观战的棋手，祁翎压低声音回答："简南执黑的胜率远低于执白。"

他拿到先行之后没有立刻落子，反而对着空白的棋盘做了长达三分钟的思考。

这下轮到彻底外行的霍舒扬发问了："叶大师怎么不落子？"

"在布局，"祁翎解释道，"简南的布局很强。他下第一步的时候，就已经考虑到几十步之外的情况了。"

叶简南落子后，裴宿很快跟上。江墨没沉住气，多问了一句："现在能看出来谁占优势吗？"

祁翎摇头："太早了，没法说。不过，简南这个布局……很吓人。"

"什么意思啊？"

"你知道他有个外号吗？"

"什么？"

"蟒蛇。"

棋室内，裴宿的眉毛不易察觉地跳了一下。

不能……不能再让叶简南在棋盘下方结网了。

他的棋风裴宿很熟悉，"巨蟒"之名名不虚传。在对手前半盘大肆抢地的时候，他看似毫不在意，其实是把网越结越密。到后半盘的时候，对手仿佛被蟒蛇缠住了身子，四面八方毫无可以攻破的缺口，最终慢慢窒息而死。

他要破网。

棋室外，祁翎欢快地吹起了口哨。

纵然他和简南关系好，但能看到裴宿及时反击，心情还是轻快了许多。

这样下棋才有意思嘛。

不等江墨和霍舒扬发问，他便体贴地解释："简南是我克星。但是遇到裴宿，他想赢就没那么容易了。

"因为裴宿也有个外号——老鹰。"

好一场鹰蛇战。一个擅攻，一个擅守；一个棋风飘逸灵动，一个棋风诡异狠辣。两个时代的超一流棋士，以弱冠之年，在棋盘上展开一场生死搏斗。

随着棋局渐进，叶简南慢慢皱起眉。

研究室的门"吱呀"一声，走进来两个人。

霍舒扬和祁翎同时起立。

"爸，妈。"

"瞿老师，霍老师。"

即便刚回来的时候叶简南就告诉江墨，霍舒扬是瞿、霍夫妇女儿这一消息，但面前这一幕还是让江墨颇为无语——

你俩还没确认关系呢，祁翎你这一脸见老丈人的表情是怎么回事啊喂？

十八段夫妇显然对自己女儿用十八般武艺勾引祁翎的事一无所知。

"你俩怎么在一起？"瞿丛秋九段惊讶地问。

毕竟在他的视角中，上个月他闺女还把祁翎搞进了医院。

"啊……"霍舒扬接过话头，"我们都来看 MR 战，就碰见了。"

"舒扬，"谁知她妈脸色一变，"你过来。"

霍舒扬的心情瞬间忐忑起来。

霍以白把她带到走廊里，神色格外严肃："扬扬，你和妈妈说实话？"

霍舒扬："什……什么呀？"

"你……是不是看上叶简南了？"

霍舒扬："啊？"

霍以白："你这孩子看上谁不行，你非看上叶简南？你不知道你爸爸讨厌他？你爸爸年轻的时候就和江闻道过不去，老了和江闻道徒弟过不去。我看你就是诚心和你爸作对。当年你爸让你学围棋，你非要打桥牌，现在又追着叶简南跑，你——"

"妈！"霍舒扬彻底崩溃，"我不喜欢叶简南。"

霍以白："真的？"

多年母女成姐妹，霍舒扬揽住她妈的肩膀："妈，人家叶简南和江叔叔的女儿好着呢，你别瞎琢磨行不行？"

"哟，真的？"霍以白脸上浮现出八卦的神情，"就江墨那小丫头？

哦，我说她怎么老和你们扎堆……"

"放心了吧？"霍舒扬长叹一声，"你别操心我了，好好和我爸过你的神仙日子。"

霍以白精力旺盛，高高兴兴地走进研究室："江墨？好久没见你了，上次叫简南他们去家里吃饭你也不在。来看简南比赛呀，哎呀，简南这个孩子，很好呀……"

江墨："啊？"

瞿丛秋揉了揉太阳穴："这老太婆……怎么就娶了她了。"

坐在一边的祁翎没敢应声，只是把目光转向靠在门边看热闹的霍舒扬。

这种事……

谁控制得了呢。

抛却中午短暂的封盘，MR战决赛三番棋第一局持续了整整七个小时。江墨在研究室里睡了一觉，醒来的时候，棋赛已近尾声。

她急忙抹了把脸坐直身子。

"怎么样？"

"进入官子阶段了。"

"官子"即"收官"，一场围棋比赛，可分为"布局、中盘、官子"三个阶段。一般到官子阶段时，双方地盘已经大致确定，拼的便是计算能力与基本功。棋局中，占尽优势却在算官子时大意失荆州的先例，数不胜数。

裴宿已经快被叶简南的棋缠死了。

叶简南看似占了先机，其实也下得束手束脚。经过了长达十三分钟的长考后，他眼神忽地从缠斗不休的右下角转到左上角。

这里……这里有机会！

"啪。"清脆的落子声。

裴宿一愣，随即摇了摇头。

场外的祁翎和场内的叶简南同时倒抽一口冷气。

"完了，完了，"祁翎连声长叹，"简南处于劣势了。"

江墨还没反应过来，棋盘上已然又落下三子。叶简南下错一着，越补越乱，棋形被裴宿冲撞得七零八落。不但右下角的地盘没有拿下来，左上角又痛失一片活棋。

"低级错误，"祁翎说，"他平常下不来这种棋。比赛时间持续太久了，两个人脑子都不清楚了。你看裴宿，这几步棋下得也不好，只不过简南更糟。"

半分钟后，黑棋投子认负，裴宿 1 ：0 领先叶简南。

02.

用祁翎的话说就是："做棋手的，谁没输过个成百上千次。"

但江墨还是隐隐有些担心。

人总得有些解压的办法。简南以前抽烟，现在碰见江墨也戒了。她放心不下，一狠心向前台要了间屋子，打算留下来陪他。

付款的时候特别肉疼——这破酒店建在深山还这么贵。

所以，叶简南在楼下小花园看见江墨的时候相当惊讶。

"你怎么还没回去？"他当时正蹲在人工湖边上揪小草，"这地方晚上不通车，祁翎他们呢？"

"走了。"

"走了？没把你带走？"

"我没走。我这不……怕你跳湖。"

"我哪有那么弱……我给祁翎打电话叫他回来接你。"

"我不走，我房间都订了。"

叶简南吓得手里攥着的草掉了一地。

"江墨，你也太奢侈了吧？"

"我愿意住，你管得着吗？"江墨一片好心喂了狗，火气噌噌往上蹿，"我没住过这么好的酒店，我体验生活行不行？"

叶简南本来输了比赛挺沮丧，硬是给她气乐了。

"行，哪有什么不行的，"他用仅剩的一根草挠挠鼻子，"这样吧，你把房退了，去我屋里体验生活，还免费。"

江墨往地上一坐："凭什么呀？我本来能自己住一个大屋子，凭什么要和你共处一室啊？"

叶简南气不打一处来："你不是留下来陪我吗？你不和我住我就跳湖。"

江墨："你这人……够狠。"

直到进了屋子，江墨才明白，叶简南为什么觉得她另订一间是在浪费金钱。

这屋子他一个人住……也太大了吧！

外面是客厅，里面是卧室，再往里是衣帽间和浴室。浴缸前面装了扇落地窗，远眺群山，波澜壮阔。

江墨："骄奢淫逸！

"暴发户装修！

"你平常就是这样在极奢和极简之间自然切换的吗？叶简南，你真的是视身外之物如粪土。"

叶简南头疼："你安静点，我去复盘。"

江墨立时收声。

客厅里有棋盘，叶简南调暗灯光，坐进阴影，把白天和裴宿的棋局又在棋盘上重下了一遍。

棋手的记忆力向来惊人。

无论是祁翎还是裴宿，甚至叶简南自己，在白天的时候都认为他的失败是因为最后那颗官子。

不，不是。

他的目光锁定了中盘的一颗黑子。

如果这颗棋子能下到它该在的位置，他根本不必和裴宿在后半盘纠缠那么久。

一棋定胜负啊……

围棋的残酷性，大概就在于此。

江墨不敢打扰叶简南，洗漱后便自己爬到床上睡了。市郊的树林半夜起风，她被风声吵醒，半梦半醒间只见窗前立了道身影。

叶简南摸黑换了衣服，走到床前看她。

"怎么醒了？"他轻声问。

江墨口齿不清："你怎么还不睡啊……"

他揉揉她的头发："马上。"

他躺到江墨旁边的时候，她是觉得有些不妥的。两个人虽然几次共处一室，但像这样真正意义上的同寝，还是第一次。

她半撑起身子："简南……"

她想去沙发上睡，叶简南明天比赛，他得好好休息。

却没想到叶简南伸出一只胳膊，把她揽进自己怀里。

他刚才应该是洗过澡的，身上有男士沐浴液极淡的香气。他相当瘦，但靠上去却不觉得单薄，大约是因为骨架本身宽厚。

她把脸埋到他锁骨处，有点不想走了。

"你身上为什么总这么好闻？"她问。

"有吗？"

"嗯……还有点催眠效果。"

"那就睡吧。"

"今日下午四时，中国围棋 MR 战总决赛三番棋第二局在北市某酒店战罢，叶简南八段中盘获胜扳回一城，与裴宿九段战成 1 ：1 平。问及获胜后的想法，叶简南八段表示：'可能昨天休息得比较好吧。'××体育新闻报。"

转眼之间，MR 战已进入生死局。

人的潜力是一种很奇妙的东西，越是到了生死关头，越是有超越极限的可能。第三天的比赛来了不少媒体，大家都期待这一局能成为流传千古的名局。

主办方对这场比赛自然也很重视。三番棋最后一场，他们特意请来已经在美国读书的女棋手戚雅五段来做讲解。

江墨得知此事时正和叶简南在酒店顶层餐厅吃饭，差点被螃蟹腿呛死。

叶简南赶忙二十四孝地给她递水。

"戚雅？"她惊魂未定，"就那个把裴宿甩了的戚雅？"

"真是疯了……"她仰倒在椅背上，"裴宿……知道了吗？"

裴宿是在江墨说出这句话十分钟后知道的。

他昨天输棋后什么也没说就回了房间。一没出来吃晚饭，二把屋子里的电话线拔了。所以，他在去往比赛现场的电梯里看到戚雅时，神色有一瞬间的恍惚。

戚雅张口结舌。

她说："裴宿……"

他忽然发起怒来，一只手握住她的手腕，另一只手按下了电梯按钮。五秒后，裴宿粗暴地把戚雅拽出了电梯。

戚雅被他拽得跌跌撞撞："裴宿……你、你轻一点！"

裴宿没松手，她的手腕上被勒出一道红印。

"你来干什么？"

他的外号为什么是"老鹰"啊？他凶起来明明像只豹子。

戚雅毫无底气地解释："主办方邀请我，我来给你们第三场比赛做场外讲解。"

"你故意的吧？"裴宿提高声音，"骗我，哄我，然后把我甩了，在我决胜局来做讲解？你成心想让我输吧？"

"你胡说八道什么呢？"戚雅也皱起了眉，"讲解会场和你比赛的地方不在一层，我根本没想比赛之前见你！"

裴宿脸上露出一丝嘲讽。

"哦，原来我又自作多情，你压根就不想见我。为了钱是吧，主办方给了你多少钱，我给你两倍，你别讲了，你现在就走吧。"

戚雅眼圈忽然红了。

裴宿神色一变，立时结巴了。

"你……你哭什么呀？"

在一个比自己小四岁的男生面前哭，戚雅觉得挺丢人的。但她就是特别委屈，一点也忍不住了。

"我真的没想见你，我也怕影响你比赛。主办方请我的时候说挑战者是你，我本来是昨天回美国的机票，为了这次讲解直接改签了。"

裴宿愣住了。

戚雅擦了把眼泪继续说："我记得你和我说，你要比我那个男朋友强。你要拿世界冠军，也要拿 MR 战的冠军，还想把天元也收入囊中。知道你在世界赛上夺冠的时候我特别开心，只是可惜自己不在现场。这次你来比赛，我、我就想临走前最后看一眼你下棋的样子。"

她哭得可真惨。

"我做错了吗？我来看看你不行吗？"

裴宿觉得头要炸了，心也要碎了。

戚雅的个子本身就高，高跟鞋底还有八厘米。裴宿偷偷瞥了一眼身后，发现身后有一个台阶。

他踩上一个台阶，然后把戚雅拉进怀里。

她妆都花了，蹭在他白衬衫上，像扣了盘油彩在上面。

裴宿觉得自己的人生可真是荒唐，第一次抱喜欢的女生，还把她给弄哭了。

"姐姐，你喜欢我的，是吧？"

戚雅没回答。

"你喜欢的吧，结婚也是骗我的，就是为了让我死心，对吧？"

戚雅睁着一双被睫毛膏染花的眼问他："你怎么知道的？"

"哧——"裴宿笑了，"著名女棋手戚雅五段异国结婚，媒体不知道，棋院长辈不知道，全世界只有我知道，你成心气我吧？"

"那你刚才还骂我……"

"我可没骂你，"裴宿狡黠一笑，"我被你吊了这么多年，发发牢骚还不行啊？

"姐姐，你现在单身吧？我把你所有社交账号都关注了，没见着什么野男人啊。"

"裴宿，你——"

"你这个人，就是太在乎别人的看法。开始不答应我，是怕媒体说你老牛吃嫩草。后来不答应我，是因为你和你前男友谈恋爱以后他成绩下滑，好多棋迷说你美色误事。姐姐，你太小瞧我了，我可比他强多了。我和你谈恋爱，成绩绝对不会下滑，就算滑了也不会把责任推到女人身上。"

戚雅眼神变幻几许，最终一口咬在裴宿肩膀上。

她从牙缝里挤出几个字："谁——老牛——吃——嫩草。"

裴宿哀叫连连："姐姐，我错了！我要比赛，你别咬我啊！"

那绝对是一场可以青史留名的棋战。

是棋战，而不是棋赛。在早已退役的女子棋手戚雅五段的讲解下，棋盘上的战斗如燎原的野火一般展开。叶简南的棋在诡异狠辣之中生出一缕磅礴之气，与裴宿战得不死不休。而裴宿克服了自己布局虚浮的弱点，厚在神，秀在骨，两次攻破叶简南的包抄，恨不得飞鹰化凤，引百鸟朝拜。

用戚雅的话说，这是真正的棋逢对手，叶简南手中的蛇被裴宿逼得化作一只翱翔天际的龙。

封盘休赛时，裴宿说："简南，我可不能输，我喜欢的女人看着我呢。"

叶简南垂下眼，脸上忽然有了一丝笑意。

他说："谁不是啊。"

结局终揭晓。在长达八小时的 MR 战三番棋决胜局中，叶简南在第 368 手以 3/4 子的优势战胜挑战者裴宿。

不过，这都不重要了。

这方棋盘上一直书写着传奇，他们也终究会成为传奇的一笔。所有剑指江湖的少侠都会老，但那些炽热的爱与信仰，会在每一次棋谱被风吹动时，传唱给后来人。

03.

江墨以前看瞿丛秋和霍以白每天游山玩水，总以为职业棋手的日子悠闲得很。可真正了解叶简南和裴宿他们的生活后，才发现他们的日常就是在不断地出差。

尤其是几个年轻一线棋手，国内的比赛要参加，国外的比赛更不能错过。终日天南海北地奔波，剩下的日子就泡在棋院里练习。

推荐入学之后，就更惨了。

就比如叶简南吧，MR 战赛场上一场恶战，回来以后还得写两千字的思修课论文。他磨蹭了几天也没写完，甚至还拖到了提交前一天的高数课上。

又是一节令人昏昏欲睡的高数课。

廖斌这个人，做研究是一把好手，讲课却是出了名的照本宣科。春天不是读书天，没人把心思放在他拖长的尾音上。

下课铃一响，学生们立刻从半昏迷状态中苏醒过来。

"我今天不和你吃饭了，"江墨匆匆收拾课本，"学院有点事。"

"什么事？"

她的眉头短暂地皱了一下，又在瞬间舒展开："能有什么事，一天到晚开会。"

叶简南觉得，她实在是太不擅长撒谎了。

等江墨的背影消失在教室门前，他便马上站了起来。尾随的脚步刚刚踏出，身后就传来一声呼唤。

"叶、叶、叶简南八段，"一个女生红着脸叫住他，"我爸爸是你的棋迷，能帮我签个名吗？"

他愣了一下，打算速战速决。

"好。"

谁知话音刚落，身边又挤过来几个同学。他上个学期刚来的时候，班里同学其实就在私底下讨论过他。围棋虽然已经沉寂了许多年，但这代棋手在国际上屡拔头筹，也从侧面扩大了围棋的影响力。

有这个女生开头，大家围在他身边，七嘴八舌地讨论开了。

"你们最近有比赛吗？我们能去看吗？"

"我爸说你上个月刚赢了MR战,MR战是什么啊?"

"叶大师,你认不认识景深沉啊?我还听说有个棋手叫裴宿,也拿过世界冠军,你认识他吗?"

叶简南望了一眼门口,彻底放弃了。

"叶八段,咱们一起去吃饭吧?"最开始那个女生抱着签名心满意足,"我们请你吃,你还不知道食堂三楼新开的窗口吧?"

叶简南:"我……"

然后,他就被几个学生拽出去了。

大一的学生好奇心旺盛,对着叶简南叽叽喳喳问个没完。到最后他也认命了,坐在食堂里普及围棋基础。

食堂的人都快走没了,有个学生举起手。

"其实我刚才就想问了……"他期待地看着叶简南,"我是L大围棋社的,我们社长知道你来我们班上课,让我问你能不能来参加一下我们社的活动?"

虽然素昧相识,但好歹也是名义上的同学。叶简南不好拒绝,点头答道:"时间不冲突,当然可以去了。"

"太好了!那我去和他说!你下午还上课吗?我去哪儿找你?"

"我下午没课,两点回棋院。你要找我,就直接问你们高数班的那个助教学姐吧。"

"呀,"有个女生看了下手机,"都快一点了,咱们别耽误人家时间了。"

——道别后,人群逐渐散开。

叶简南这才松了口气。

从L大到棋院这条路,他早在两年前来看江墨时便已走了无数次。一条笔直的柏油道,两旁种满悬铃木。分明身处闹市,却因为临近学校取得一分宁静。

第十八棵悬铃木下有站牌,他在这里等回棋院的车。

马路对面有人朝他招手,叶简南愣了一下。这人他没见过,但对方显然认识自己。

男生跑过了马路。

"叶棋手？你怎么没和助教学姐在一起啊？"

他这才反应过来，原来是高数班的同学。

"她去开会了。"

"开会？"那男生面露疑惑，"我刚才还看到她了啊？"

叶简南的神情恍惚了片刻。

虽然刚才就识破了她的谎言，但他也不想追问太多。可是那男生手舞足蹈地和他比画着：

"学姐刚才带着一对叔叔阿姨去蓝楼了，我还和她打招呼呢。是不是她父母来看她了？"

叶简南这回真的愣住了。

十分钟后，他站到了蓝楼楼下。

这栋楼以前是间私立医院，通体深蓝，学生老师都直接叫它蓝楼。老楼空着也是空着，两层洋房，实在是不好在里面办公教学，便改建成了学校附属的酒店。

楼体被茂密的树荫遮掩住，叶简南站在树干后，忽然不敢往前走了。

他已经知道江墨为什么来这里了。

怪不得……她不愿意告诉他。

正当叶简南打算离开时，楼门内突然走出来一个人。

他像是迷失了方向一般四处张望着。日光透过树叶的缝隙照到他身上，照亮了他的白发和皱纹。

叶简南喉间莫名一哽。

他怎么……怎么老了这么多啊？

他明明看得见路，每一步却都要摸着什么东西才能前行。行至大门前的阶梯时，他脚步虚浮，几乎要一脚踩空。

叶简南一个箭步冲到了他身边。

他扶住老人的手，堪堪站直身子。

两双眼，一老一少，一浑浊一清亮。

"江老师——"

"你是——"

江闻道皱起眉，似乎在努力地回忆着叶简南这张脸。然而三秒后，他便在锯齿一般的记忆边缘败下阵来。

与此同时，一道女声在他们身后冷冰冰地响起来。

"你怎么在这儿？"

叶简南浑身的血液似乎都凝固了。

谢婉走上前，把江闻道从他手里拉到自己身后。她像是刚从楼上下来，胸腔起伏着，也不知是因为狂奔下楼，还是因为怒火。

她的左手紧紧捏着一只玻璃杯，骨节都发白了。

叶简南低声说："师母——"

"别叫我师母，"谢婉压抑的语气里有一丝歇斯底里，"闻道没有你这样的学生。"

江闻道忽然开口："他是我的学生吗？我……我又忘了什么吗？"

"不是，"谢婉毫不犹豫地否认，"你不认识他。"

说完，她转身便把江闻道往楼上推，一边推一边发火："半分钟不看着你就乱跑，走丢了让我怎么找？成天就知道添乱……"

话落进叶简南耳朵里，他只觉得心一下下抽着疼。

"谢老师。"他又一次开口。

谢婉停下脚步，回过身，居高临下地看着叶简南。她本就是大学教授，叶简南不敢再叫师母，叫一声老师，不算出错。

这么多年没见，他们都老得不成样子了。

尤其是谢婉，她以前是个多温柔优雅的女人啊，如今却被生活折磨得形容枯槁。眼睛里的光彩被琐碎的日子磨灭了，徒留一副躯壳，为了身旁的男人行走在这个世界上。

叶简南说："对不起。"

谢婉轻蔑一笑："我不稀罕。"

叶简南低着头，坚持往下说："谢老师，我咨询过国外的医生，还联系了翰城附近的疗养院。您要是用得着我帮忙，我——"

谢婉忽然把杯子往地上一砸。

玻璃四分五裂，碎片溅了一人多高。叶简南站得太近，额角一凉，竟被碎片划开一道血痕。

谢婉显然也没想到会划伤他，她深吸口气稳住情绪，继而将声音放低："我不需要，也不想要。我不知道你为什么会出现在这儿，我也不想再看见你。这事和你也没关系，只是我自己心里这道坎过不去。"

"怎么和我无关？和我有关！"叶简南的声音却提高了，"我知道我后悔没有用，可是……您起码给我个赎罪的机会……"

谢婉看向他的眼神慢慢变冷。

"你赎罪，是为了解脱。可是谁来让我解脱？"

叶简南愣住了。

他的体温随着谢婉的目光一同变冷。

她说得没错。

事已至此，他帮不了什么。而他所谓的赎罪，或许更多的，是为了减轻心理上的负罪感。

归根结底，还是为了他自己。

叶简南听到自己的脑海里又传来那种细微的撕裂声，他太熟悉这个声音了。在他被往事折磨的那些日子里，在他无数盘棋局的生死关头，在奈县那些漫长的夜晚，他无时无刻不被这种噪音所折磨。

在他被愧疚吞噬的最后一秒，一道清亮的声音自他身后响起。

"妈？你们干什么呢？"

江墨拎着两个塑料袋，慌慌张张地挡到他跟前。她扫了一眼地上的碎玻璃，又扫了一眼叶简南的脸，不可思议地看向谢婉。

"妈，你打他干吗呀？"

叶简南拽她胳膊："江墨……"

"还有你！"她回头，"你跟过来干什么！"

但下一秒，她又立刻放下手里的东西，紧张兮兮地拨他的头发："你快去医务室包一下，流这么多血……"

叶简南抓住她探过来的手。

"三分钟，"谢婉冷冷地说，"三分钟，你俩解决完，江墨回来。"

说完，她转身牵过江闻道，头也不回地上楼了。江闻道回头诧异地看着他们，全然没意识到这两人一个是自己的女儿，一个是自己的学生。

"你不是去开会吗？"

"你跟踪我还有理了？"

"我没跟踪你。"

江墨被他气得火气噌噌往上冒。可大概是他头破了他有理，不过五秒钟，江墨的态度便软下来。

"你先去医务室把伤口处理一下。"

"江老师他们怎么来了？"

"我妈想来看看我。"

"那你瞒着我干什么？"

"你问问你头上这伤。"

叶简南瞬间沉默下来。

"叶简南，三分钟到了，你快去医务室吧。"

他没说话。

江墨长叹一声，拎起塑料袋往招待所楼上走。走到一半她又回头看他，看他一个人站在明媚的春光里，神色却无比黯然。

她心里忽然很难过。

她难过，他这么多年，或许一直活在奈县那个漫长的冬天里，从来没有走出来过。

棋院。

裴宿食指敲击着棋子，叹了口气。

"简南，"他有点无奈，"这样的棋，对你对我都没用。你要是这么心不在焉，就别下了。"

叶简南神游天外，半晌才理解他的意思。

他仰靠到椅子上："对不起。"

"没什么对不起的，"裴宿收拾棋盘，"看你脸色也不太好，早点回去吧。"

他又抬手指了指叶简南的额头："你那儿怎么弄的？"

"磕门上了。"

"这门还挺锋利。"

"就你有眼睛看是吧？"

"行行行，我不问了。"

两个人都收拾好东西，裴宿找了个角落打谱去了。叶简南走到练习室外，刚一抬头，迎面撞上了棋院的付前辈。

付前辈的棋艺在他那一辈里虽然不算顶尖，但其一生为棋院鞠躬尽瘁，和各路赞助商斗智斗勇，也是个懂得入世之道的妙人。举个例子，像瞿丛秋他们退役以后出书都是讲围棋之道，只有付前辈，整本书的中心思想都是：今年商业赛又多争取了二十万赞助费，老子真是太棒了……

可以说，没有付前辈的上下打点，就没有棋院如今的辉煌。

"简南，"付前辈看了他三秒，忽然招手道，"来我办公室，咱俩聊聊。"

叶简南一愣。

他的办公室在楼道尽头，叶简南坐到他书桌对面的转椅上，抬起头，付前辈一张笑眯眯的脸，笑得他心里发怵。

"简南，最近状态怎么样啊？"

"还……还行吧。"

"还行？我刚才在外面看你和裴宿下的那盘棋，可不太行啊。"

叶简南沉默了。

付前辈摇摇头："简南，你有天分，有实力，也肯努力。可是你说，你怎么在国际赛场上就发挥不出水平呢？"

付老站起身走到他身后，拍了拍他的肩膀。

"棋手，心思清明最重要。你看深沉，干净得像张纸一样，这样的人才能出成绩。"

叶简南苦笑一声。

心思清明？那他确实是不行。

他心里有块地方，浓重得化不开。

"下半年还有三场国际比赛，"付老放低声音，"棋手的黄金时期没有几年，你得快点走出来啊。"

叶简南点点头："我尽快把问题解决。"

从棋院出来，他在太阳底下站了很久。直到阳光把他照得身上暖一些以后，他才朝家的方向走去。

他真的有点累了。

回家不过半个小时，传来一阵敲门声。

不是祁翎和裴宿，这俩人都有钥匙。叶简南实在没什么力气，便瘫在沙发上假装家里没人。

敲门声略有停顿，江墨在外面说："叶简南，开门。"

他长叹一声，拼了老命爬起身。

江墨拎着保温桶站在门外，和他对视半晌，然后挤进了屋子："我妈骂了你一顿又觉得不好，让我过来看看你。"

她坐到沙发上朝叶简南招手："头伸过来。"

叶简南诧异地弯下腰。

她一只手把他头发拨开，另一只手碰了一下他额上的创可贴。

"也不好好贴一下，你看看这纱条歪到哪儿去了。你们棋手天赋异禀，能靠胶布促进伤口愈合是吧？"

叶简南想往后撤，谁知被江墨揪着衣领又往前凑了几步。肩膀一沉，他被她按着蹲到沙发前。

江墨轻手轻脚地把创可贴撕开，将纱条对准伤口。她的手指沿着两边胶布一捋，创可贴端端正正遮住了叶简南额上那道伤痕。

她说："这回好啦。"

可叶简南却没动静。

江墨身子往后退了半寸，看到他像只温顺的大狗似的蹲在沙发前。

"你干什么呀？"

"内疚。"

"你属什么的？蹲着内疚？"

他头垂下去，额头抵在江墨膝盖上。

声音从膝盖下面闷闷地传上来："都怪我。"

江墨也不笑了，伸手揉了揉他头发。

"不怪你，和你没关系。"

"我不该走。"

"是我。我让你走的，我说我不想再看见你了。"

"你让我走我也不该走，我应该死皮赖脸地留下来，而不是一直躲，躲到北市，躲到奈县，在你们最艰难的时候一走了之。"

他抬起头，格外认真地看着江墨的眼睛。

"我不会再走了，打我骂我让我滚我也不走。有什么事我和你一起面对，你也别再瞒我了，行吗？"

叶简南的眼睛不是特别大那种，眼尾很长，眼角有点垂下去，不笑的时候看谁都一脸跟你不熟。

他沮丧的时候也会显得比常人更沮丧。

江墨忽然就笑了。

把他的发型揉成一团鸡窝之后，她说："好，我以后什么都告诉你。"

那双眼里忽然闪过一丝狡黠。

不知不觉地，他就站起来了。一眨眼的工夫，江墨忽然发现他双手撑住沙发扶手，对她形成俯压之势。

她推他肩膀，推不开。

她说："你让开。"

叶简南轻笑一声："好，我让开。"

他身子稍稍抽离开一些，右手却揽住她的腰。一个天旋地转，他落进沙发，江墨却跌到他腿上。

他说："我让开了，你自己过来的。"

江墨挣扎不开，咬牙切齿："是你拽我。"

"是吗？"叶简南半倚着沙发，放在她腰间的手臂慢慢收紧，"明明是你自己送上门的。"

她手按着他胸口，能感到他皮肤下心脏的跳动。沙发软得惊人，两个人越往后仰就陷得越深。叶简南蹭了一下她的嘴唇，轻声问："第一次？"

"第十次。"

"前九次在梦里吧。"

"你——"

尾音骤然消失。

昏黄的夕阳从窗外落进来，穿透尘埃落在两个人身上。他吻得她束手就擒，然后在她耳边说："再喜欢我一次，江墨。"

她伏到他胸前听他的心跳，她的手指沿着他锁骨往上摸索。她摸他脖颈处凸起的筋络，摸他干燥的嘴唇，摸他挺直的鼻梁。

她把头埋进他的肩窝：

"好，再喜欢你一次。"

04.

明明都四月了，天气却一点都不暖和。

在北市待久了，江墨会真情实感地怀念翰城。这座城市太大，高楼大厦和灯火辉煌都不属于自己，人们的面孔模糊又冷淡。

翰城不是这样的。

翰城很小很小，以前做饭还用煤的时候，城东南有人家做饭，西北便能看见升起的炊烟。人好，气候也好，人们过的是那种一眼望得到尽头的、很太平的日子。

如果在翰城，四月不会这样冷吧。

她这样想着，站在走廊里搓了搓胳膊。

等到江闻道睡着，谢婉终于从客房里走出来。

"出来这么多年还是不会照顾自己，到穿短袖的时候了吗？"

江墨嘿嘿傻笑。

"妈，你今天去哪儿了？"

"回我母校看了看。"

"那可够远的。"

"远也得去啊。我在那儿从本科念到博士，人生最好的时光都在那儿了。这些年和你爸住在翰城，天高路远的，太久没回来了。"

怪不得。

江墨若有所思。

怪不得她妈看起来年轻了那么多。

那是谢婉生命里最好的日子了吧。

谢婉又把鬓间斑白的头发往耳后别了一下，抬眼看向江墨："你去看过那孩子了？"

她说"那孩子"，而不是像以前一样的"那个人"，江墨脸上便浮起一丝笑意。

"看过了，没什么事。"

"他没事，你俩呢？"

江墨一愣。

谢婉眼角的皱纹耸动了一下，她好像在努力地克制着自己的情绪。

于情于理，孩子们的事，她不该管。

但叶简南不一样。

她花了那么久才彻底把围棋、从江闻道的生命里剜出去，她真的不敢再让他与往事有半分瓜葛。

而叶简南意味着什么？

意味着围棋，意味着职业棋手，意味江闻道与他的师徒缘分。无论哪一样，于江闻道，都是钻心的往事。

天知道她今天看到这对师徒面对面站在一起时有多害怕。

可她也知道，江墨喜欢叶简南。

她以前多开明啊。江墨为了叶简南学围棋和江闻道又吵又闹，她还去调侃自家闺女：

"江小墨，你可真是胳膊肘朝外拐啊。你偷偷喜欢简南你问过妈妈了吗？你给我找女婿我要是不满意呢？"

江闻道还说她："墨墨才多大啊？女婿女婿的，你害不害臊？"

那可真是好时候。

可是现在呢？

现在，江墨，你去喜欢叶简南。

你问过妈妈了吗？

满腔愤懑，不知从何谈起。

江墨和她一起沉默半晌，声音忽然变得很疲惫。

她说："妈，我想陪陪他。"

谢婉的表情有些迟疑。

江墨低着头，身子微微有些抖："妈……你过得难，他也没轻松到哪儿去。"

谢婉沉默了许久，轻轻叹了口气。

她说："我好累，随你。"

祁翎把钥匙插进门锁，一转，一顶，屋子里便洒进一道光。他顺手打开客厅的灯，沙发上乍现一个叶简南。

饶是他往日一张扑克脸，此时也被吓得嘴角抽搐："你倒是出点声啊？"

叶简南整个人都快陷进沙发里了。他两只手臂展开搁在靠背上，腿架在茶几上，看向天花板的表情特别恍惚。

祁翎推了推他。

"你怎么了？"

叶简南收回腿，坐直身子，然后把手伸向了祁翎的塑料袋。然而掏了半天也没掏出什么像样的吃的，他又无声地缩了回去。

祁翎哭笑不得。

"你这人什么毛病？

等了半天，叶简南总算开口："累。"

"你不是下午就回家了吗？"

"不是，"他指指胸口，"心累。"

能让这个人心累的，普天之下也只有围棋和江墨两件事。祁翎大概了然，从塑料袋里掏出瓶酒扔到叶简南手里。

叶简南垂眼一扫，度数还不低。

"你怎么喝起酒了？"

"帮霍舒扬带的。"

"这霍舒扬，一天天也不教你点好，"叶简南艰难地爬起身，"那我陪你喝两口。"

祁翎笑起来："好，你陪我。"

酒入愁肠，明月照窗。

在奈县的时候，叶简南看了此生最多的月亮。他那时候忽然觉得这件事真有意思——从翰城到奈县，从过去到如今，什么都在变，月色却一如既往。

和浩瀚的宇宙与永恒的星球比起来，人的那些悲欢原本是多么微不足道的事情。

可人们偏偏走不出，忘不掉。不但自己无法释然，还要把感情寄托到这颗冰冷的行星上。

要是没有月亮，人类那些无病呻吟或许就更加无处安放了。

祁翎坐在茶几上，叶简南坐在地上，他看了一会儿酒瓶里漂浮着的沉淀物，忽然开口说："我最近总梦到翰城。"

祁翎"嗯"了一声。

"梦见咱们小时候的事——闻道棋堂、江老师、咱俩下的棋，还有江墨。醒来以后心里空落落的，也不知道自己到底想干吗。"

"你多久没回去了？"

"忘了，反正我爸妈离婚以后我就没再回去了。"

屋子里有一瞬间的寂静。

祁翎和他碰了下瓶口。

"阿姨现在怎么样？"

叶简南长舒了口气，也不是感叹什么，就是单纯的舒气。

"挺好的。新家，新丈夫，新生活。"

"你爸呢？"

"也还行。没结婚，不过他生意有起色，过得也不会太差。"

说完，他自嘲似的笑了一声。

"反正离了我，他们过得都不错。"

他又喝了一口酒，辛辣的液体沿着喉咙滚进胃，让他五脏六腑都烧起来。

"其实想想我妈也不容易。她刚生下我，我爸就去外地做生意了，她差不多守了十八年活寡。我也不走省心的路，非要做职业棋手。要是当初打不出成绩，念书也耽误了，现在估计在翰城开小卖铺呢。"

祁翎笑着推他："你别胡扯。"

"所以啊，好不容易等我经济独立了，她想离婚找个好好过日子的男的，真的挺合理的。"

祁翎不知道说什么，又"嗯"了一声。

酒劲开始往上走了。

"这事你没告诉江墨？"

"没告诉。她自己家一堆事还顾不过来呢，我去给她添什么堵。"

"那你也不能老瞒着吧。"

"能瞒多久瞒多久吧。别的倒没事，就是逢年过节你们都有地儿可去，我就跑到奈县那破公寓里头，心里窝火，想找人打架。"

"那你下次找我打。"

"我哪敢碰你啊？霍舒扬可不答应。"

顿了顿，叶简南又改了口风。

"不过话说回来，人家霍舒扬对你真是没话说。你就别和自己过不去了，差不多就从了吧。"

祁翎咽下酒，向叶简南投去鄙夷的一瞥："你可真能操心，管好你自己吧。"

两个职业棋手，说了半天，最后又绕回了围棋上。

"你现在比赛的时候，状态好点没？"

"好一点。"

"好一点？"

叶简南沉默了。

"还是一到关键时刻就头疼？"

"嗯。"

"我去。"祁翎往沙发上一仰，"我还觉得，自从江墨回来，你的状态比以前好多了。"

"是好了不少，"叶简南手指敲着太阳穴，感觉这儿有根血管突突地跳，"比以前频率低了，但是也没完全消失。"

"我还以为问题出在江墨身上。"

"不是江墨。"

他只说了这四个字。

不是江墨。

怎么会是江墨呢？江墨不是一个问题。

江墨是他的浩渺星河。

棋盘太深邃了，深邃得像宇宙。他有时候陷得太深，会恍惚间不知身处何处，心空荡荡地往下沉，好像要掉进黑洞里。

可是转过身的时候，如果江墨在，他就知道该往哪里走。

她永远站在最明亮的地方，最璀璨的地方，最永恒的地方。

他和他的星河走散过。

如今他回来了。

就再也不会离开。

◆ 第八章
　　悠悠无尽夏

01.

L 大围棋社。

水平高的几个学长坐成一圈，每人面前都放了一张棋盘。叶简南手里握着一把棋子，目光随着落子声移动。

以一敌五，丝毫不落下风。

新社员们坐在远处探头探脑，对面前这一幕啧啧称奇。纵然社团的教练也是职业棋手出身，但是能见到叶简南这种顶尖高手下指导棋，对这些新人棋手来说还是颇为震撼。指导棋之难，在于其并不是以"赢棋"为终极目的，而是要降低自身棋力，引导对方下出正确的步数。

像叶简南这种一线棋手，在外面下一盘指导棋的价格不可估量，能屈尊来给这小小的围棋社上课……

"哎，"有个社员压低声音问同学，"你们说，叶简南是不是对咱们那助教学姐有意思啊？"

"哪个啊？"

"就高数课那个！"

"高数课？我怎么没印象？"

先开口的男生一脸鄙夷："废话，你上课铃一响就睡觉，两个小时头都不抬一下，能有印象吗？哎——欸！就那个！”

他话音刚落，一个黑发的女生便出现在社团活动室的门口。她手腕上挂一个袋子，抱着双臂，饶有兴致地看叶简南下棋。

“这叶简南对学姐有没有意思我不知道……”后说话的男生一脸意味深长，“咱们助教学姐喜欢叶简南是板上钉钉了……”

没过一会儿，几桌社员纷纷投子认负。有个学长抬起头看了眼叶简南，忍不住长叹道：“这得下多少棋才能炼成啊。”

“还嚷嚷着世界大赛自己上不？”旁边的同学揶揄他，“职业棋手的水平，你这回领教到了吧？”

他“嗯”了一声，刚想和叶简南说话，却发现有个女生已经站到了对方面前。他惊讶地发现，刚才下棋时面无表情的一个人，忽然笑得春风和煦。

“被围棋虐完又被‘发狗粮’，”学长喃喃道，“这日子没法过了。”

另一边，叶简南低下头，接过江墨手里的袋子：“这是？”

“给你们买的零食，”她招呼几个社员过来领吃的，“下了半天棋都饿了吧？随便吃，刷的叶简南的校园卡。”

叶简南一摸兜，才想起自己上午把钱包给江墨保管了。学弟学妹们先高呼“学姐万岁”，又朝叶简南发射飞吻，把一袋子零食一抢而空。

活动上半场告一段落，大家乱哄哄地聊起天来。叶简南跟着江墨走到活动室外，满脸写着不开心。

江墨回头看他：“怎么了？”

叶简南情绪十分低落：“都没有我的……”

她歪着头笑了一会儿，忽然把手伸进衣兜，掏出一听可乐。叶简南一愣，抬起头的瞬间，几乎被她的笑容晃花眼。

她说：“拿着呀，叶简南八段。”

许多年前，天蓝长裙，“你好呀，叶简南初段。”

许多年后，黑色卫衣，“拿着呀，叶简南八段。”

叶简南伸出手，让可乐落进自己的手心。他的手指慢慢攥紧，把布满水珠的罐壁摁出一个小坑。

江墨说："这个是我给你买的。"

他说："是吗？"

江墨说："是呀。"

他点点头，问："我可以不喝吗？"

江墨愣了愣，反问："为什么？"

他说："我想留着。"

江墨看了他一眼，忽然拿走可乐，"咔嗒"一声打开，然后递回他手里。两个人对着打开的可乐半晌无言，江墨选择打破沉默。

"叶简南，"她声调有些艰涩，"这可乐你喝了，我还会给你买。我回来了，咱们不是以前那样了，你别……你别老觉得我要走似的行吗……"

叶简南一愣，赶忙将可乐一饮而尽。江墨又一愣，十分哭笑不得："你喝那么快干吗啊？那全是二氧化碳，你也不怕打嗝……"

叶简南这体质还真是异于常人，一罐气泡进了胃也面不改色。他把可乐罐捏扁，揉着江墨头发认错："是，我患得患失，我不对。你都答应再喜欢我一回了，我不该这样。"

怕江墨又不高兴，他赶忙转移了话题。

"哎，你不是下个月生日吗？"叶简南弯下身子哄道，"想怎么过啊？我好多年没给你过生日了，把礼物都补给你吧？你想去哪儿啊，我带你去？"

江墨闻言，情绪更加低落。

她说："哦，我忘了和你说了，下个月廖教授要带我去 J 国开会，我生日没法和你一起过了。"

叶简南如遭雷击，半晌后，他感到一股浊气从丹田升起。

江墨后来和祁翎说，她长这么大第一次看见叶简南被气得打了一个可乐味的嗝。

第二天，棋院。

"简南。

"简南？

"叶简南！"

胳膊被祁翎推了一把，叶简南才抬起头。会议室里，年轻一代的高段位选手济济一堂，付前辈端坐最前方，略带怒气地看着他。

他赶忙打起精神。

"刚才说出国交流的事，"付前辈瞪着他问，"深沉有比赛，裴宿要请假，你有什么意见？"

看叶简南一脸茫然，坐在他右边的裴宿压低声音说："人工智能大会，棋院要出个年轻棋手，叫你出差呢。"

他们棋手常年天南海北地比赛，高段位的尤其辛苦。好不容易偷得几个月清闲，当然没人揽这个苦差事。更何况叶简南还因为江墨生日的事心情不好，对大会更是兴致缺缺。

"你们！"付前辈捂住胸口，一脸痛心疾首，"难道你们要让祁翎去吗！"

祁翎是出了名的不配合，要是叫他去，那棋院估计下半年一个赞助和广告也拉不到了。大家纷纷表示，在祁翎去和没人去之间，建议棋院选择后者。

付前辈挥挥手："唉，都滚吧，我再问问七段的那几个孩子。"

底下的人赶忙收拾东西开溜。

棋院一楼有自动售货机，裴宿一口气买了四罐可乐，庆祝大家又一次逃过发配海外的命运。叶简南捏着可乐罐悲从中来，兴致缺缺地听旁边人聊天。

"要是别的国家我还可以考虑一下，"裴宿咬着罐沿，"开会那地方我一年要去比三次赛，真是懒得跑。"

"你都懒得跑，别说简南了，"祁翎应了一声，"他前两年都快住那儿了。"

叶简南迷茫地抬头："哪儿？"

"J国啊！"小深沉咽下可乐，"简南哥，你忘啦？上次我们去J国比赛，还去奈县找你玩来着。"

24 小时之内，叶简南第二次如遭雷击。他抬起头，目瞪口呆地问：
"什么时候开会？"

"你刚才没听？怎么今天心不在焉的？"裴宿奇怪地看着他，"下
个月十五号，开五天。"

只听"咔嚓"一声，叶简南的可乐罐被捏变了形。

那不就是江墨的生日吗！

他撇下一干人朝会议室跑去，正赶上付前辈出门。

他现在心情不好，一看这群逃避出差的臭小子就来气。

"干什么？"

"付前辈，"叶简南扶着膝盖，气喘吁吁地站直身子，"那个会，
我去。"

和叶简南说了些注意事项后，付前辈疑惑地望着他走远的背影。
另一边，瞿丛秋正巧路过会议室，和这位棋院的老朋友寒暄了两句。

"你看简南，"付前辈示意瞿丛秋看去，"最近也不知道怎么了，
和以前不大一样。"

"是不一样，"瞿丛秋一针见血，"活泼了点，像个年轻人了。"

"是，他以前心思太重，改了是好事。"

02.

江墨比叶简南提前三天出发，两人约定都到了 J 国后再定计划。巧
的是，叶简南起飞当天霍舒扬也要飞往某国参加桥牌比赛，祁翎便把
他俩一起送往机场。

抵达航站楼后，叶简南先去办理登机手续，回来时看到霍舒扬百
无聊赖地坐在行李箱上。

他慢悠悠地走过去。

"祁翎呢？"

"去帮我排队啦。"

想想那个要和他"合作"的电话，仿佛已经是很久以前的事了。
当初觉得没什么可能的两段感情，如今竟是双双功成。

可不知为什么，向来神采飞扬的霍舒扬，今天却略显疲惫。两人无言片刻，霍舒扬忽然仰起脸，没精打采地问："下围棋久了，你会累吗？"

叶简南看向她。

霍舒扬脸是仰着的，眼神却一直在往下看。她把行李箱往后推了推，背靠航站楼的一处柱子，轻声说："我有时候，很抵触打牌。"

叶简南没想到她会说这么一句话。

霍舒扬绞着手指，声音越来越低："打个决赛，从两点练到第二天早晨，生物钟都乱了。什么都吃不下，睡眠质量也不好，最关键……"

她叹了口气。

"打了这么多年职业桥牌，我想试试新的东西了，我今天差点就弃赛了。叶简南，你和祁翎下了这么多年围棋，从来不觉得烦吗？"

叶简南摇摇头，轻声说："千古无同局。"

她苦笑一声，回道："真羡慕你们。"

左边传来脚步声，祁翎已经帮她办好了登机牌。三个人又围着聊了一会儿，霍舒扬尽力让自己情绪高昂一点。

叶简南先去安检了。

航站楼人来人往，霍舒扬没什么精神说话，祁翎也只是默默站在一边陪她。他似是内心斗争了一番，抬起头，很犹豫地问："你……你不开心啊？"

这倒出乎霍舒扬意料了。

祁翎向来不太在乎人情世故，对外人情绪感知也差。和他恋爱这段时间，霍舒扬有不开心都是自己排解，尽量不在他面前表现出颓丧。

对打职业桥牌厌倦这事，她也从来没在祁翎面前提过。这人和自己斗争就能耗尽全身力气了，她不想把自己的压力也转嫁给他。

可被他这么一问，她突然变得很软弱。

她"嗯"了一声。

按照常理，他应该继续追问。可得到她肯定的答复后，祁翎眼神一暗，再也说不出一个字来。

霍舒扬苦笑一声，起身去拉手提箱。谁知她还没迈出第一步；祁翎忽然伸手将她搂进怀里。

他将手覆上霍舒扬纤细的脖颈，掌心一片温热。

他说："你是不是很累啊？"

霍舒扬闭上眼，在他肩上点了点头。祁翎揉揉她的头发，也不问发生了什么，只是说："那你靠一会儿吧。"

她把手臂搭到他肩上，下巴落在他颈窝里。祁翎靠起来真舒服啊，怎么一个看起来冷冰冰的棋手，抱起来会像熊一样啊。

她说："祁翎，可能这场比赛结束以后，我就不打职业了。"

祁翎在比她高一点的地方点点头。

他说："你做什么我都喜欢你。"

拉斯维加斯的面具舞会，电影院前的杨树大道，圣诞夜的吻。你出现以后，我终于开始喜欢我自己。

现在，我喜欢你。

四个小时后，叶简南落地 J 国。

J 国的这次人工智能大会搞得声势浩大，起初只是邀请了各国人工智能领域的专家，后来有人提起了年底就要举办的人机大赛，主办方便邀请了一些棋手来参与讨论。

江墨的老师廖斌也是这方面的专家，带了一队博士生来参加大会。他又一心想让江墨读自己的硕博，便额外申请了一个本科生的名额。

然而，虽然江墨和叶简南参加的是同一场大会，却因为主题不同而分散在不同的会场。大会事项烦琐，叶简南抽不出身，只得先静下心来研究会议的内容。

文件一式三份，分为三种语言。他翻开中文版研究了一会儿，眉头慢慢皱起来。

所谓"人机大赛"，简单而言，便是"棋手"与"机器"下棋。早在 20 世纪，便有人工智能战胜象棋选手的先例。然而以围棋棋局千变万化的程度，几乎可以说是"人类智力的最后一道堡垒"。

机器能战胜人吗？没人知道。

年底的人机大赛，代表"人类"的正是先前平湖"常孟十番棋"的主角之一韩国选手孟昌宰。这场大会他也到场了，坐在第一排的地方，和朋友低声交谈着什么。叶简南看着他，心里有一种很微妙的感觉。

宣传册上耸人听闻：人机大战，会是一场时代的变革。

而棋手，这门古老的职业，竟成了站在时代前沿的一批人。如果真的输了，那他们奉若人生信条的"千古无同局"会不会沦为笑柄？他们所坚守的东西，到底还有没有意义？

棋手也是人。以往孟昌宰和自己的老师常刀下棋，叶简南都是私心盼着他输的。可此刻，他看着孟昌宰的背影，忽然发自内心地尊敬孟昌宰。

这个人啊。

将代表一个时代迎战。

大会闭幕后，叶简南赶去江墨所在的酒店接她。

到了大堂，正碰上廖教授在和前台说话，回头看见叶简南，将他好一阵逼问，一副"你要把我宝贝学生带到哪里"的护犊模样。

硕博的学长学姐显然也从江墨处知道了叶简南的存在，人人的表情都像在打量妹夫。

"叶简南啊，"一名学姐严肃地拍了拍他的肩膀，"江墨可是我们实验室的吉祥物，你要是欺负她，我们就用键盘砸你。"

千辛万苦，叶简南总算把江墨从酒店带走。临走前，廖斌忽然掏出了个小本，有个学姐长叹一声："斌老板今年促成五对的业绩又达标了……"

奈县就在他们开会的城市旁边，坐车也不过半个小时车程。叶简南常居奈县，一般都是开车往返，难得搭乘公共交通。从酒店出来后，他忽然提议："咱们坐电铁吧。"

国内没这种交通工具，江墨反问道："电铁？"

"江之岛电铁。"

这名字唤醒了江墨零星的记忆。

"是《灌篮高手》里面那个电铁？"

"对，"叶简南拉住她的手，向另外一个方向走去，"我记得你那时候说想来看看。"

江墨恍惚着被他拉远。

那真是……很多年前的事了。

翰城棋院有个屋子，里面有一台用来看棋赛的放映机。有时候江闻道不在，小棋手们把租来的光碟推进去，断断续续地看起了《灌篮高手》。

叶简南一开始相当不屑参与这种活动，后来看连江老师的亲女儿都参与进去了，也就勉为其难地加入了观影团。放到结局的那天，小棋手们哭成一团，江墨作为唯一的女孩哭得最为凶猛。

叶简南站在一旁苦恼地看着她，他想，怎么女生对什么都能哭啊？小鸡快死了要哭，小鸡走了要哭，看个动漫也要哭。

放映机"刺啦"一声，画面跳回片头，开始重新播放。江之岛电铁呼啸而过，樱木花道和晴子在碧海蓝天间对视。

江墨说："我好想去看看啊。"

叶简南愣了愣，没头没尾地说："好。"

真是一个……非常不负责任的承诺。

他住在奈县的那几年，有时候会独自开车到海边。站在那幅画面的取景地前，他会有一瞬间的恍惚。

江之岛百年电铁，海岸线潮起潮落。

在翰城棋院的日子像梦一样，一恍惚，就是这么多年。

03.

江墨上次来J国是为了参加葬礼，航班推迟后被叶简南捡回家里，唯一的户外活动是奈县医院一日游。这次坐电铁要转车，两个人中途路过便利店，她去买了一书包零食。

叶简南哭笑不得。

"你去秋游啊？"

"也不全是，"江墨抱着书包盯住叶简南，"去秋游得自己背包。"

叶简南明白了她的暗示，无奈地将书包接过来替她拿好。他开会要穿正装，西装革履地背着个颜色幼稚的书包，样子要多傻有多傻。

两个穿着学生制服的女孩远远看着他笑，叶简南脸有点红。

进入车站的瞬间，江墨忍不住轻声赞叹。

站台旁栽满了绣球花，品种竟是和闻道棋院内一样的无尽夏。浅蓝浅紫连成一片，旁边还点缀着些许粉色花朵。电车进站带起微风，花丛轻轻摇曳。

"这里……"她看向叶简南，十分雀跃，"好多无尽夏啊。"

叶简南点点头："到花期了。"

人流涌来，两人被挤着上了车。江墨怕和叶简南走散，伸出一只手牵他衣角。叶简南回了下头，握住她的手，将她拉向自己身边。

两人在靠窗的地方得了处空隙。

随着"叮咚"声响起，古老的电铁也启动了。铁道旁的无尽夏越发茂盛起来，织出大片锦绣。

江墨双手扶着窗户，心不在焉地说："其实……棋堂的无尽夏都死了。"

叶简南眼神微动。

花朵映在玻璃上，倒影又映进江墨的眼。她继续说："爸爸得病以后，没人照顾它们，很快就死光了……我去年买一些种子，可养得也不大好。我一开学，就又枯了……"

叶简南说："那很可惜。"

"你会养吗？"

不等他说话，江墨自问自答："你肯定会养，你什么都能做好。"

车窗外，又一丛无尽夏一闪而过，光线突然变得刺眼。车厢内起了躁动，原来是电铁已经开始在海岸飞驰。

沿海公路上有人在骑车，白衬衣，斜挎包，一身少年朝气。没过多久，他们便抵达了湘南高校前站。

不过百米外，便是樱木与晴子相遇的那个十字路口。

江墨大呼小叫地跑过去，头发和裙摆被海风吹得飘起。远处隐隐传来车轮撞击铁轨的声音，她用手搭起棚子，昂着头朝远处看。

远处的海水在阳光下泛出金色。

真的好像啊，一切都和樱木向晴子招手那天一模一样。她隐隐觉得，从父亲生病后，自己已经很久没这么开心了。

电铁开近了。

安全栏杆架起，有人示意大家离铁轨远些。江墨往后退了一步，忽然觉得自己撞到别人怀里。

她赶忙回身道歉，映入眼帘的却是浅色的衬衣领口。她觉得这身衣服有些眼熟，抬起头时，对方已将她抱进怀里。

江之岛电铁，开过来了。

风卷起她的裙角和长发，叶简南微低着头吻她。车轮与铁轨相撞，空气里有海水的咸味。他吻过她的眼睛，她的鼻尖，她的嘴角，与她额头相抵。

他在她耳边说话，声音那么轻，几乎被车轮声覆盖。

他说："回去，我们种很多无尽夏。"

镰仓离叶简南家已经不远。两个人又在海边吹了会儿风，便改乘巴士回到叶简南在奈县的住处了。

他家还是那个性冷淡的模样，再加上大半年没人住，很是灰扑扑的。江墨玩得太累，瘫在沙发上看叶简南收拾家，袖子卷起来，露出一截手臂。

扫了一会儿，叶简南走过来收了江墨的零食，眉毛一跳一跳："你别制造垃圾了！"

她说："我饿嘛。"

叶简南长叹一声，进自己卧室换了身衣服，又找出一件外套示意江墨穿上。她这次来正值盛夏，包里没什么厚衣服，只能在长裙外罩上叶简南的这件黑色卫衣。

她穿上了还很嫌弃的样子。

"喂，"她说，"你的衣服除了黑白，还有别的颜色吗？"

衣服大了不止一号，长长的袖子盖住手。江墨佯作幽灵状，在叶简南前面飘飘荡荡出了门。

他哭笑不得，找到车钥匙后也出了门。

时间太晚，小城市的店铺不大开到深夜。叶简南带着江墨绕城转了两圈，最后还是开往她第一次来时两人去的那家拉面店。

"婆婆他们还没休息？"

"他们住店面楼上，"叶简南回答，"只要没睡，都不打烊。"

江墨"啊"了一声，伸手摸了摸叶简南的头，问："你以前是不是老半夜去他家吃饭啊？"

他迟疑了一下，还是决定坦诚。

"有时候打完谱才发现天都黑了，"他把车拐进拉面店所在的小巷，"想找个有人的地方坐坐吧。"

总有人说，要享受孤独。或许久居人群时，人真的需要空间独处。

可是说出这种话的人，一定没有经历过长久的孤独。

许多许多寂静的夜晚，叶简南能看到棋盘从自己指尖延伸开，绽出一方浩渺宇宙。每一颗棋子都是一个星球，而他只是宇宙里飘浮的一粒尘埃。

他一点都不怀念这种寂寞，他只想看无尽夏盛开在铁轨旁，女孩提着裙角走在海岸上，整个宇宙都充满了世俗的快乐。

04.

久违的风铃声。

叶简南和江墨一进门，店内的老人便惊喜得叫出声来。婆婆赶忙起身，仔细打量这两个小年轻。

"是上次那个小姑娘！"她冲楼上喊，"老头子！小叶又带女朋友来啦！"

楼上一阵乱响，一眨眼，爷爷便拄着拐杖出现在二楼。叶简南怕他摔着，一步两个台阶跨到他身旁。

"您慢点，"他笑着说，"我俩不跑。"

江墨上次来的时候还哑着嗓子，这次一进门就十分嘹亮地说："婆婆好！"

"哎？"爷爷颤巍巍地走下楼，"我记得这个小姑娘不会说话啊？怎么一开口，像小黄鹂似的？"

"你个臭老头，"婆婆赶忙拍他，"上次嗓子坏了嘛！不过小丫头声音是好听，多说两句，别像小叶似的，一个闷葫芦。"

总归店里也没人，婆婆从后厨弄了些饭菜，两老两少挑了张桌子坐下。

"小叶可有些日子没来了，这次待多久？"

叶简南回答："不太久，就带她来玩两天。"

婆婆有些失落，但很快打起精神。

"也好，你们年轻人，就该多去热闹的地方。要是想清净，就回奈县，婆婆给你们做饭！"

上次江墨不能说话，叶简南又在楼上下棋，四个人一共也没聊几句。然而上了年纪的人总是关心太多，没说一会儿就聊到了家里。

"那……爸爸妈妈见过没有啊？"

江墨脸色有些僵硬。

然而话题走向了一个她根本没想到的方向，婆婆忧虑地看向叶简南，给他夹了些菜后嘱咐道："你家里情况复杂，更得多照顾着人家小姑娘。你能解决的问题就别让她出面，不然四个长辈，谁应付得了……"

江墨脸色变了变。

"四个长辈？"

叶简南低头吃面，闭了闭眼。他了解婆婆爱嘱咐的性格，来之前就做好了被她道破的准备。

似乎这种事让别人来说，比他自己开口容易些。

他说："江墨，我还没来得及和你说。"

婆婆和江墨都愣住了。

"我爸妈离婚了。"

从拉面店出来后，外面的气温变低了不少。

江墨把卫衣的帽子戴上，小心地拉住了叶简南垂在身侧的手。十指相扣，她被冰得打了个哆嗦。

叶简南抽开。

"别了，我手凉。"

江墨追了两步，又一次握住。

"我就要。"

两人一前一后朝车走去。

她攥得很紧，叶简南的手指开始有了温度。他给她拿了外套，自己倒是只穿了件衬衣，抵不住夏日夜风凉。

上车的最后一刻，江墨挡住了他的去路。

她说："你还有什么事没告诉我？"

她知道他这些年过得不好，可所知的又十分有限。

叶简南抬头看向她，笑得十分勉强。

他说："不是不告诉你，是没必要说。"

江墨皱起眉："为什么没必要说？每次你的事都是别人告诉我。怪不得上次祁翎话里有话——你自己不说，也不让别人说，到底为什么啊？"

叶简南安静地听她控诉完，感觉血再一次慢慢冷下来。他被质问得哑口无言，只能说："太晚了，上车吧。"

他想自己可能确实缺乏被爱的天分，不然为什么所有人都会离他而去？江老师、江墨，甚至父母……

即便江墨回来，也会被他的不够坦诚惹恼。他在"爱"与"被爱"上，都举止笨拙。

江墨从另一边上了副驾驶，拉紧帽子便不再看他。到家后，江墨径直回了屋子洗漱，然后便关灯睡觉。

叶简南的生物钟比去年正常了些，打了会儿棋谱也回了卧室。他把灯光调到最暗，看着天花板，思考要不要明天把江墨送回她老师那里。

半梦半醒间，门外传来脚步声。

门轴有些锈了，发出"吱呀"一声。叶简南还以为是梦，恍惚着睁眼，一个纤瘦的人影忽然钻进他怀里。

他的手背触到对方的脸颊，竟然触到些许潮湿。叶简南瞬间清醒，看见江墨的长发散在他肩头，整个人如树袋熊一般抱紧他。

叶八段的大脑当即停转。

江墨在他怀里哭了一会儿，他连动都不敢动一下。过了好半晌，她仰起脸，小声质问："你到底会不会谈恋爱啊？"

叶简南沉默半晌，很诚实地回答："不太会。"

江墨在他肩膀上咬了一口，也没使劲，留下一个浅浅的牙印。她说："叶简南八段，我来教你谈恋爱——女朋友生气了要哄的啊。"

他半边肩膀都因为这一咬而变得酥麻，在她面前丢盔卸甲："好。"

等了半晌，仍然不见叶简南再说什么，江墨气得推了他一把，刚要起身，却又被他揽回怀里。

他的下巴抵着她的额头，身体在慢慢回暖。他想了很久，轻声说："因为你回来了。"

江墨有点摸不着头脑。

"什么？"

"为什么不告诉你，"他闭着眼，一字一顿地说，"你问我为什么不告诉你。因为你回来了，我就觉得，我之前失去的东西……都不重要了。"

江墨愣了一会儿，无奈地控诉："叶简南，你真的不会谈恋爱，也不会哄人，你是个大傻瓜。"

叶简南点头，下巴蹭着她头发。

"是。"

"有个傻瓜喜欢我。"

他笑了，更用力地抱着她。

"是。"

夏日午夜，窗外传来潮声。挂钟的秒针归位，日子又往前进了一天。

隔了好多年，隔了这么多年，他终于能亲口对他爱的女孩说："生日快乐。"

05.

江墨是被手机的提醒声振醒的。

不算叶简南这种靠近水楼台犯规的，舍友钟冉是最早给她祝福的人。实验室的师哥师姐给她凑了个红包，嘱咐她和叶简南吃好喝好。霍舒扬极其霸道地把这次比赛的金牌拍照发给她，说自己又拿了一大笔奖金，给她带了个当地特产的宝石做礼物。

她回复："我是哪辈子修的福摊上你这种财阀姐妹。"

发过去没多久，对方就邀请她进入视频。

霍舒扬显然刚比完回国，举着手机在机场行走，身边是帮她拎行李的祁翎。两个人像善财童子似的祝福她新的一岁发财变美感情顺利后，霍舒扬猛地将脸凑近摄像头。

江墨被这瞬间逼近的美貌震慑，赶忙将手机拉远。

霍舒扬问："叶简南呢？"

不等江墨回答，一旁仍在睡觉的叶简南似乎是听到了有人叫他，睡眼惺忪地坐了起来。摄像头里蓦然多出一个人，江墨眼睁睁地看着霍舒扬的表情从呆滞变成震惊，最后露出了恍然大悟的笑容。

她说："舒扬，不是……"

霍舒扬疯狂挥舞手机："对不起！对不起打扰你们了！我这就滚！"

祁翎似乎是问了一句"怎么了"，但视频迅速被霍舒扬掐断。江墨绝望地躺回枕头上，几乎可以想象出霍舒扬会把这幅画面怎么添油加醋地描述给祁翎。

叶简南显然还没意识到问题的严重性，揉了揉太阳穴，问江墨："刚才发生什么了？"

江墨看着他一脸无辜，一个枕头砸过去。

"你醒来做什么啊！"

二十二岁的第一天，江墨什么都没做。但一觉睡醒，她失去了清白。

直到两个小时后叶简南带她出门，她还是一言不发。叶简南彻底被女生的喜怒无常逼疯，坐在驾驶座上等她下楼时，给祁翎发了个微信："你觉得和霍舒扬谈恋爱比较难，还是打世界大赛比较难？"

祁翎很快回复。

"你疯了，当然谈恋爱难了。"

两位八段棋手在这个问题上取得了高度一致的结论。

好不容易等到江墨下楼，叶简南小心翼翼地发动汽车。江墨显然还不知道此行到底是要去干什么，权当是叶简南带她出去兜风，趴在车窗上看风景流逝。

他们进了一处别墅区。

江墨被霍舒扬气得满脑子糨糊，车停到一栋白色别墅前才觉出异常。门前有个打扫卫生的阿姨，看到叶简南后朝他挥了挥手，向他示意停车位置。

江墨糊里糊涂地下了车。

"你带我来这儿干什么啊？"她看着明显是精心打理过的花园，"我……我不认识这儿啊？"

叶简南笑了笑，揉了一下她的头发。

他说："礼物。"

江墨的表情依旧茫然。

叶简南牵起她的手，轻声说："这是我朋友介绍给我的医生，专门……专门研究早发型阿尔兹海默症的。"

江墨慢慢捂住嘴。

叶简南握紧她的手，希望自己的语气能让她平和些："这位医生在阿尔兹海默症的领域是权威，也恰巧是个棋迷。我和他说了江老师的身份，他希望能了解到更多信息。"

江墨浑身都在抖，叶简南扶住她的肩膀："江墨，早发性阿尔兹海默症是无法治愈的，你得先清楚这一点。我们能做的只是减缓，或者让情况停止恶化。你……明白我的意思吗？"

江墨揉了揉喉咙，嗓子很哑："明白。"

走了两步，她又转过身，说："简南……谢谢。"

叶简南摇摇头，按响了门铃。

"该说谢谢的是我。"

他与她并肩站在一起，等着那位医生来开门。

"谢谢你给我机会，让我弥补自己犯过的错，让我可以……重新活一次。"

06.

大约因为是棋迷，叶简南介绍的那位医生对江闻道相当感兴趣。算起来，江闻道在棋坛上活跃的时候，这位医生也正值壮年。

经过和医生的几次详谈，江墨也和谢婉说了这件事。做了不少心理工作后，谢婉总算勉强和叶简南通了电话。两个年轻人在异国张罗，谢婉把先前的检查资料扫描发到他们那边，次数多了，她对叶简南的态度也缓和了许多。

然而毕竟江墨还要上学，叶简南也得回棋院，匆忙地完成了第一阶段的工作，两个人回到国内，先处理自己的事情。

刚下飞机，就得到了一个劲爆的消息：霍舒扬要退出桥牌界了。

霍舒扬成名的年龄比叶简南和祁翎还小，拿冠军是一方面，关键是颜值与技术并存，除了比赛还接了许多代言，从棋牌界红到了娱乐圈。后来江墨和叶简南推测，她不愿意暴露自己父母是"十八段夫妇"，纯粹是因为"聪明貌美出身好"的人设太拉仇恨了……

这么多年来，霍舒扬一直发挥稳定，登顶桥牌界后基本没在比赛中失手过。这么个人宣布要退出职业圈，自然掀起了小范围的地震。

更夸张的是，她把公开的社交软件全部清空，也不接受采访，在媒体眼中人间蒸发。

江墨这段时间忙得天昏地暗，看到这些消息才想起给她打电话。

电话倒是很快通了，巨大的噪音里，霍舒扬扯着嗓子喊："你回国啦？"

"是，"江墨也不知道她那边怎么了，只好也提高嗓门，"你在哪儿呢？怎么这么吵啊？"

"啊？我装修呢！"霍舒扬一句话把她噎了个半死，"你有空过来看看，我把位置发你！"

这人真是风风火火，怎么就去装修了？江墨看了一眼她发来的地址，急忙打车赶了过去。

出租车拐了几个弯，停在了一条巷子里。一间店面，尘土飞扬，外面站着个穿牛仔裤运动鞋的女人。

江墨半天才认出来是谁。

"霍舒扬？"

对方应声回头，头发扎成马尾。

"江墨？你这么快？"

"我没有你快，"江墨目瞪口呆地走过去，"我上次和你视频，你才比完赛。怎么再见你，你就改行做装修了？"

"改什么行啊！"霍舒扬笑着推她，"这是我的店！"

"你的……店？"

江墨愣了片刻，随即恍然大悟，那个在杭市酒吧里眉飞色舞的霍舒扬瞬间出现在她眼前。

"我要开个店，不用太大，但是要有两层。二楼住人，一楼开店。立一扇木门，墙是玻璃的，灯是暖黄的……卖书，卖咖啡，再养只胖猫……"

江墨仰天长叹："你这行动力也太强了！"

霍舒扬忽然安静了下来。

她说："不是，江墨。这个地方，是祁翎送给我的，他……已经准备了好久了。"

其实在很久以前，祁翎就已经察觉到霍舒扬的疲惫了。

他发现霍舒扬经常对着纸牌发呆，吃什么都没胃口，大把大把地掉头发。有时候祁翎送她回家，她说不了几句话就在副驾驶上睡着了。

祁翎把车停下后会等她自己醒过来，然后和她说："没事，刚刚到你就醒了。"

他知道她睡眠也不太好。

他能感觉到霍舒扬在他面前掩饰自己的疲惫，所以他从来没有说过什么。

有一次她打完比赛，因为精神压力太大又是两天只睡了五六个小时，被祁翎接走的时候眼睛都睁不大开了。她在后座睡觉，祁翎给她盖了件衣服，听见她小声说："我真的不想打了……"

他就是那个时候起了送她一家店的想法。

那个在酒吧里描画自己小店的霍舒扬神采飞扬。他想，无论她以后是不是真的要开店，他帮她把退路留好。

那么即使她有一天真的决定离开，也不会无处可去。

很难想象，祁翎这种社交困难户会去做这么一件世俗的事情。他跑了好多地方，摆着他那张扑克脸和人谈价格，定位置，考虑客流量和周边竞争环境，把自己打比赛这么多年攒的积蓄都投在了这家店上。

电钻嗡鸣，霍舒扬抱着腿和江墨坐在路边，脸上不施脂粉，神情却格外动人。

江墨抹了把眼睛："这也太感人了，这还是我认识的祁翎吗？"

"我早就说过，"霍舒扬得意扬扬，"他是个很温柔的人。"

"那……"江墨朝店铺望去，"你真的就这么退出桥牌界了？"

"没错，"霍舒扬点头，"打桥牌的霍舒扬已经离开了我们，今天站在你面前的是——霍老板娘！"

两个女孩蹲在路边大笑起来。江墨倾耳细听，发现装修的声音叮叮咚咚，竟然像一首乐章。

霍舒扬的咖啡店在冬天来临前完工，灯光颜色格外温暖。和她说的一样，是那种"冬天下雪的时候，路过的人会忍不住进来坐坐"的店。

万事俱备，只差一只猫。

开业的前一天，江墨和叶简南抱着一只刚出生不久的布偶猫到了店里。小猫很乖，也不叫，两个人躲进吧台后面，准备给霍老板娘一个惊喜。

脚步声响起，却是两个人。

估计是为了庆祝，霍舒扬喝了点酒。江墨不用看都能想象出她赖在祁翎身上的样子，她对这位财阀姐妹在祁翎面前的矜持程度一向没有信心。

两人对视一眼，朝小猫比了个"嘘"的动作。小布偶懵懵懂懂地看着这两个人，用两只前爪捂住脸。

祁翎的声音已经明显带点恼了："让你别喝那么多，你什么时候能听我的话？"

霍舒扬傻笑了一会儿，说："反正你在啊。"

祁翎说："我下次不管你了。"

霍舒扬说："你才不会呢，你最喜欢我了。"

祁翎没有说话。

叶简南压低声音："祁翎肯定脸红了。"

江墨高频率点头表示认同。

小猫看着这两个人，兴奋地舔了舔爪子。

听不见祁翎的回答，霍舒扬开始纠缠："你怎么不说话啊，你不喜欢我啊？我可喜欢你啦！我早就喜欢你啦！你是不是以为是面具之夜啊？不是！我十六岁就喜欢你啦！"

好早啊，太早了。

棋院的楼梯间，高高的窗户投下细长的光线。少年弯下腰，和十六岁的霍舒扬说："别哭了，会赢回来的。"

这故事江墨听过，此刻再听，竟忍不住轻声叹息。这么骄傲的女孩子，单恋一个男生这么久……

谁知不等她一口气叹完，祁翎忽然说："是我先喜欢你的。"

那口叹息硬生生成了倒抽冷气。

霍舒扬醉了，靠在祁翎怀里，也不知道能不能听见他的话。祁翎别过脸，右脸的红痕在暖黄灯光的照耀下几乎遁去行踪。

他说："我先喜欢你的，我十四岁就喜欢。我刚去棋院的时候有棋手看我不顺眼，把我反锁进储物间里。"

十四岁的祁翎到了棋院的第一年，因为长相和性格被人排挤。那个冬天好冷，只穿着单衣的他在储物间被冻得打喷嚏，有个女生在门外问："里面有人？"

他又惊又愧，含混不清地"嗯"了一声。

她问："你在里面做什么？"

祁翎说："我……我不小心被关了进来……"

她"哦"了一声，说："我去和叔叔要钥匙！"

她说话脆生生的，带着种飒爽。脚步声远了又近，只听"咔嗒"一声，储物间的门被打开。

天色很晚了，楼道里没灯，储物间更是漆黑一片。祁翎在黑暗里看见对方晶亮的双眼，被灼伤了似的低下头。

眼睛的主人说："看你冷得，怎么这么不小心。"

她把自己的围巾摘下来，裹到了祁翎脖子上。围巾遮住了祁翎的大半张脸，他才有勇气站进月光里。

他看清了霍舒扬的脸。

他的心跳从来没那么快过。

祁翎第一次见到霍舒扬，心如擂鼓，落荒而逃。少年陷入爱情，却因为自卑，连多看她一眼的勇气都没有。

"是我先喜欢你的，霍舒扬。"

祁翎抱住她，喃喃自语。

我是何其有幸，遇见你，爱上你，并开始喜欢我自己。

吧台处忽然传来一声猫叫，祁翎惊讶地转过头，发现一只布偶猫跃上桌面。片刻寂静后，叶简南和江墨双双起身，捂着耳朵往门外跑去。

"祁翎，我们什么都没听见！这猫是送给你们的礼物，祝你们开业大吉！"

◆ 第九章
　大雾终散

01.

凛冬已至，棋院的气氛又紧张了起来。

叶简南蝉联 MR 战冠军后，剩下的几场比赛都发挥得不温不火。祁翎和裴宿虽然不说，但是都看得出来，他心里的重头戏，是明年春末那场世界大赛。

围棋的世界级赛事大大小小大约十种，但并非每一项每年都会举办。明年这项比赛四年一度，向来有棋界"奥林匹克"之称。

今年与往年不同，念了大学的叶简南和祁翎在棋院练习之余，还得担忧自己是不是要挂在高数上，以至于期末只要交论文的裴宿每每看到便一阵暗爽。然而江墨和霍舒扬一有空就往棋院跑，一个给叶简南讲题，一个陪祁翎温习，让裴宿的幸灾乐祸很快变成顾影自怜。

"有什么了不起啊，我……我女朋友在读博士呢！"

裴宿九段如是说。

好不容易熬过了期末，几个年轻人都没着急回家。三个男生偶尔去霍舒扬的店里下棋，江墨则是搬着电脑去写项目。日子慢慢过，与奈县那边的医生也在沟通，一切似乎都有所好转。

直到这天。

祁翎赶到店里时，江墨正和叶简南窝在一起打游戏。两个人很幼稚地彼此埋怨着，霍舒扬还在一旁煽风点火。

　　那只布偶猫很喜欢祁翎，看见他进门，纵身一跃便躺进他怀里。

　　往常祁翎都会陪它玩一会儿，今天却一言不发地将它放回地上。叶简南和江墨觉出异常，收声向他望去。

　　祁翎沉默片刻，看向叶简南。

　　"简南，你……你还记得过爷爷吗？"

　　过爷爷？

　　怎么会不记得呢？那家卖棋具的烂柯社，那个须发皆白的老人，那两条蛤棋石与那智黑石做的项链。过爷爷……是他们脑海中有关于翰城的记忆里，很重要的一个部分啊。

　　祁翎的脸色太差，叶简南生出一丝不好的预感。

　　"过爷爷怎么了？"

　　"我家里人刚才给我打电话……"祁翎艰难地说，"过爷爷，去世了。"

　　江墨捂住嘴，被这突如其来的消息震惊得说不出话。在她的记忆里，过爷爷一直是白须白发，像个老仙人似的超脱。她每年回家的时候都会去烂柯社探望他，总觉得他精神也好，身子也硬朗，怎么才一年没去……

　　叶简南的神情更显凝重。这些年他回翰城的次数太少，前些日子他还想着，什么时候有时间再去看一眼过爷爷，可事情一拖再拖，再听到过爷爷的消息，竟然是"去世"吗？

　　祁翎和过爷爷虽然不比叶简南和江墨熟，但也在他那里买过许多棋具和棋书。他叹了口气，继续说："翰城的几个老街坊都在帮着置办后事，可你也知道，过爷爷那个孙子……"

　　叶简南轻声说了一句"小弈"，眉头便皱了起来。他这些年也稍微了解过这孩子的近况。小弈比他小六岁，现在正是念书的时候，却因为智力有问题没法去念普通中学。过爷爷又不舍得把他送到外市的特殊学校，他平时只在棋社里干点简单工作。

"怎么……"叶简南压抑着声音，"怎么这么突然……"

"我妈在电话里说，其实过爷爷已经病了很久了，"祁翎捏紧手机，"但是他对谁也不说。再说了，小弈也不懂这些东西……他临走前把后事都安排得差不多，可是家里就剩这么个孩子……"

"我知道了，"叶简南打断了他，笃定地说，"我买今晚的票回去。"

江墨方才从震惊中回过神："我和你一起。"

两人对视一眼，叶简南握了握她的手，继续对祁翎说："祁翎，麻烦你父母再照应一晚，我明早就能赶到了。他那个店处理起来也不容易，还有小弈的事……我也来想办法。"

祁翎很深地点了一下头。

"好。"

02.

最近的航班在深夜一点，叶简南和江墨只能通宵赶路。漫长的滑行后，飞机起飞，叶简南望向困倦的江墨。

"困了就睡一会儿，"他说，"明天怕是要折腾一整天。"

江墨迟疑片刻，听话地闭上双眼。叶简南换了个姿势，让她靠得更舒适些，又把衣服给她盖好。

窗外是无尽的夜色，他要回的是他的故乡。

从他认识过爷爷的时候，过爷爷就是个老人。这么多年，过爷爷的变化微乎其微，让叶简南产生了他会一直等在那里的错觉。

他错了。这世上什么都在变，他早就吃过物是人非的苦，怎么就认为过爷爷不会离开呢？他刚从对江闻道巨大的亏欠中回过神，却又被没有再去看望过爷爷的后悔击中。

叶简南闭上眼，慢慢想着安置小弈的办法。

赶回翰城时，天刚蒙蒙亮。

和祁翎的妈妈通过电话，他们才知道过爷爷在医院的流程都已走完。两人打了车，径直赶往殡仪馆。

不赶到现场，也不知场面会如此萧条。过爷爷无妻无子，一生痴迷围棋，不喜社交，在翰城能说得上话的两个人不过是捡来的孙子小弈和叶简南。然而以小弈的情况，根本无法承受过爷爷去世的消息，到现在还一无所知地在店里写作业。

　　叶简南找到祁翎的妈妈，多问了一句："阿姨，要不然还是让小弈来看最后一眼……"

　　"别提了，简南，"阿姨一脸愁苦，"我们问了他一次，要是爷爷走了该怎么办。那孩子当时就闹了起来，谁也拦不住。要是真的把他接来殡仪馆，不知道要闹成什么样……"

　　叶简南叹了口气，接手了她办到一半的手续。

　　翻看过爷爷的信息时，他惊讶地发现，过爷爷竟已九十有三，原名"过问水"。他这姓氏和名字都很奇特，叶简南与他相识这么多年，第一次见他全名，竟觉得有些眼熟。

　　他似是在哪本 20 世纪出版的棋谱中见过……

　　他又想了许久，最终还是合上了过爷爷的身份材料。一个隐姓埋名隐居小城的围棋痴人，他的一生应当比叶简南想的壮阔。

　　江墨牵了牵他的手，叶简南忽然回过神来。

　　他侧过脸，听见她问："你在想什么？"

　　叶简南叹了口气，和江墨走到较远的地方。他看着过爷爷被殡仪馆的人推走，轻声说："我在想，到底什么样才算活过？

　　"我以前想赢，觉得做棋手就得像常刀老师一样成名成家，不然哪算活过。可是像过爷爷这样，不求功名地下了一辈子围棋，死后什么都没留下，这样……也算活过吗？"

　　江墨有些哑然，叶简南看了她一眼，很淡地笑了一下。

　　"没事，我是在问我自己。"

　　说完这话，他忽然俯下身，平视着江墨的双眼。

　　他说："江墨，你会一直喜欢我吧？"

　　江墨挠了下头发，虽然不知道他为什么突然问这个，但过爷爷的死显然对他打击很大。她迟疑片刻，很笃定地回答："会啊。"

"如果我输了呢？"

"会啊。"

"如果我……不下棋了呢？"

"会啊。"

江墨踮起脚，轻轻抱了一下他宽阔单薄的肩膀。

她说："我喜欢的是叶简南，不是棋手叶简南。我喜欢你，和那些事，没有关系。"

那些关于生死和宇宙的思考飘飘荡荡，终于在女孩笃定的语气中落地。叶简南不算个特别幸运的人，但他此刻低着头，忽然觉得，这辈子能下棋，能遇见江墨，已经没有什么好遗憾的了。

将过爷爷送走后，两人前往烂柯社。

虽然棋具店被改作茶馆，但招牌仍然保留了下来。叶简南和江墨并肩走进去，见到小弈正趴在茶几上算数。

十六岁的孩子了，算的还是小学题目。小弈傻也傻得蹊跷，生活自理没有问题，只是在人际交往中慢半拍，但凡要动一点脑子的就明显跟不上。看到叶简南来，他很是愣了一会儿，迟疑地问："简……简南哥哥？"

叶简南努力让神情轻松一些。

"还记得我呢？"

"当然记得了！简南哥哥，你好久没来了！"

他目光转向江墨，反倒对这个每年来给过爷爷送年货的姐姐有些陌生。江墨苦笑一声，推了推叶简南的胳膊。

"他还是熟悉你。"

小的时候，翰城的同龄人都欺负小弈，只有这个哥哥愿意带着他玩，小弈对自己想记住的东西向来印象清晰。

他去给叶简南找茶叶和糖果，欢欣雀跃的样子让两人越发难受。落座后，小弈大声问："简南哥哥，我爷爷好几天没回来了，你知道他去哪儿了吗？"

江墨和叶简南对视一眼，知道时候到了。

叶简南招手让小弈坐到他身边，轻声说："小弈，哥哥……看到爷爷了。"

"你看到爷爷了？爷爷在哪儿啊？他好久没回来了，我好想他啊……"

叶简南控制着声音，脸上还带着笑意。

"爷爷出去玩了。"

"出去玩？"小弈很惊讶，"爷爷从来没有出去玩过，他喜欢窝在家里下棋。"

"对啊，就是因为从来没有出去玩过，所以……这次，他要去很久。"

小弈的脸色变了："去多久啊？"

叶简南摸了摸他的后脑勺。

"小弈，爷爷陪了你好多年了，他老了，他想趁着还走得动，去别的地方看看，你能理解他吗？"

小弈沉默片刻，不情不愿地说："能……能理解。可是，他到底要去多久啊……"

江墨提了口气，看向叶简南。

男生垂着眼，一只手放在膝盖上，另一只手安抚地拍着小弈的肩膀。他说："爷爷和我说，你把他留下的棋谱都背下来，他就回来了。"

小弈脸色变了变。

他猛地站起来，大声嚷道："怎么可能！那么……那么多！有好几百本！我怎么可能背完！"

叶简南的神色严厉起来。

他说："背不完，爷爷就不回来。"

小弈蹲在地上大哭起来，江墨想去劝，被叶简南的眼神制止。哭了好长时间以后，小弈看向叶简南。

他这种孩子，想法简单，也认死理。大哭了一通后，他擦干眼泪，抽噎着问："真的……真吗？我把棋谱都背下来，爷爷就回来了？"

叶简南说："他是这样和我说的。"

刚才他俩和其他长辈商量了一通，知道先前小弈有被询问过几次"爷爷要是死了"的经过。以他的反应，直说是肯定行不通的。更何况他的思维和举止都和正常孩子不大一样，处理方式也得酌情改变。讨论后，他们决定先骗他爷爷出去玩了，日后的事再慢慢打算。

哄了他一会儿，叶简南精疲力竭。

嘱咐小弈把店关了，回家按时吃饭睡觉后，叶简南和江墨离开了烂柯社。商量日后对他的照顾时，两人都有些犯难。

小弈已经十六岁了，送孤儿院显然年龄太大。更何况他也并非傻得什么都不懂，这样一送他肯定会起疑心。但这么个孩子，单靠邻居街坊照顾又太不现实……

叶简南愁得坐在台阶上揪草。

江墨望着河面粼粼的水波，脑子里忽然有了个很模糊的主意。

她拍了拍叶简南，犹豫着问："你……你不是在杭市那所学校当过老师，还和几个棋手每年给他们捐钱吗……"

叶简南慢慢抬起头，眼睛里有了点亮光。

她说："你说……把小弈送到那儿，随便让他做点什么，还能学一些简单的东西，现实吗？"

叶简南也不说话，江墨被他看得发毛。她挠挠头，说："一个提议，不行咱们再想办法。过爷爷给他留的钱够过好几年，天无绝人之路——"

叶简南忽然笑了。

他说："常刀老师以前和我说，没有白做的事。"

江墨一脸茫然，他俯身点了一下她的额头。

"我试试。"

03.

给江闻道看病的这段时间以来，谢婉与叶简南交流颇多，隔阂也渐渐没那么深了。知道他们两个这次要回翰城，谢婉和江墨通了电话。

"晚上……"她疲惫地说，"叫他来家里吃饭吧。"

于是商量完小弈的去向后，叶简南便跟着江墨走向了去闻道棋堂的道路。

　　这条路他以前走过无数次，小小一个棋童，一想到要去下围棋，开心得步伐都比往常轻快。

　　那时候要得真少啊，单单是"能下围棋"，他就很满足了。

　　行至棋堂门前，叶简南的步伐却略显迟疑。自多年前那场矛盾后，他再也没有回来过，这一行多少有些近乡情怯的味道。

　　大门开着，远远能瞧见正对着的花园。当年大片盛开的无尽夏早已谢尽，环境又因为长期没有人来而变得格外凋敝。江墨感觉出叶简南的迟疑，回身握住他的手。

　　"没事了，"她说，"以前的事都过去了。"

　　他笑了笑，走到江墨身侧，和她一同迈进棋堂大门。

　　谢婉虽然原谅了叶简南，但仍是不敢让江闻道见到叶简南，唯恐再唤起他关于围棋的记忆。吃过饭后，她便将江闻道送回房间，等他睡下才出去等两个孩子回来。

　　刚把饭菜端上桌不久，前厅便传来脚步声。

　　抬起头，一双苍老的眼对上一双年轻的眸，屋子里有片刻寂静，谢婉擦了擦手，静静落座。

　　她说："坐吧。"

　　她的目光落到江墨和叶简南牵着的手上，但并没有说什么。这些日子来，她和叶简南为了江闻道的病情通过许多次电话。看着他在另一个国家忙前忙后，她忽然想到江墨当初为叶简南的辩解。

　　她怨叶简南，真的就是为了找个人对事情负责。

　　可江闻道得病又与他有何相关？他从头到尾，不过是赢了一盘棋而已。

　　她只是想为自己后半生的不幸，找一个寄托而已。

　　这个孩子漂泊在外这么多年，为了一个本不是他的过错受了这么多年的折磨。

　　于是谢婉抬起头，给叶简南碗里夹了一点菜。

　　叶简南蓦然抬头，眼神里有一种被赦免的动容。谢婉没有再多说什么，只是轻声说："吃吧。"

一切又像是回到了那些最好岁月，棋堂下课下得晚了，谢婉留叶简南在家里吃饭。江墨在旁边叽叽喳喳地说话，叶简南低着头听。

而花园里的花，慢慢抽出枝芽。

门外又传来脚步声。

谢婉不大和邻居往来，听见脚步声，三人都是一愣。江墨起身将客厅的门打开，赶进门的竟是祁翎的妈妈。

"你们两个孩子，"阿姨焦急地说，"怎么打电话不接啊？快去烂柯社看看，小弈那边出事了！"

叶简南和江墨脸色一变，赶忙放下筷子跑出了门。

翰城本就小，两人一路狂奔，没一会儿就抵达了老街。烂柯社外一片嘈杂，江墨定睛望去，竟还停了一辆卡车。

几个成年男人进进出出，将店铺中的东西搬到卡车上。

叶简南的脸色瞬间难看起来，然而还不等他出声质问，小弈便和一个略显年迈的女人纠缠着到了门外。那女人气势汹汹地推搡着他，小弈却紧紧抱着一盒棋子，任凭对方如何打骂也不松手。

叶简南握紧拳头又松开，在走过去的最后一刻和江墨说："报警，躲远点。"

江墨颇为担心地看着他走过去，但还是先站到树后拨通了报警电话。

那边，小弈被逼急了，一口咬到那女人手上。对方尖声咒骂，一脚将小弈踢开，又狠狠踹了他几脚。

"住手！"

叶简南疾步走过去，将小弈从地上扶起。那女人恶毒地看着叶简南，不知这个年轻男人是什么身份。

小弈吓得浑身颤抖，回头看见叶简南，忍不住大哭起来："简南哥哥，他们说爷爷死了，他们抢家里的东西——"

叶简南整张脸阴云密布，嘴角抿成一条线，阴沉沉地站到对方面前。

那女人骂开了："你谁啊？多管什么闲事！"

叶简南冷笑一声，反问道："小弈认我，不认你，你们又是什么人？"

"他认你又怎样？"女人发出嘶哑的笑声，"一个捡来的孩子，连领养手续都没办过！我和那老头起码还有血缘关系，这房子里的东西都该是我的！"

这话一说出口，叶简南就明白对方是什么人了。

过爷爷定居翰城几十年，也不见有什么亲人来探望。如今人死了，他们倒惦记起老人的身家了。

"过爷爷留了遗嘱，"叶简南一字一顿，"这店是小弈的，这店里的东西也是小弈的，你们这和抢劫有什么分别！"

这女人是过爷爷的远房侄女，也是他唯一联系得上的亲人。过爷爷离世前曾问过她能不能帮他抚养小弈，却没想到引狼入室，让她觊觎上了自己的财产。

得知过爷爷过世的消息后，这女人找了一群亲戚，准备把他家里搬空。

她起初以为家里就一个傻孩子，压根没想到还有人帮小弈出头。女人恼羞成怒，尖声质问："我抢劫？我是他唯一的亲戚，这些东西本身就该归我。倒是你，和他无亲无故，这闲事管得也太反常了吧？"

她嘲讽地笑了一声，问道："怎么，你想收买这傻小子，独吞他的遗产？"

叶简南握紧拳头，语调带了怒气："别把人都想得像你这么卑鄙。"

"我哪里卑鄙了？"女人反问，"于情于理，这家里的东西都该归我，凭什么给一个不知道来路的野孩子？"

"我和过爷爷认识这么多年，从来没听他提过你。于情于理，他的东西和你没半点关系！"

"多管闲事！"女人说不过叶简南，大骂一句，又去抢小弈手里的东西。小弈浑身发抖，被她一推，棋盒脱手，掉出一地雪白棋子。

蛤棋石棋子……

那女人一边咒骂一边捡拾，似是也知道这东西值钱。小弈哭着去推她，哽咽着说："你不许拿，这是爷爷最喜欢的棋子，爷爷回来找不到要生气的……"

"滚开!"那女人狠狠推他,小弈跌倒在地,"他哪还回得来?这个老东西为了围棋抛家舍业,现在终于死了!死了,回不来了!"

小弈根本听不进她说的话,只是用身体拦着不让她捡棋子。女人恼羞成怒,揪起小弈的衣领,狠狠给了他一巴掌。

叶简南终于按捺不住怒火,大步走过去,将小弈拽到自己身后。杂乱中,他推那女人的力气有些大了,对方绊到门槛,一头栽倒在地。

江墨赶忙跑过去,将小弈护到身后,场面有些失控,她焦急地喊:"简南,你别跟他们起冲突——"

那被推倒的女人抹了下后脑勺,哭喊着:"打人了!打女人了啊!"

搬东西的人顿时喧闹起来,拥到叶简南面前要他给个说法。也不知是谁先动了手,有人将沉重的木质棋盘砸向叶简南的额角。

过爷爷生前视作珍宝的棋具,被他们当作废品一样随处乱扔。又有人冲上来推搡,叶简南还手,场面顿时混乱起来。

嘈杂中,叶简南只听见后脑处一声闷响。

然后一切便陷入寂静。

漫长的虚空后,叶简南又在梦里回到了翰城。

故乡像被一团浓墨包裹着,是他一生的亏欠所在。梦外有人说话,有人在哭,也有人握着他的手腕。他觉得很疲惫,他不大想在此刻醒过来。

于是,他只能朝那一片漆黑的梦境走去。

在梦境里,回忆自己亏欠的人,做错的事。

回忆自己,荒谬的少年时代。

04.

闻道棋堂的关闭让所有人猝不及防。

时间距离叶简南和祁翎定段成为职业棋手才过去两年,这两年来,闻道棋堂的名声简直是呈几何状飙升。职业棋手一年也不过几十个名额，很多省市十年都出不了这么一个人。而翰城这么个小地方，不但一出就是两个，还全出自江闻道门下。许多外地的业余棋手闻讯前来，跋山涉水，只为求江老师一盘指导棋。

就在这么当口上，江闻道，关闭了棋馆。

不光是学生们不懂，连江墨和谢婉都摸不清他的想法。看着学生们黯然离去的背影，江墨心里说不出地难过。

这是断了他们一条路呀。

最后走出教室的男生垂头丧气，一脸前途未卜的迷茫。江墨和他熟悉些，没忍住去安慰了几句。

"江墨，"他沮丧地问，"你知道你爸爸为什么不教棋了吗？"

她摇摇头。

"其实……"他的神色有些困惑，"从三个月前开始，我就觉得江老师不太对劲了。"

"三个月前？"

"是，"他点头，"他总是心不在焉的，复盘的时候总出错。有时候会把讲过的东西再讲一遍，有时候明明没讲过，偏说自己讲过了。上个月他给我下指导棋的时候，有些落子真的很奇怪，就好像……好像他根本不会下棋一样。"

江墨浑身一震："我爸爸怎么可能不会下棋？"

"我也不知道，"那男生摇摇头，"总之，我先去少年宫那边问问有没有围棋课吧……"

江墨目送男生远去，掉头便往父母卧室的方向跑。

门没关严，江墨蹲在窗下，努力分辨着屋内断断续续的谈话。

江闻道的声音："别告诉墨墨。"

别告诉她什么？

谢婉语调里带着哭腔："你能瞒多久？"

"这个病有百分之五十的遗传概率。我上个月带她去省会做了检查，好在没有遗传给她。"

去带她检查什么？不是只是个普通体检吗？

"那你呢？就没有医治办法？"

"我和你说了……"江闻道的语气有些疲惫，"早发型阿尔兹海默症是遗传性的，这个病治不好，脑力劳动者前期症状会更明显。它不是简单的记性不好，它是、它是……就好像脑子里有一块空了，我现在连很多最简单的定式都记不清了。

"我下不了围棋了。"

江闻道说的最后一句话仿佛一把巨锤，把江墨狠狠砸坐在地上。

父亲……下不了围棋了？

这对她而言实在是一件难以想象的事。

从她出生开始，她对于江闻道所有的记忆除了"父亲"就是"棋手"。他的整个生命都已经和黑白棋子一起被镶嵌进那块墨线纵横的棋盘。江墨甚至相信，就算有一天父亲老了，死了，他的魂魄也会落在棋盘上，在虚空里进行无尽的对局。

就是这样一个人，现在却说："我下不了围棋了。"

尖锐的耳鸣中，屋子里的说话声继续传出来：

"……我知道，我知道你说的那种阿尔兹海默症，也叫老年痴呆，老年患者比较多。但是这是早发性的，一些四五十岁的人会遇到……我现在已经产生一些症状了，我不知道我还能记住什么，还能记多久……"

女人压抑的哭声传了出来。

江墨擦了把脸，打开门，站在错愕的父母面前。

她好像在一瞬间长大成人。

江闻道的症状恶化得很快，他时常迷路，时常忘记隔壁邻居的长相。到后来，他连门也不太出了。

仿佛折断运动员的双腿，夺走画家的双眼，江闻道丧失了下棋的能力，却没有丧失下棋的欲望。他时常一个人坐在棋室里打谱，一遍又一遍地复原着那些逐渐在他脑海中消失的记忆。

这是种令人感到屈辱的病。

江闻道有时候甚至会希望自己得的是什么不治绝症，这样他总归可以有尊严地死去。而不是像如今这样，感到棋力一点点从自己身体中被抽离。

他没有告诉除了家人以外的任何人自己得了这种病，这是他作为棋手最后的尊严了。

但现实偏偏事与愿违。

市里来人通知他"围棋回乡"这场活动的举办日期时，他才隐约想起来自己之前和这家赞助商签订的合同。这场活动周期拖得很长，每个城市的比赛之间都隔了一两个月，以至于轮到翰城时，距江闻道拿到确诊病历已经整整一年了。

他的对手是刚入三段的叶简南。

谢婉担心道："要不推了吧？"

"学生来挑战，做老师的反而怕起来吗？"江闻道的神情带了些屈辱，"我莫非连三段的棋手都下不过了吗？"

棋手如剑客，江闻道的自尊不允许他临阵脱逃。

他不知道，自己已经站在了悬崖边上。

比赛定在翰城新区的一家五星级酒店，叶简南随队住在酒店顶层的客房里，并没有回家。

酒店电话响起一阵刺耳的铃声。

他刚入住两个小时，这通电话实在叫人摸不着头脑，接起来，竟然是江墨的声音。

"叶简南，"她的声音很压抑，带着一丝不易察觉的慌乱，"我在一楼等你。"

他几乎是听到江墨声音的瞬间便雀跃起来，披上外套就往楼下跑。电梯每层一停慢如蜗速，他竟沿着楼梯一路狂奔。

到一楼的时候，他连气都喘不匀了。

离他定段才过去两年，他们却都变了太多。江墨头发剪短了，皮衣牛仔裤，酷得像个小男生。叶简南个子猛蹿，脸上有了清晰的线条，整个人一股蓬勃的少年气。

"你怎么来了？"

"来看看你。"

她好像不如以前那么没心没肺了。

"我一会儿就去看江老师，你等我收拾一下东西。"

"不是，叶简南，"江墨忽然拽住他的衣服，"我来就是想和你说……你别去棋堂了。"

"为什么？"

她没回答，反而说："叶简南，你答应我一件事行吗？"

"什么事？"

"你明天，让我爸赢，行吗？"

叶简南脸色变了变："你说什么呢？我现在赢江老师……哪有那么容易。"

"不是的，"江墨简直不知道该怎么说了，"你……你就让他赢最后一次吧……"

"什么叫……赢最后一次？"

联想到上次一个伯伯知道江闻道生病后来探望时父亲的勃然大怒，江墨把嗓子眼里的话给咽了下去。

"让他离开得体面些吧。"她低声说。

叶简南望着江墨离开的背影，对她的只言片语百思不得其解。

他也确实没去棋堂探望江闻道。收拾好东西不久，便有人叫他去和赞助商方面的领导下棋。下完一盘又复盘讲解，回到酒店时已经晚上九点多了。

第二天还有比赛，叶简南舟车劳顿，很快便昏睡过去。至于江墨的欲言又止，他也没有更多的精力去琢磨了。

活动按时开始。

翰城自古有"围棋之乡"的美誉，近年连出两名职业棋手更是引起了市里的注意。活动开始没多久，现场便坐满了前来围观的市民，从七八岁的孩童到七八十岁的老人不一而足。

叶简南到得晚了些，不好意思穿过众人去嘉宾席，便坐到了后排的观众席，只等比赛开始。

身后两个少年的对话传进他的耳朵。

"哎，你看叶简南和他老师谁能赢？"

"我看叶简南悬，江老头不好对付。"

"嗯，要是祁翎说不定能赢。"

"叶简南联赛都输了多少盘了……他不行。"

"我听以前和他在棋堂下棋的人说，祁翎之前没有叶简南下得好，可谁知道他先定段了。"

"叶简南就是花架子……"

台上主持人的声音霍然响起："下面就欢迎叶简南三段和他的恩师江闻道九段上台！"

叶简南身子僵硬了一下，然后慢慢从人群中站了起来。

身后的议论声骤然停止。

他回头波澜不惊地看了那两个错愕的少年一眼，一步一步地朝台上走去。

"叶简南？他不行，国手没戏，最多能到个四段水平。"

"三个月后有比赛，棋院要派祁翎当副将。"

"叶简南就是花架子……"

输棋，输棋，输棋。

他想赢。

他想赢的欲望从未像这一刻那样强烈。

周遭的声音仿佛已离他远去，他能听见的只有自己的心跳声与落子声。一方棋盘上生出了万千变化，他执子立于山巅，是统领千军万马的神。

当他回过神来的时候，白棋已被他杀得片甲不留。

他抬起头，像是忽然想起了自己的对手也是自己的恩师。

他低声说："老师……"

江闻道摇摇头，抬手制止了他。

他说：“你赢了。”

然后他擦了擦手心的汗水，转身离开了比赛的舞台。他的背影落寞，有着夸父轰然倒下般的悲凉。

这场比赛后，江闻道的记忆开始以前所未有的速度衰退。

他忘了自己叫什么，忘了家在哪儿，忘了自己曾是职业棋手。而让他印象最深的，是一种恐惧感。

他的梦里总有一盘棋，他执白，对手执黑。他的阵地以一溃千里的速度萎缩，而他束手无策。

这种恐惧感把他彻底摧毁了，他永远活在了输棋的那一瞬。

事情瞒不住。祁翎想探望自己的老师，却被江闻道赶了出去——他从内心抵触和围棋有关的一切。他烧了棋盘，埋了棋子，甚至砸毁了棋堂门前的棋盘雕塑。叶简南辗转得知这一消息，后悔莫及，却连棋堂的门都进不去。

最后，江墨走了出来。

她脸上也没什么表情，没有怨恨，没有悲伤，说什么都是淡淡的：“叶简南，你走吧，我爸说，祝你前程似锦。”

他说：“对不起。”

江墨看了他一会儿，摇摇头。

“以后别来了，叶简南，”她一字一顿，“我，不太想见到你。”

她就真的再也没见他。

两年后，叶简南在冠军对抗赛中取得了十一连胜的成绩。这是场重量级比赛，他凭借名次直升七段，成了那年一匹黑马。

随之而来的是漫长的瓶颈期。

叶简南在没有江墨的日子里吃饭，睡觉，下棋，过着苦行僧一样的生活。他只知道自己该赢棋，赢了却不知道该怎么高兴，输了也不知道该怎么排解。到后来祁翎觉出不对劲，和他说：“简南，你歇歇吧。”

于是，他去奈县待了段日子。

气候温润的奈县让心里那颗种子破土而出，长成一棵参天大树。

叶简南这才明白那些年少时朦胧的心思，明白没有江墨，这世上就真的只剩黑白。

他终于知道自己错过了什么。

可是……

太晚了。

05.

梦外有人在他身边说话，语调轻柔，满是担忧。叶简南恍惚得不知身在何处，拼命想要睁开眼睛。

可是脑袋昏昏沉沉的，眼前的画面也很模糊。有个影子投到视网膜上，他闭了下眼，再睁开时，画面终于清晰。

女孩的黑发垂在他肩头，满脸都是担忧。恍恍惚惚地，他想起他在奈县时也这么晕过一次。只是那时睁开眼，只有窗外无尽的白雪。

有个人等着自己醒，真好啊。

他想说话，只是喉咙哑得厉害。太阳穴一侧很疼，他摸了摸，头上裹着纱布。

"别动，别动，"江墨赶忙按住他，"医生说你今天不能下床。"

叶简南闭了下眼。

"我……不太记得怎么回事了。"

另一个女声突然跳出来："叶简南，你一个棋手动什么粗啊，你能打得过那帮地痞流氓吗？要不是警察来得及时，明天你就上体育新闻头版头条了！"

饶是江墨让他别动，叶简南还是忍不住看向床边。

霍大小姐跷着二郎腿坐在沙发上，边吃棒棒糖边瞪他。

"霍舒扬？你……你怎么来了？"

"唉……"霍舒扬一声长叹，"一听说你挨打，祁翎买了最近的机票飞回翰城，比我被人打了还着急，我可不就跟着过来看看吗？"

叶简南反应了一会儿，似是想起了什么骤然坐起身。

"小弈呢？"

门外传来祁翎的声音。

"这儿呢。"

叶简南抬起头，看到小弈双眼通红地站在祁翎身边。看见叶简南醒了，他"哇"的一声哭了出来。

祁翎叹了口气。

"小弈，我刚才怎么和你说的？"

他阴着一张脸，吓得小弈瞬间收声。祁翎又训了小弈几句，让他去给叶简南要杯热水，随即踏入病房。

叶简南揉揉额角，头越发疼起来。

"你……和他说什么了？"

"我陪他去公安局，和警察把事说清楚了。他说那些人说过爷爷死了，问我他们的话是不是真的。"

"你怎么回答的？"

祁翎言简意赅。

"我说，这些人为了抢东西什么话说不出来？信他们不信你简南哥，你是真傻还是假傻？"

叶简南松了口气。

"唉，可是……"霍舒扬把棒棒糖从嘴里拿出来，"这小傻……不是，小弈，这孩子以后怎么办啊？这帮人以后要是还来呢？"

好在先前叶简南已经和江墨讨论过这个问题，把想送小弈去杭市那所聋哑学校的构想讲给了祁翎听。祁翎想了想，点头说："咱们资助了那边这么长时间，这个小要求应该不成问题，大不了……咱们以后多帮衬些。"

"再大不了，"霍舒扬突然"嘎嘣"一声咬碎了糖球，"等他念完了书，来我店里帮忙啊。"

余下三人眼睛一亮。

江墨丢下叶简南，一个箭步迈过去抱着霍舒扬的胳膊，真情实感地说："霍舒扬，我觉得自从认识你这种财阀以后，人生里好多难题，都不是问题了！"

霍舒扬被她夸得飘飘然，男友力爆棚地搂住江墨，跷起二郎腿往沙发上一靠。

"嗨，我要是个男的，咱俩就成了，还有那俩男的什么事啊？"

那俩男的："欸？"

四个人笑闹一通，把接下来的任务紧锣密鼓地安排好。相比于其他人，小弈显然更信任叶简南，于是和小弈相关的事都由叶简南来处理。而其他人则负责和杭市的学校沟通，以及和公安局交涉那些强盗的后续处理。

叶简南这一棍挨得惊天动地，棋院领导和负责体育新闻的记者轮流打来电话询问。动手的人看叶简南文文雅雅，却没想到碰上这么个硬钉子，几次想来道歉都被江墨挡了回去。

"以后少动点歪心思，"她在病房门口抱起手臂，"果篮就省了吧。"

门被"咣当"一声撞上，叶简南看着面色不善的江墨，不禁有些好笑。

"笑什么笑，"江墨看了一眼门缝，"看见他就生气，真想用输液瓶砸他。"

叶简南最近重伤卧床，江墨时时守在身边，多年来他身心第一次如此舒畅。他伸出手把江墨扯到床边，语调带笑地说："你别生气，你一生气我头就疼。"

他现今说话半真半假，总带着点调戏意味，江墨被他哄了无数回。看他也不像真不舒服，江墨甩开他的手："前两天你伤着我没搭理你，今天正好说说。那么多人，手里都有家伙，你跟他们硬碰硬什么？咱们把小弈带走不就行了吗？"

叶简南苦笑一声，说："你不知道过爷爷有多喜欢那副蛤棋石棋。"

"你们下围棋的人……"江墨无奈，"棋重要，还是命重要？"

"你重要。"

"你——"

江墨瞬间哑了，虚张声势地瞪了叶简南半晌，脸上竟浮起一层红晕。她把给他倒的水放到桌子上便作势要走，手臂一紧，却是被叶简南抓住。

联想到他上次高原反应后的行径，江墨无奈道："叶简南，你这人真是，一病了就特别像幼儿园小朋友……"

叶简南没有否认，反而得寸进尺："我只在你面前像幼儿园小朋友。"

想来也是，他在媒体面前那个斯文败类的样子，和现在哪有半分关系。江墨看在他挨了顿打的分上软下心，耐着性子问："那你要干什么？"

叶简南说："你离我近点。"

江墨俯下身。

他说："再近点。"

江墨开启警告模式："你别仗着你伤了，就为所欲为——"

叶简南扶住额角："啊，头疼。"

江墨认栽，退到他床边，半蹲下身子。叶简南看着她一脸的恼火，忽然揉了揉她的头发，把她按进自己怀里。

他说："你安静点，陪我待会儿。"

江墨挣了一下，又怕牵动他伤口，力气也不敢使大。她长长叹了口气，干脆顺着他的力道放松身体。

她小声说："这两天一直在忙，我都忘了和你说了……"

叶简南"嗯"了一声。

她说："那天我都吓死了。"

她的手轻轻碰了下他额上的绷带，在他怀里仰起脸看他。

"你以后不许吓我了。"

叶简南点点头，第一次认错，竟然是为了吓到江墨。

"好，"他说，"我以后争取不被人打。"

江墨嗤笑一声，又意犹未尽地说了他几句。叶简南忽地将头埋低，与怀中的江墨对视。看她似是还要再开口，他单手撑起身子，蜻蜓点水地碰了一下她嘴角。

江墨猝不及防，一双眼瞪得溜圆，愤怒地看叶简南。而始作俑者倒回床上，一脸解脱。

"管用，一下就安静了。"

"你……"

下一秒，门外传来一声轻咳。

江墨身子一僵，赶忙从叶简南床上跳起。门轴转动，谢婉的身影出现在门外，脸上的神情略显尴尬。

虽然没亲眼见到屋子里的情形，但以母亲的直觉，她光听动静也能猜出，屋子里的画面有那么一些少儿不宜。

江墨满脸通红，坐也不是，站也不是，最后拿起水杯落荒而逃，完全不管杯中的温水还一滴未少。谢婉与叶简南意味不明地对视半晌，最后还是拿着保温壶坐到他床边。

叶简南努力起身："谢老师……"

"躺着吧。"谢婉颔首，"那天的事，墨墨都和我说了。为了小弈那孩子，你辛苦了。"

叶简南赶忙摇头。

他在谢婉面前，永远是这种有所亏欠的样子。

谢婉是和江闻道一同看着叶简南长大的，她比谁都清楚这孩子骨子里的骄傲。可为了一个莫须有的罪名，他却低声下气了这么多年……

谢婉越想心里越难过，打开保温壶，给他倒了碗粥。

她说："喝吧，师母给你熬的。"

叶简南的手指有些凉。

从江闻道出事以来，谢婉就不让他叫她师母了，与他仅有的几次见面中，更是放出"闻道没教过你这样的学生"这种话。这次回来，叶简南一直都很避讳地叫她"谢老师"，唯恐触到她逆鳞……

可现在，谢婉说："师母给你熬的。"

心里那团墨在米粥氤氲的热气中开始融化，浓重的黑褪去，露出本身的晶莹透亮。

那么多年，叶简南再后悔，再难过，也没哭过一次。可当下面对着谢婉，他声音竟有些哽咽。

隔了好多年，隔了这么多年。

他轻声说："师母……"

谢婉揉了揉他的头发。

她说："墨墨和我说了你家里的事。今年过年，我们去奈县。要是你老师能好点，要是他真不再抵触围棋，咱们一起过年。"

叶简南点了点头，给自己盛了一大勺粥。他囫囵咽了一口，被烫得肩膀一抖。

谢婉笑了，给他捋后背。

"傻孩子，慢点喝。"

06.

拆线后，叶简南办了出院手续。

翰城医院的设备不够先进，出院前医生特意叮嘱他回到北市后再复查。棋院催得紧，祁翎早已回去，叶简南也定了两天后的机票。

他的父母离婚后，翰城这边的房子便彻底空了。叶简南回家简单收拾了一下，坐在客厅里，看着窗外的天慢慢被暮色晕染，忽觉恍如隔世。

这么多年了，他从一个在田字格上画棋谱的孩子，到职业棋手叶简南八段。

不知不觉之间，竟然已经走了这么远。

恍惚间，他眼前突然黑了一下。叶简南摇了摇头，再抬起眼时，视线中的一切却已恢复如常。

他看了下天花板，想到或许是电路年久失修导致的灯泡闪烁。夜色已起，四下一片寂静。他把灯关上，找了块毯子窝在沙发上睡了。

断断续续睡了一夜，中间因为月光太亮被照醒了几次。

蒙眬间，电话铃声响起。

叶简南摸到手机，摁下接通，听到声音的一瞬间便清醒过来。

竟是江墨。

他打起精神："怎么了？"

"叶简南，"江墨边说边喘，"我爸不见了。"

江闻道病情加重以后就很少出门了。这次或许是换季导致了作息紊乱，他竟然一大早自己走出了棋院。

在奈县和医生交流时，叶简南对早发型阿尔兹海默症也有了一定了解。病人的情况十分不稳定，记忆常常产生错乱，连朝夕相处的人也摸不准他心里那个忽快忽慢的时钟在当下指向了哪里。

"报警了吗？"叶简南迅速穿戴整齐。

"报了，"江墨像是在疾走，"我妈在家等着，我去他以前常去的地方找找。"

"好，我现在就去老城区帮你一起找。"

说是老城区，现在其实已经被新城的钢筋水泥逼得只剩几条街道。时间太早，天气也不好，街上行人寥寥无几，连个能问话的都找不着。

叶简南从家一路赶来，饶是气温偏低也急出一身汗。好不容易碰上个卖早点的，他冲过去，语无伦次地向人家询问：

"您见没见着一个中年男人？和我差不多高，长得……长得……"

那摊主疑惑地看向他："小伙子，你找人？还有别的细节没有？"

叶简南哑然。

回来到现在，谢婉谨慎起见，还没有让他见过江闻道。

他自然也就不知道……他的老师，已经变成了什么样子。

江墨发来短信，她那边仍是没有消息。叶简南在老城沿海的地段边走边张望，脚步不由自主地慢下来。

河面上落了几片树叶，树叶底下有鱼在游动。河对岸的房子里传来些许低语，把鱼儿惊得摆尾逃走。

他抬头看去。

若不是亲眼所见，叶简南也没想到，这间棋牌室能保留至今。

那……得是十年前的事了吧？

十年前的老翰城还住了不少人，一到下班时间，最热闹的就是河边的棋牌室。九岁的叶简南在学校的围棋课上学了几招，挤进大人堆里跃跃欲试。

"小孩子别捣乱，"有个中年男人推他，"回家玩弹球儿去。"

他力气小，被推得东倒西歪，身后突然伸来一只手，拎着他领口让他站正。

"看不起小孩子？"江闻道调侃道，"我定段的时候没比他大几岁。来，小家伙，我看看你本事。"

叶简南那时候也就跟着课外班学了几节课，基本的定式都记不全，也不知是哪里让江闻道对他刮目相看。下了两盘后，江闻道问叶简南："想学围棋吗？"

叶简南挠挠头："想。"

人的命运，总是在转瞬之间被改变。

江闻道说："明天，去闻道棋堂找我。"

转眼就是十年光阴。

老城区的居民搬得七零八落，留下的都是七八十岁的老人。老人消费水平低，各种商铺搬的搬，倒的倒，没想到这间棋牌室能保留到如今。

叶简南鬼使神差地走了进去。

看到那个熟悉的身影时，他喉咙忽地一紧。

他想走过去，又怕江闻道看到他回忆起那些不愉快的事。进退两难时，对方却回过了头。

两个人的目光隔着大半个棋牌室对上。

叶简南的喉结上下滚动了一下，先开口的却是江闻道："简南。"

叶简南愣住了。

按谢婉的意思，江闻道的记忆时好时坏，有时候连江墨都会忘记是谁，他……他怎么会记得自己呢？

更何况，此刻的自己，与离开翰城那年，已变了太多。

然而，江闻道似是透过叶简南成年人的面容看到了那个小棋童的模样，他看着叶简南笑了笑，招呼道："来，帮老师收棋。"

被阿尔兹海默症折磨了这么多年，江闻道老得很明显。虽然谢婉仍然很用心地照料着他，可那种棋手的精神气已经没了大半。叶简南迟疑片刻，决定先和他说些话，看看到底是怎么一回事。

江闻道面前摆了一盘棋，叶简南只看了一眼，就觉得说不出的熟悉。

他一边把黑白棋子分装进棋盒，一边努力回忆。

江闻道突然开口："输得亏不亏？"

叶简南僵住了。

江闻道手里拿着把折扇，指点着棋盘右下角："小翎这步棋这么昏，你就在那儿视若无睹？"

再一看棋盘，叶简南恍然大悟，这是一盘自己和祁翎的对弈。

他定段成功后和祁翎在赛场上有过几次相遇。江闻道复原的这一盘，是他和祁翎一场联赛的对局。当时他们每步棋都咬得很死，后半盘的时候祁翎本来下了两步昏棋，叶简南却因为顾忌另一块阵地错失了反败为胜的最好机会。因为输得冤，他自己复盘了很多次，所以印象特别深。

这是他定段第一年的事，推算回去，这个时候的江闻道……还没有检查出自己患了阿尔兹海默症。

或许是翰城的桂花香，或许是某阵风，或许是一场雨。

江闻道今天的记忆，回到了七年前，叶简南与祁翎这盘对弈之后的那段日子。

叶简南忽然觉得很难过。二十来岁的人了，在赛场上无悲无喜，此刻却被老师一句话说得喉咙发酸。

他收拾好棋盘。

"老师，回棋堂吧。"

"好，你回来得正是时候，"江闻道站起身，"你师母今天要做饭。自从她来了翰城，好久没做那道桂花鱼了。"

老河的水淌得缓慢，雨滴渐渐沥沥地落在地砖上。翰城的高楼大厦平地而起，这条沿河老街却仍旧不变模样。

江闻道的步履不慌不忙，叶简南茫然地跟在他身后，朝棋堂的方向走去。像是回到了第一次见面，江老师让他去闻道棋堂，他跟在江老师身后，捏着一枚棋子，鼓起勇气喊："叔叔，你是干什么的？"

江闻道回过身，朗声说："棋士。"

雨仍在落，叶简南抹了把眼睛，大步跟了上去。

江闻道走得并不快，偶尔的时候，神色会露出迷茫。好在老城一直没有太大变动，记忆回到七年前的他并不至于迷路。叶简南一边注意着不让他走丢，一边给江墨发了短信。

两人到家时，谢婉和江墨已经在前厅等着了。

丈夫与叶简南相遇显然让谢婉很紧张，然而看这两人之间一片祥和的气氛，她又有些欲言又止。

叶简南朝她微微欠了下身子："师母。"

"这是……"她轻声叹息着，"到底是怎么回事啊？"

"师母，"叶简南转向她与江墨，声音压到最低，"我觉得，老师的记忆……好像回到了七年前。"

"七年前？"

"对，就是我刚定段那年，"叶简南将刚才的事描述了一遍，反问道，"他之前……有过这种情况吗？"

谢婉回忆片刻，叹了一声。

"有。有一次，他的记忆像是退回到我们刚结婚的时候，还问我想要女儿还是儿子，给他们起什么名字……"

叶简南点了点头，举起电话向她示意。

"我去问问医生。"

话音刚落，江闻道就从假山后面转悠回来了。

"饭呢？"他撑着腰抱怨，"今天不是有桂花鱼吗？"

谢婉愣了一下，叶简南赶忙圆场："老师，外面有早点铺，我去买点别的吧。"

"不用，"谢婉反应得很快，"我现在做，来得及。"

大清早做桂花鱼，也真是难为她了。现在的江闻道就像一个梦游的人，谁都不愿，也不敢将他从梦中叫醒。

叶简南走到棋堂外，刚想和奈县那位医生通个电话，江闻道却又喊了他一声。

他沉默片刻，忽然觉出，自己已经很久没有和老师说过话了。

今天这种意外……仿佛也没什么不好。在七年前的江闻道眼里，他是江闻道的得意门生；而在如今的江闻道眼里，他或许……只是一个陌生人。

叶简南按灭屏幕，转身回了棋堂。

鱼还没上桌，但谢婉已将熬好的粥给四个人各盛一碗。叶简南坐到江闻道身边，看着他咽下一口粥，江闻道随即抬头问："职业棋手，没那么容易吧？"

他愣了一会儿，面对着老师慈祥的注视，佯装正常地点头："是，身边都是高手。"

"你比赛的棋，我都会看，"江闻道笑了，"每一盘都在进步。你路子没错，别听那些外行胡说。职业棋手，状态高高低低都是正常。你还年轻，路远着呢。"

他似乎格外清醒，对叶简南刚定段时下过的几盘棋侃侃而谈。到最后聊得兴起，他一指书房："去，简南，和我下盘棋，我看看你现在的水平。"

江墨和谢婉的神色一瞬间就变了。

江闻道往书房的方向走了几步，回过身的时候却发现一屋子的人都一动不动地看着他。他皱起眉问叶简南："怎么？做了职业棋手，不愿意和老师下棋了？"

叶简南如梦初醒："啊，不是的，老师，我……"

他的脸色逐渐黯然下去。

那场江闻道完败于他的棋赛又一次浮现在眼前，叶简南忽然觉得自己很卑鄙。他开始厌恶自己，那个被胜负欲完全支配的自己。

江闻道沉下脸。

终究是做过国手的棋士，气场与正值盛年的常刀相比有过之而无不及。他挺直脊背，低喝一声："叶简南，你还是不是我的学生！"

叶简南四散的思绪瞬间被喝得聚拢起来。

"不应声，是怕了？"

"不就是联赛发挥得不好输了几盘棋吗？别人说你几句就受不了

了，就这点心理素质还想当国手？"

叶简南忽然有种很奇怪的感觉，二十一岁的他站在江闻道面前，身体里活过来的却是十四岁的自己。老师的呵斥穿破时空，落进那个愁眉不展的少年心里。

他听见十四岁的叶简南说："我没怕，我会赢的。"

江闻道"哼"了一声："赢我？勇气可嘉，不过，还早着呢。"

然后他又正色训斥："你是我的学生，什么时候也不许怕。别人来挑战，敢与不敢都要应战，这是棋手最起码的尊严。"

大约是叶简南的神色过分恍惚了，他放缓了声调。

"简南，你已经是职业棋手了。下次吧，下次你回来的时候，我和你，以职业棋手的身份对局。"

漫长的沉默后，叶简南抬起头，让二十一岁的自己回到身体里。

他轻声说："老师，我已经打到职业八段了。"

江闻道一愣，眼神有些迷蒙："职业八段？"

他继续说："老师，我还拿了 MR 战的冠军头衔。"

叶简南说的都是自己的过去式，却是江闻道的将来时。他拖长声音，把自己取得的成就讲给七年前的江闻道听。

"老师，现在在联赛最长的连胜纪录也是我的。

"后来，我还赢了冠军对抗赛，直升七段……"

叶简南捂住脸原地蹲下，也不是哭，只是嗓子突然变得很哑，仿佛全身的力气都被抽干了一样。

他说："老师，我真的不想赢您的，我没想到您当时已经……"

一只手忽然按住了他的头发。

他抬起头，看着江闻道低垂的眉眼。

老师的目光宽容又慈悲。

他说："赢了我，是好事啊。

"要是真有那么一天，你能赢我的那一天。

"那你和我对局的时候，一定要拼尽全力。我教过你，对对手最大的尊重，莫过于全力以赴。

"简南啊。

"我等着你能赢过我的那天。"

这段记忆对江闻道来说或许真的是一场梦。和家里人吃过饭后不久，他便开始感到疲惫，和谢婉说想睡觉后便回了卧室。叶简南抓着空隙到棋堂外与奈县那位医生通话，说了两句后，慢慢松下一口气。

"早发型阿尔兹海默症的成因，到现在还没有一个确切的答案，"老医生隔着无线电与他解释，"但是他这种表现，可以理解为当时的记忆还残存在脑海里，只是等待一个合适的契机被唤醒。叶先生，他的这种临床症状对我们的研究也很有帮助，我很期待今年冬天的面诊。"

叶简南"嗯"了一声，还是忍不住问道："那……他这种记忆错乱，会持续多久？"

"或许……"医生说，"或许睡一觉，起来就又什么都记不得了。"

叶简南叹了口气，语气里带点自嘲："其实现在这样也没什么不好。"

医生沉默片刻，声音从话筒传来："我理解你的这种心情。"

叶简南点点头，挂了电话，目光转向棋堂大门。

江墨正站在门口等他。

翰城方才下了点小雨，他站在门外打电话，后背被雨淋得分外斑驳。他走过去找她，两个人并肩坐到棋堂的门槛上。

"老师休息了？"

"嗯。"

"怪我。"

"我妈和我爸都不怪你，你还怪自己。"

"我当时要是没赢那盘棋就好了。"

"你没赢，他照样会把什么都忘了。"

他俩沉默了一会儿。

江墨忽地伸出手，指向秋储巷的尽头。

"你还记得那儿吗，叶简南？"

"嗯？"

"你在那儿送了我一只小鸡。"

"你还记得啊？"

"当然记得了。你说这人之间的缘分多奇怪，怎么就偏偏那个时候，那个地方，站在那儿的是咱俩呢？"

是啊，多奇妙。

秋风刮起来了，翰城浮动着一阵桂花香。

江墨问："爸爸醒的时候，还会记得这些吗？"

回想到医生的话，叶简南摇摇头："记不得的，都会忘了。"

说完，他便把腿伸开。他小的时候坐过这个门槛，底下砌的石阶正好把腿伸直，现在已经放不下了。

然后他揽住江墨的肩膀，把头埋进她锁骨凹进去的位置，深深地吸了一口气。

"赢了我，是好事啊。

"要是真有那么一天，你能赢我的那一天。

"那你和我对局的时候，一定要拼尽全力。我教过你，对对手最大的尊重，莫过于全力以赴。

"简南啊。

"我等着你能赢过我的那天。"

他后悔了这么多年，自责了这么多年，痛苦了这么多年。

这一切，他所背负的一切。

终于消散无形。

◆ 第十章
　　围棋上帝

01.

叶简南带着小弈回了北市。

不过半周，祁翎那边便传来消息，说杭市那所聋哑学校的老师已经答应接纳小弈。江墨和叶简南一起带着小弈办理好各种手续，又为他置办了一身行装。

杭市的老师来接他那天，江墨没忍住哭了。

小弈已经上了车。他小时候因为智力在学校受过不少欺负，但辍学后仍然很想念书。所以即使得知要去一所新学校，他也并没有表现出太多的抵触。

他真是一个很容易满足，又很容易快乐的孩子。

看着渐远的火车，叶简南搂住江墨的肩膀。

"等这场比赛结束，我们就去看他。"

江墨点了点头。

站台上送行的人逐渐稀疏了，叶简南和江墨边说话边往站外走。比赛逐渐临近，叶简南经常在棋院待到很晚才回家。再加上最近又要忙小弈的事，他脸色明显不大好看。

"你……还好吧？"

江墨忽然拽住了他的袖子。

叶简南揉了揉太阳穴，也知道江墨话里有话。

"应该没什么事，"他摇摇头，"不过最近确实太累，我回去睡一会儿应该就好了。"

话音刚落，他忽然顿住了脚步。

江墨转头看他。

叶简南原地站了一会儿，慢慢抬起头，看上去倒也没什么异常。

"江墨，我忽然想起件事要做，一会儿你先回学校，我晚上联系你。"

"好。"江墨去路边拦车，回头朝他招了招手，"那你先忙吧。"

叶简南点点头，朝马路的另一个方向走去。走到江墨看不见的拐角后，他忽然靠住墙，用手指揉了揉眉心。

到底……怎么搞的？

第一次有这种症状，是在翰城的旧公寓里。眼前突然黑的那一下，他还以为是灯泡在闪。

可是回到北市后，这种症状却越发频繁了。有时候正打着谱，眼前忽然一暗，要等上两三秒才好。像刚才，分明是走在路上，眼前也会突然一片漆黑。

从翰城医院出院后，他没在和人起冲突这件事上花过时间。既然医生已经说了没有大碍，他也就没把那句"回到北市再检查"的嘱咐放进心里。

可是现在这样……

叶简南犹豫片刻，还是打了个车，报了最近医院的名字。

02.

门外传来脚步声。

近来，棋院几个高段位选手都在备战世界大赛，祁翎和裴宿回来的时间也较平常晚了不少。开门的时候，裴宿忽然一拍脑门。

"欸，今天怎么一天都没见着简南？"

祁翎转动钥匙。

"他不是去送小弈了吗？"

"我知道，可小弈不是中午的车吗？下午也没见简南来啊，他最近可是得空就往棋院跑……"

两个人说说笑笑地走进家门，祁翎忽然僵住了。

客厅里坐了个人。

屋里没开灯，月色照在他身上，人像雕塑似的凝固住。裴宿没注意，大剌剌地打开灯，被静坐着的叶简南吓得一声哀号。

"简南，你怎么不出声啊！"

灯亮的瞬间，叶简南猛然回过神。他抬头看了一眼祁翎和裴宿，手指摸索到一边放着的袋子，慢慢站起身。

祁翎意识到不对劲了。

在叶简南走回卧室前的最后一刻，祁翎叫了他一声。

"简南。"

叶简南没回头，只是握着门把手。

多年朋友，祁翎知道这人的性格。他没多问，只是嘱咐一句："有什么事，记得和我们说。"

叶简南没答应，也没回头，只是无声地进了卧室。

塑料袋被扔到床上，袋子里面的 CT（电子计算机断层扫描）片子顺着惯性滑出。叶简南跌回椅子上，手指又一次按上紧皱的眉心。

他是真的没有想到，在翰城时后脑挨的那一下，会有这么严重的后遗症。

按医生的意思，是那次后脑重击影响到了视觉功能，又因为翰城的医疗设备过于落后，所以之前并没有检查出来。再加上叶简南最近用脑的频率和强度超高于常人，若是再不注意几乎有致盲的危险。

医生的建议是，从现在开始暂停下棋，直到脑部 CT 显示恢复正常才能重回棋坛。

可是……

世界大赛的半决赛，近在眼前。

这场有着"围棋奥运会"之称的围棋大赛四年一次，棋院有十名棋手凭借积分可以进入比赛名单。而叶简南在预选中几乎是场场爆冷翻盘，一路杀进四强。

半决赛就在下个月，职业棋手的黄金年龄很短。

一旦错过，又要等四年。

或许围棋界还会有其他类型的世界大赛，但明年这一场，无疑是最有含金量，也最被职业棋手们认可的。

他之前心里有块石头压着，比赛总也发挥不出水平。如今好不容易和恩师和解，怎么会……

叶简南闭着眼，在黑暗里犹豫着。

半晌，他忽然翻起身，从书桌上抽出两盒棋子。

围棋术语中，有一个名词叫"猜先"，是比赛中用来决定谁先落子的方法。先由一人抓一把白子藏于手中。另一人若出一颗黑子，则表示猜对方手中的棋子数为奇数；若出两颗，则表示猜对方手中的棋子数为偶数。

猜对即可持黑先行，猜错则持白后行。

叶简南将右手手指覆在棋盒上，慢慢抓出一把白子。

他闭着眼想了一会儿，另一只手捏出一颗黑子来。

他把选择权交给围棋本身。如果棋子的数量是单数，这场比赛，他必去无疑。

黑暗中，人心跳的声音变得格外清晰。祁翎他们在客厅里聊天，灯光顺着门缝落到地毯上。叶简南靠着床坐下，将右手手中的白子扣在地上。

他闭了闭眼，默数道："一。"

一，二，三……

十。

十一。

奇数，叶简南不由自主地舒了口气。

他不想再当逃兵了。

无论是任何意义上的，都不想。

03.

大赛来临,不用棋院前辈督促,高段位的棋手们自觉地训练到深夜。低段位的小棋手们也被这种气氛感染,没事就跑去观摩前辈们的棋局。

而关于看病的事,叶简南谁都没有告诉。

他瞬盲的频率越来越高,时间也越来越长。有时候正下着棋,眼前忽然一片漆黑,且伴随着突如其来的眩晕。他努力克制着自己不表现出来,因为消息一旦传出去,无论是棋院的前辈还是江墨,都一定会阻止自己参赛。

他所能做的,只是尽量缩短自己的训练时间,让眼睛避免长期处于高度紧张的状态。

棋院。

决赛近在眼前,大家都被高强度的训练折磨得有些疲惫。好不容易赶上一个大家都在棋室的周五,裴宿软磨硬泡,总算说服祁翎去吃一顿火锅。

"两个人也不够吧,"祁翎收拾好东西,"叫上简南?"

裴宿揉了揉太阳穴,神秘兮兮地凑近了祁翎。

"欸,你不觉得简南有点怪吗?"

祁翎顿住手,抬头看裴宿。

裴宿声音压得更低:"他以前练棋多勤啊,我就没见过他十一点前离开棋室。可这次比赛眼看就开始了,他来的时间越来越短,而且下棋的状态也特别不好。"

"状态不好?有吗?"

"我也不是说他不好好下棋,"裴宿摇摇头,"他有时候和我对局,明显在……着急。"

裴宿不说倒也罢了,他一讲,仿佛还真是那么回事。

祁翎、裴宿和叶简南这三个人的下棋风格截然不同。祁翎的棋风较凶残,如果用八个字形容就是"攻城略地,步步紧逼",棋速也偏快,横冲直撞的样子常常把对手节奏打乱。裴宿的棋风则较轻灵,落子的速度虽然要比祁翎慢，但整体节奏在高段位棋手里也属于偏快的。

叶简南就不一样了。

他是一个特别精于计算的人。这个人好像直接跳过了少年棋手才有的张狂恣意，棋风比很多四五十岁的前辈还稳。

换句话说，他的节奏很慢。

不紧不慢，一点一点地把对手诱入陷阱，再让对方慢慢窒息。

但最近，他下棋总有点像在赶时间，很多落子也不再像之前似的慢慢琢磨。想起来，这种改变，是他从翰城回来以后才发生的。

那晚叶简南坐在客厅里的身影在祁翎脑海中一闪而过，他把棋盒的盖子盖上，轻声说："吃饭的时候，问问他吧。"

叶简南正给一个二段的小棋手讲谱，听见祁翎和裴宿叫自己，他迟疑片刻，还是点头答应。

三人沿着楼梯往下走去。

前面两个人都是一副欲言又止的样子，叶简南也明白他们是看出了自己最近的异常。他实在不想为眼睛的事多做解释，走了两步，果断把话题引向另一个方向。

"最近学校那边给我来电话了，"他说，"小弈适应得挺好，就是还在惦记着过爷爷。我们也不能总瞒着他，这个事，到时候再去霍舒扬那儿一起商量吧。"

这些职业棋手的智商都毋庸置疑地高，但情商指数就很低迷了。祁翎和裴宿谁也没听出来话题已被不动声色地转移开，反而也开始讨论怎么和小弈交代。

叶简南松了口气。

他们走得有点晚，楼道里空荡荡的。三个人下到二楼，叶简南忽然顿住了脚步。

这种瞬盲他这几天经历过许多次，倒也并没有太慌张。只是突如其来的眩晕感让他站立不稳，身子一晃便从楼梯上摔了下去。

"简南！"

楼梯不高，他靠在栏杆上稳住身形。然而眩晕感越来越强，他等了许久，眼前也没有光进来。

只有一片无边的，寂静的黑暗。

04.

农历年还没到，叶简南是真没打算这一年来这么多次医院。

然而消毒水味刺鼻，他再次睁开眼时，棋院的人站了整整一屋子。床边有个医生拿着片子在给付前辈讲，叶简南头一疼，知道这事绝对是败露了。

那个临走前还向叶简南请教棋谱的小棋手趴在床边，一双眼哭得通红。叶简南坐起身，有点诧异地问一旁的祁翎："我这是死了，还是怎么着？"

祁翎的脸色黑得像锅底。

"这么大的事你瞒着，江墨知道了，你离死也不远了。"

叶简南手指插进头发。

"别和她说啊。"

"她已经知道了，在来的路上了。"

叶简南仰面躺倒，心情比刚才以为自己真瞎了还绝望。

"祁翎，江墨愿意听霍舒扬的，"他说，"你去帮我吹吹枕旁风。"

祁翎和裴宿脸色变了变，叶简南眼光一偏，看见霍舒扬的亲爹、棋院的灵魂人物——瞿前辈，正一脸疑惑地打量着他。

祁翎和霍舒扬还不打算把恋情告诉"十八段夫妇"，叶简南一闭眼，硬是把话圆了回来："我是说，让霍舒扬吹江墨的枕旁风……"

祁翎压低声音，咬牙切齿："你还是昏过去算了。"

十分钟后，其他人就都被付前辈带走了。临走前，他看了叶简南一眼，意味深长地说："简南，等你到了我这个年龄，你应该会明白。这个世界上，还有很多比围棋重要的事。"

叶简南点点头。

然而片刻后，他又笑了笑，说："可是付前辈，我还没活到您的年龄，我……就活在此刻了。"

气氛陡然凝固了。

虽然叶简南从醒过来开始就一直在插科打诨，但按照刚才医生的说法，他是真的面临着彻底失明的危险。

而对于棋手来说，失明到底意味着什么，在座的所有人都很清楚。

他有多想拿这个冠军，祁翎他们不是不知道。如果错过了这次比赛，叶简南也就错过了他职业生涯最好的机会。

沉默片刻后，祁翎忽然说："简南，会有办法的。"

"当然有办法，"叶简南苦笑了一声，"我现在所做的，就是唯一的办法。"

"不是，一定有别的办法，"祁翎边说边朝门外走去，"让你减少练习时间，又保证手感的办法……"

"祁翎这个人……"叶简南摇摇头，对裴宿说，"你也回去吧，我没事了。"

"简南——"

"我想一个人待一会儿。"

刻意隐瞒了这事许久，叶简南终于有点撑不住了。

"让我自己待会儿吧。"

将近两个月生活在频繁的眩晕和瞬盲中，如果不是他曾经度过那样压抑的一段日子，或许早就撑不下去了。

人都有执念，都有某种于别人看来不过尔尔、于自己心中却重于泰山的东西。

或许别人都觉得，这只是一次级别较高的比赛而已。与他的整个职业生涯比起来，这场比赛完全可以被放弃。

可叶简南偏偏不是这样认为。

——他一定要参加。

门外传来脚步声，叶简南听见了江墨询问护士的声音。他揉揉太阳穴，有点头疼。

围棋和江墨于他而言，是生命中最重要的两样事物。他孑然一身这么多年，别人怎么说都不会在意。

可是如果江墨反对，他一定会很痛苦。

她是唯一能让他动摇的人。

脚步声渐响，江墨终于推门而入。叶简南不知说什么，甚至不敢看她的眼神。

两个人沉默了许久。

天色已晚，病房里灯光冰凉。叶简南僵硬地站起身，刚要开口，忽然听见江墨说："你不告诉我，是觉得我会拦着你，是不是？"

显而易见。

江墨踏近一步，伸手攥住了叶简南前襟的衣服，再开口时，她声音明显带了哽咽。

"你有没有想过，你真的瞎了怎么办？"

她一哭，叶简南就丢盔卸甲。他语气软下来，轻声喊她："江墨……"

"你没想过。"

叶简南的手僵在半空。

江墨把他擦她眼泪的手推开，一字一顿地说："你没想过，我想过。"

病房门紧闭，白炽灯冰冷明亮。江墨把眼泪逼了回去，直视着叶简南，直视着她爱了好多年的这个人。

从初识，到彼此陪伴，再到后来的形同陌路。

他那天说："江墨，你再喜欢我一次。"

现实根本不是那么回事。

她不是"再"喜欢了他，她根本就是一直爱着他。

"刚才祁翎给我打电话的时候，我就想过了。你要是真的看不见了该怎么办，我想过。

"你瞎了，我养你。"

叶简南愣了半晌，忽然笑了。

他想，自己到底是哪里来的运气，老天为什么会赐给他一个江墨。

"傻瓜，"他抱着江墨笑，"你就不能盼我点好？我好歹一个八段的职业棋手，怎么会用你养我？"

"你……"江墨正在气头上，钻进牛角尖出不来，"可是医生说……"

"我有分寸。"

叶简南的语气变得笃定起来，江墨紧绷的神经终于慢慢放松。

"这次比赛，我是一定要参加的。但是……"叶简南简直是哭笑不得地说出了这句话，"瞎，我是绝对不会瞎的。"

"所以，"他点了点江墨的额头，"你养我这件事，就别惦记了。这话要给祁翎他们听见了，我以后真是没法做人了。"

就在他这句话落地的同时，门外突然传来一声压抑不住的笑声。

叶简南一愣，房门被一脚踢开了。祁翎拽着霍舒扬不让她出声，裴宿则使劲捂着景深沉的嘴。

小深沉连踢带踹地从裴宿手中挣脱出来，大喊道："裴宿，你要憋死我啊！"

裴宿眼看着孩子拦不住了，长叹一声，说："深沉，你没憋死，你简南哥今天怕是要羞愧而死了。"

叶简南眉毛抽了抽，慢慢松开了抱江墨的手。他看了门外四人一眼，面色不善地给自己找了台阶。

"我吃软饭我骄傲，你们几个来干什么？"

祁翎长叹一声，也松开了霍舒扬。

他说："简南，我们想到办法了。"

"办法？"叶简南反问。

"对，可以让你少用眼睛，还能保持手感的办法。"

祁翎他们想出的办法，是下盲棋。

盲棋，即为对弈双方不看棋盘棋子，单用口头表达棋子落位。盲棋需要极高的记忆力，不但要记自己的棋，还要记住对手落子的位置，相当于在脑海中描摹出一副虚拟的棋盘。

关于盲棋，围棋史上有许多的传说，影视作品中也有颇多演绎。然而现实生活中，真正有能力下"盲棋"的人，放眼当今棋坛，也是屈指可数。

叶简南恰好可以。

祁翎的意思是，医生既然反对叶简南用眼，那他练习的时候就把眼睛闭上好了。而其他人和他下棋的时候，每落一子便报出棋子方位，根本不会对练习本身造成影响。

这几乎是为叶简南量身定做的办法。

祁翎难得一口气说这么多话，半晌却没得到叶简南的回应。他不解地望过去，看见叶简南眼神落在地上，似乎在犹豫着什么。

小深沉催促道："简南哥，你说话呀。这个办法不好吗？"

"啊，很好，"叶简南猛然反应过来，"我是觉得……会不会太耽误你们的时间了？"

几个棋手完全没想到他会这么想。

"你也是要参赛的，"叶简南诚恳地说，"和我下盲棋，等于你除了自己摆子，还要听我的报位……这太影响思考了，时间都这么紧，我……"

"叶简南。"

祁翎突然冷冰冰地打断了他。

他虽然常年对各路媒体摆着张臭脸，但从没对朋友发过脾气。他对叶简南和江墨这种多年老友，更是掏心窝子好。

霍舒扬觉出气氛不对，拉了拉他的手。

于是祁翎没发火，只是很讽刺地说："对，是很不好。我想了一下午，就是为了耽误自己练习的时间。"

裴宿赶忙打圆场："祁翎，简南不是那个意思。"

祁翎冷笑了一声。

也不怪祁翎生气，一下午殚精竭虑，只想着怎么让叶简南重回赛场，到头来却换来他这么见外。

"叶简南，我有没有和你说过？"祁翎的眼前闪过那个夜晚，"让你有什么事，记得和我们说。"

他是真的有点失望了。

他和叶简南，从在闻道棋堂就是对手。后来都定段进了棋院，两个少年远在异乡，反而成了无话不说的朋友。

叶简南不参赛，对他是好事吗？

好啊，他夺冠之路上，少了一个劲敌。

可他仍然想让叶简南站上赛场。

虽然他在闻道棋堂赢过叶简南很多次，可这些年，两人已是旗鼓相当。如今，他只想和叶简南堂堂正正地打一场。

在场的人都能感觉到祁翎很生气，虽然都没明白他这怒火来自何处。霍舒扬自觉有义务安抚自己暴躁的男朋友，挠了挠下巴，喊他名字。

"祁翎，祁翎。"

祁翎还在怒视叶简南。

叶简南也有点摸不着思绪，自己拒绝祁翎，只是怕耽误他练习而已，他这么生气做什么呢？两个人越对视气氛越僵硬，这回换霍舒扬使劲扯祁翎的袖子。

她平常在两人间占绝对的主导权，祁翎一直没理她，她就有点恼了。电光石火间，她使劲一拽他衣服，大喊一声："祁翎！"

只听"嘎嘣"两声，祁翎的衬衫扣子被这股外力扯绷开了。

病房里一片寂静，画面之美，只能用"香肩半露"来形容。

江墨猛然遮住眼，向闺蜜自证清白。霍舒扬目瞪口呆，心想自己男朋友瘦是瘦啊但也有肌肉。裴宿和小深沉隔岸观火，为情节发展的离奇叹为观止。

而冲突的双方叶简南和祁翎对视着，眼神交换间，嘴角都猛地抽搐了一下。

情况僵持片刻后，祁翎慢慢把衣服扯回肩膀上。

他说："我是觉得你没把我们当朋友。"

叶简南："祁翎，这个时候，就没必要继续刚才的话题了。"

祁翎："你就说行不行吧。"

叶简南："我就冲你为了这事衣服都被扒了也得举双手赞成。"

然后，他转过头，体贴地问江墨："你都看见什么了？"

在叶简南和霍舒扬双重的目光压力下，江墨哆哆嗦嗦地伸出两根手指，比画着说："一点点肉色而已。"

05.

叶简南和付前辈打了个申请,比赛前自己的练习都在一间独立的会客室进行。祁翎、裴宿和小深沉轮着来和自己下棋,会客室隔音好,报位的声音也不会影响到别人。除此之外,付前辈还给叶简南介绍了个医生,让他每周去医院复查一次,确保身体情况在可控范围内。

半决赛中,叶简南和祁翎再次晋级。叶简南多次在世界比赛中发挥失常后终于发挥出了应有的实力,在棋坛内部也引起了不少的讨论。

决赛五番棋的前两场,叶简南和祁翎一比一平局。

春日渐尽,决赛五番棋的最后三场即将拉开帷幕。之前一直在筹备的人工智能大会也开始预热,国内迎来了一拨围棋热。

除了人工智能对决顶尖棋手的新闻吸引了人们的目光外,叶简南和祁翎这种"两名中国选手角逐世界奖杯"的消息显然也很具话题性。尤其是当人们发现这两位棋手都是出自曾经的国手江闻道门下,网上的讨论一时飞了满天。

"这种亦敌亦友相伴多年的感情也太动人了!"

"这俩人我认识!当年一起在翰城学棋的!现在竟然都成国手了……"

"层主求细节!"

"都在说他俩,江闻道你们都没听过?二十年前棋坛有名的帅哥啊,我妈还给他写过情书,你们信吗……"

霍舒扬的手指滑过屏幕,在一条"只有我觉得这个祁翎小哥侧脸很帅吗"的评论下回复道:"听说他已经有女朋友了哦。"

江墨也躺在她的咖啡店里撸猫玩手机,看见那条阴恻恻的评论,立刻嘲讽道:"看把你急得,就祁翎那脾气,没人敢和你抢。"

霍舒扬"哼"了一声说:"我们祁翎脾气好得很。"

"说起来……"江墨慢慢坐直身子,"祁翎,多久没联系你了?"

"你还说呢,"霍舒扬神色恹恹,"之前每天还聊一会儿,进了决赛就人间蒸发了。"

"叶简南也是啊!"江墨长叹一声,"我妈当年告诉我,不要找棋手当男朋友，我偏不听。真是不听老人言，吃亏吃惨了……"

"对了，你爸怎么样？叶简南不是在 J 国那边找了医生吗，你们还过去吗？"

"去，但是我爸今年身体一直不太好，奈县那边冷，我妈想等夏天再过去。反正……等简南打完比赛吧。"

江墨揉着抱枕笑了笑。

"他说想给我爸拿个冠军。"

霍舒扬冷笑一声。

"巧了，祁翎也挺想给你爸拿个冠军。"

江墨哑了片刻，说："我怎么觉得哪里怪怪的……"

赛场上，比分步步紧逼。

决赛五番棋第三场，祁翎胜。

决赛五番棋第四场，叶简南胜。

五番棋决胜局，战况前所未有的激烈。

其实半决赛结束后，叶简南就和祁翎心照不宣地降低了对练的频率。叶简南也不愿总耽误朋友时间，而是选择下网棋保持手感。

到决赛前夕，他眼睛的压力已经很大了。

瞬盲的频率又开始上升，且时间越来越长。脑力活动的频率和强度都前所未有地高，医生多次打电话来警告他控制练习时间。

可是这么多年了，这么多年，他离那个地方，只有一步之遥。

好在这场比赛不像 MR 战，总时长已经限制在了三个半小时。然而即便如此，决胜局进行到两个小时的时候，叶简南明显感觉眼前开始模糊。

棋手下棋时注意力高度集中，祁翎完全没有注意到叶简南的异常。

叶简南的动作停滞了。他眼前一花，仿佛是抽离出了一部分的灵魂，在半空中看着自己。

他看着面前的年轻棋手闭了一下眼睛，又睁开，视线轻微地涣散。他的对手落子，"啪"的一声，回忆在眼前绽开。

他看到童年的自己背着书包跟在江闻道身后，护城河的流水哗啦，他小跑着跟在江闻道身后问："叔叔，你是干什么的？"

年轻的江闻道停下脚步，声音清朗地回答："棋士。"

真有意思啊，他没有说"棋手"，而是"棋士"。仅仅是换一个字，似乎便蕴含了一种高贵的信念。

他小时候想赢，是胜负欲作祟。而事到如今，他已经不再是那个孩子了。

这时候他的"想赢"，是出自一种玄妙而不可与外人言的信念。这信念与浩瀚的宇宙有关，也与世俗的幸福有关。它可以将万物笼入其中，支撑着"棋士们"在这方世俗中生活着。

他也看见了奈县铺天盖地的雪，前辈葬礼上的黑白棋子。他忽然觉得，江墨会在那里与他重逢，也是冥冥之中某种指引。这世上只有她，也唯有她，能让他在围棋之外，找到活下去的意义。

叶简南觉得很累了。

他知道快了，这盘棋结束的时候，某个他一直在追寻的问题会得到答案，祁翎也是。他们这些棋手，从懂事起便与黑白棋子为伴，终其一生被这方棋盘束缚着。围棋之道无极而人有极，棋局至于如此，已经在无限逼近所追求的"道"。

他忽然想起了那个隐居于奈县，已溘然离世的前辈。

他曾在围棋中，见过怎样的极限？

思绪在这里戛然而止。

祁翎的所有注意力都贯注在棋盘上，很久以后才意识到叶简南的长考时间已经超出正常范围。他抬起头，看见叶简南一动不动地盯着棋盘。

他的视线没有焦点。

祁翎觉得自己血液的流速变慢了。

他轻声说："简南……"

叶简南笑着叹了口气，从棋盒中摸出两颗棋子，放到了棋盘边线之外。这动作他们在闻道棋堂时常做，这回轮到了叶简南。

投子认负，他认输了。

可棋明明还没下完。

祁翎手指捏着未落下的那颗棋子，手背上慢慢显出青色的血管。半晌，叶简南抬起头，轻声和他说："抱歉，我看不见了。"

06.

奈县，深秋。

那次比赛之后，叶简南彻底盲了一阵。他自己联系了个医生去住院休养，不让任何人来看自己。

情况稍微好了一点后，他又和棋院请假去了奈县。人的归属感是很奇怪的，他从来不觉得翰城或者北市是他的家，反倒是回到这个异国小城，心里才能得片刻安宁。

比赛的事，说对他没有打击，也不大可能。

他不想见棋院的朋友，也不难理解。

前些年他在奈县交了个做手工棋具的朋友，回奈县的前几个月便一直住在对方家里。医生说他一天能用眼的时间不能超过四个小时，他睁开眼睛的那四个小时，便一直在帮朋友打磨棋子。

完全不用脑子，只是不停地打磨，一遍又一遍，手上被磨出浅色的茧。

到后来他才慢慢想明白，自己的失落，不在于因为失败而受到了打击，而在于明明已经离某种终极的东西近在咫尺，最终却与其擦肩而过。

他觉得自己一生都无法再如那天一般，走到那样一个位置了。

那个做棋具的朋友问他："打磨棋子是很枯燥的，你怎么这样坐得住？"

叶简南说："我做过更枯燥的事。

"明明那样枯燥，我却仍然坚持做了下来，最终却什么都没得到。不如我以后向你学制作棋具吧，看到这些棋子和棋盘，心里一定很满足。"

朋友拒绝了他。

"每个人生下来都是有使命要完成的，我的使命是制作棋具，你不是。你是一名棋士，你终究会回到你本来的轨道上。"

叶简南说："我已经不想下棋了。"

又歇了段日子，他回国把江老师一家接来了奈县。先前沟通的那名医生已经把一切准备就绪，他每天开车送江老师去接受治疗

而回家的时候，谢婉往往已经把晚饭准备好了。他在奈县那间冰冷的公寓，也终有了人间烟火气。

日子平和地过，江老师的病情趋于稳定。叶简南开始想不明白一些事，比如为什么曾为了围棋过那样痛苦不堪的日子。

江老师衰退的是记忆，他衰退的是对围棋的热爱。

他知道，但不关心国内的媒体在说什么。因为旁人并不知道他在决赛那天突然失明，所以新闻的走向一直是"五番棋决胜局，叶简南不堪压力当场认输"，抑或是"世界大赛一败涂地，叶简南八段一蹶不振"。

直到后来，孟昌宰九段在与人工智能的对决中惨败，他这一页才被翻过去了。

如果说现下的生活唯一有什么不美满的，便是他频繁地梦到那场比赛。

他就像那天抽离出去的那一缕灵魂一样，浮在半空中看着他和祁翎的对决。棋盘上龙盘虎踞，招招皆带杀意，黑白棋子有如敌军对垒。两个人都在濒临极限的那一刻，他忽然摸出两颗棋子，说："抱歉，我看不见了。"

像是一拳打到棉花上，整个梦都被无力感充斥。明明也不算是噩梦，但他每次醒来时，都是眉头紧皱，一身的冷汗。

他不主动说，江墨也不问。只是有时他骤然惊醒，会发现江墨正靠在他身边看书。他伸手揽她肩膀，她便顺势倒进他怀里。

后来有一天，江墨和他靠在一起看电视时，突然站起来跑去了客厅。一通乱翻之后，她把那条蛤棋石棋子穿成的项链找出来了。

童年时代胡闹的小玩意，两个人竟然都留了这么久。

叶简南说："你找这个出来干什么？"

江墨把项链扔进他怀里。

"戴上。"

说完，她又去翻找，竟是把那条那智黑石的项链也翻了出来。

"你到底干什么？"

"你不是说蛤棋石与那智黑石会互相感应吗？"

"我瞎说哄你的。"

"什么？"

"呃——也不是完全瞎说，有一定科学依据。"

江墨瞪了他一眼，把自己的棋子也戴上了。

她说："简南，都过去了，你别做那些梦了。可要是哪天我不在你身边，你再做那些梦，有这颗蛤棋石棋子……就当我在你身边了。"

叶简南哑然。

她什么都不问，却什么都知道。

他伸手去拉江墨，用手把石子攥暖了才让她放进衣服里。低头想了一会儿，叶简南忽然说："可是凭什么别的女生戴珍珠戴钻石，我女朋友就要戴颗黑石头啊？"

江墨说："我手上还空着呢，我手上可以戴钻石。"

叶简南大笑，把她拽进怀里抱着。他在她手指上比画了一下，真是不明白自己当年怎么会舍得离开江墨。

他点着她无名指说："你量一下。"

江墨问他："你要求婚了？不行，我还没毕业呢。"

叶简南说："早晚的事，提前准备。"

07.

祁翎来看叶简南，是第二年春天的事。

当时江墨的寒假快结束了，江老师的治疗也已接近尾声。两个年轻的棋手相顾无言，最后叶简南说，江老师要走了，预约了去银行帮他办些手续。

祁翎站起身，说：“那我和你一起吧。”

结果就成了祁翎风尘仆仆地赶过来，陪叶简南去银行排了一个小时的队。

与叶简南在奈县半隐居的状态不同，祁翎拿了那年的世界冠军后，棋路就变得格外通畅。升到九段不说，还接连拔得国内几项比赛的头筹。要不是他对外脾气实在太差，付前辈很有可能要打着祁翎的名号去谈赞助了。

叶简南是觉得，无论他俩谁拿冠军，都是对江老师当年悉心栽培的报答。而以他现在的心理状态，只要结果能对得起江老师，什么样的过程都是可以的。

他那些年只在乎围棋，他如今只在乎这几个人。

大约是周末的原因，银行里人有些多。叶简南把办手续的材料送过去后，便有人将他引到一处沙发等待休息。祁翎坐到他对面后，两个人的视线不由自主地落到了茶几上的一方棋盘上。

祁翎那边的棋盒里放的是白棋，叶简南这边是黑棋，和决赛那天一样。叶简南皱了下眉，心想，这可真够晦气的。

祁翎先开口了。

“你什么时候回国？”

“过两天就得送江老师回去。”

“我说的是你。送了老师，你还回奈县吗？”

“还没想过。”

祁翎揉了揉眉心，忽然说了一句：“真没意思。”

桌子上有备好的茶水，叶简南喝了一口，顺着问下去：“什么没意思？”

“和别人下棋。”

大概是觉得这样表述还不够精准，祁翎又干巴巴地加了一句：“不如和你下棋有意思。”

叶简南仰靠到沙发上，有点哭笑不得。

祁翎这么说，当然不是在表达除他以外难逢敌手的寂寞。他会这么说，实在是因为，他们太熟悉彼此了。

他们同出江闻道门下，关于围棋最原始的思维都带有同一种印记，但棋风又南辕北辙。他们清楚彼此的弱点，也知道怎么避开对方的陷阱。他们俩每次对局都得打起十二分小心，因为稍有不慎就会被对方发现漏洞。

那次决赛，两个人之所以能打到那种地步，实在是因为两个人从开始学棋就把对方当作对手了。

叶简南不说话，祁翎长叹了口气。他手指摆弄着棋子，语气难得带了愤慨。

"那盘棋，真是想起来就不痛快。"

"你不是赢了吗？"叶简南心不在焉地说，"别得了便宜还卖乖。"

"那叫什么赢？"祁翎提高声音，"打到最激烈的时候你投子认负了。"

叶简南不在这一年，祁翎是真的窝囊坏了。就好像宝剑出了鞘却没见血，他是人挡杀人，佛挡杀佛。可无论在别的比赛赢得多彻底，那口气就是出不来，逼得他翻山越岭来奈县找叶简南回国。

"我不回，"叶简南干脆利落地拒绝，"我在这边每天磨棋子挺开心的，你找别人下去。"

"你你你！"祁翎气得脸色发白，"你"了半天也没说出个所以然。手底下就是棋盒，他忽然一拍桌子，倒出一把白子来。

叶简南这回愣了。

"你干什么？"

祁翎冷冷吐出两个字："复盘。"

复盘，复一局没有下完的棋。

时隔一年多，祁翎竟然仍旧清晰地记得每一处落子。他又抓过一把黑子，速度极快地复原了当时的棋局。

叶简南脸色变了。

"祁翎，你疯了？"叶简南试图阻止他，"这是银行，你要在这儿和我下？"

"要不然你就回国。"

"你……"

叶简南扶住额头。

"你想复盘自己复，我不会下的。"

祁翎手指撑在棋盘上，抬头瞪他，眼神闪烁。半晌，他用一种被辜负的口吻说："叶简南，你有点良心。"

叶简南简直莫名其妙："我怎么没良心？"

"你比赛，是谁陪你下盲棋？"

叶简南："啊？"

"你当年在奈县差点撒手人寰，是谁告诉你江墨来北市了？"

叶简南："这也算？"

"你没被选进常刀围棋道场，是谁在河边鼓励你？"

叶简南："你那算鼓励？"

"你……"

"够了！祁翎！你真是在我人生中埋下无数伏笔，我陪你下完总行了吧？"

银行里静悄悄的。

等手续的人们或站或坐，基本都在玩手机或看书。谁也不知道，沙发那边的隔间里，是一场世界大赛决胜局的延续。

棋局继续进行，叶简南有些理解祁翎为什么要坚持下完这盘棋了。

他从没有见过这样旗鼓相当的对局。

普通的棋局，总会有一方占据优势。而随着棋局的发展，一步棋走错，优势方或许就会沦为劣势方。

但他和祁翎的这盘棋，几乎每次对手下了一招，另一个人就会在下一步将局面扳平。即使有倾斜，也是极小幅度的。

这样的棋，唯有结局能见真章。

或许是太久没下的关系，叶简南已经丧失了当初的手感。祁翎也频频摇头，明显是对现在的情况很不满意。

但奇怪的是，他也无法扭转局面。

棋局结束得比他们想象的快。最后一颗棋子落下时，叶简南和祁翎都沉默了。

他们下出了"四劫循环"。

在围棋术语里，四劫循环是指棋局中出现的四个劫使棋局陷入循环。通俗来说，就是除非有一方妥协，否则四劫循环就是和棋。

叶简南苦笑一声。

祁翎也叹了口气。

"错过了就是错过了，"祁翎慢慢收起了棋子，"那样的一场棋……看来是再也不会下完了。"

正巧，叶简南的手续也已经办完。他去柜台清点了一遍各种证明，再回过神时，看见祁翎正要把一颗棋子扔进垃圾桶。

"喂，"他叫住祁翎，"你扔银行棋子干什么？"

祁翎愣了一下，也很快反应过来。

"这不是银行的。"

叶简南的神色有些困惑。

祁翎笑了笑，解释道："这是那天我和你决赛，本来准备落下的一颗棋子……比赛结束以后我很久都没反应过来，连颁奖的时候都很恍惚。回了家才发现，这枚棋子，我没放回棋盒。"

叶简南没让他扔，反而把棋子拿到了自己手里。

他这次回奈县也磨了这么久的石头了。棋子一触手，他瞬间感觉出这棋子原料价值不菲。

是很难得啊。

很难得的一盘棋，连棋子的材质都这样稀罕。

叶简南站在银行门前，心里隐隐生出种不甘心来。

祁翎尚在等他把棋子还给自己，谁知叶简南手一翻，把棋子留下了。

他说："放我这儿吧。"

祁翎点头："都行，本来也是要扔的，我留着它是觉得那盘棋还能下完。现在看来，总之也错过了。放在你那儿，和扔进垃圾桶也没什么区别。"

叶简南笑了笑："你会不会说话，我怎么就和垃圾桶一样了？"

祁翎耸耸肩，转身离开。

走了两步，他忽然听到叶简南叫他。

他回过身，看到叶简南把棋子在他眼前晃了一下，然后装进了自己衬衣的口袋里。

他听见叶简南说："祁翎，我本来是要放弃围棋了。可是你这人太烦，非要来找我下完。那盘棋最后下成那样，我也觉得不甘心了。

"我这辈子，真的就再也下不出那样的棋了吗？

"我不信。"

叶简南站在奈县和煦的春光里，很桀骜地扬起了头。

祁翎慢慢转过了身，与叶简南相向站着。

奈县真是个很好的小城，冬有雪，春有樱，海风温柔，所以才有看透世事的棋坛前辈在这里隐居，在这里终老。

可它不适合年轻的棋手们。

祁翎说："我也不信。"

08.

叶简南回国时，第二轮人工智能对战职业棋手的比赛已经开始了。

相较于之前的孟昌宰九段，第二轮比赛的热度似乎更高。而这一次，坐在人工智能对面的人，是和叶简南他们朝夕相处的景深沉。

虽然裴宿也一直嚷嚷着很想和 AI（人工智能）干一场，但他也承认，小深沉才是最合适的那个选择。

或许是近年来的第一次，从早已隐退的前辈到棋坛新锐，所有人汇聚一堂。孟昌宰九段和常刀前辈坐在一起，低声讨论着这一年来人工智能的改变与进步。

颇像一场武林大会，各路高手纷纷亮相，等待着武林新秀和一个身份不明的异邦人进行决战。

而这群前辈里最有发言权的，莫过于已经和人工智能比过一场并惨败的孟昌宰了。而面对常刀的疑问，孟昌宰无奈地揉了揉太阳穴。

他说："说实话吗？我这辈子都不想再和人工智能下棋了。"

常刀的脸色有些僵硬。

他和孟昌宰做了多年对手，哪怕他当年曾连胜孟昌宰数盘，也不曾听这人抱怨过一句"我再也不想和你下棋"。而人工智能，竟能给一名久经沙场的职业棋手留下如此阴影吗？

"那是噩梦一样的经历，"孟昌宰的神情完全不像在夸张，"我赢不了它，不光是因为它实力强大，更重要的是……它不会出错。"

它当然不会出错，机器怎么会出错呢？只要不断电，它永远以百分百的正确率运行着。

可是人不行。

血肉之躯，会累，会烦躁，会恐惧，会慌张。而这些情绪在人工智能面前，脆弱得不堪一击。

更可怕的是，它进步神速。

孟昌宰输棋后一直在反思，此时，他也试图对常刀解释清楚人工智能到底意味着什么。

1997 年，一台名为"深蓝"的超级电脑与加里·卡斯帕罗夫在纽约举行了比赛，结果以这位著名的国际象棋大师失败告终。人类从那个时候开始对科技产生担忧，并开始讨论人类是否会被自己所创造的东西反噬。

"深蓝"所运用的算法，其实类似于数学中的穷举法，不准确地说是"利用程序去计算所有可能性"。但这种算法并不能运用到围棋上——因为围棋的计算量，太大了。

然而孟昌宰与深沉所要面对的人工智能，背后有结合了深度神经网络的机器学习做支持。这种比穷举法高级了几个维度的技术让机器变成一个有"学习能力"的"智能生物"。并且，它的学习速度也远远超过人类。

通俗地说，棋手要面对的，是一个学习能力超强、计算能力超群，且永远不会出错的围棋天才。

这无异于面对一个怪物。

与孟昌宰对战的时候，这台机器尚还处于童年期。而在与深沉比赛之前的这段时间里，它已经进行了更进一步的自我完善。

它或许已经从怪物……进化成了上帝。

常刀越听眉头皱得越紧。他对人工智能也有关注，但因为没有直接面对过，所以不曾这样详细地了解。但听孟昌宰的说法，景深沉几乎是没有胜利的可能性了。

"可是……"

孟昌宰忽然话锋一转。

"我仍然相信小景能赢，"他微笑着说，"在与我对弈过的棋手里，他是最接近人工智能的存在。"

旁边忽然传来一片喧哗，原来是叶简南也进场了。有记者追着他拍了几下，好在并没有纠缠太久。

虽然"叶简南在世界大赛投子后首次现身"也很有讨论度，但景深沉对战人工智能才是当下最热的话题。没有记者的围追堵截，叶简南径直走到棋院同辈的身边，和祁翎他们坐在了一起。

付前辈在远处看了他一眼，叶简南微微欠身，算是打过招呼。

手机振了一声，是江墨发来的消息。这次大会来的不止棋界人士，许多研究人工智能的团队也到了现场。廖教授作为专业领域的大牛也受到了邀请，特意带了几个学生来旁听，江墨亦是其中之一。

"进研究室了？"

"嗯，你到了吗？"

"坐下了。"

"结束一起吃饭。"

"好。"

他把手机收起来，抬起头，凝神观看转播屏。而研究室外的江墨也已经和廖教授落座，大约是感受到了学生的恍惚，廖斌问她："想什么呢？"

江墨回过神。

她笑了笑，指了一下屏幕上正襟危坐的景深沉。

"我在想，这已经不只是一场比赛了。"

她的父亲江闻道曾是国手，教出的两个学生，一个拿了 MR 战的冠军头衔，一个是世界冠军。即便她对围棋再不感兴趣，但耳濡目染，接触到的棋赛也比普通人多得多。

围棋一脉，起于尧舜，流传四千年，纵横十九线，演绎传奇无数。可是再惊艳的棋局，也只发生在"人"与"人"之间。

而这一场，不一样。

廖斌叹了口气。

他说："虽然这么说很残酷，但是就我的了解，这个孩子赢的概率很低。"

"网上都说他赌上人类的尊严而战。"

廖教授摇了摇头。

"我们是做技术的，这种话听上去太傻了。人工智能的时代一定会来，这个世界上的大多工作都会被机器取代，棋手也只是其中之一。在这种变革面前，我们只能旁观。"

江墨坐正身子，不大甘心地点了点头。

但很快，她又纠正道："不一样的，老师。我们是旁观者，可他们是亲历者。他们是勇士，挡在所有人的前面，迎接一个新的时代到来。"

历史巨轮，轰隆而过。

棋手们身先士卒，踏进这场无声的战斗。

年轻人固执又天真，把冰冷的技术浪漫化。廖斌笑了笑，将目光转向大屏幕。

景深沉已经落座了。

人机大赛的举办方发出了信号，会场内逐渐安静下来。会场的整体布局科技感十足，灯光移转，每个人的脸上都被映出一层淡淡的蓝色。

比赛正式开始。

几个棋手中间还是像往日一样放了一方棋盘，他们会随着比赛的进展复盘讨论。可这次，执白的棋手却不是人，而是机器。没过一会儿，这几个职业棋手便发现了问题。

"它这棋是……"

"看不懂。"

"或许有后招？可这棋怎么能和先前的连起来呢？"

另一边，孟昌宰也发出了轻微的抽气声。

"要小心，"他喃喃自语，"下出无法理解的棋意味着，它已经计算到远超棋手想象的某种层面上了……"

但无论如何，比赛才刚开始，景深沉也拿出了十二分精神应对，局面尚未出现明显的优劣态势。祁翎研究了一会儿棋盘，颇为调侃地说了一句："我看这人工智能，下棋有点像简南。"

叶简南不置可否。

祁翎常年和他对弈，自然熟悉他的棋路。而人工智能这种精于计算，并且在开局就下出能与后招呼应的棋的路数，与叶简南如出一辙。

只不过，机器更精确，计算量也更庞大。

结束了右下角的战斗后，深沉与机器在左上角开辟了一片新的战场。与此同时，深沉的落子速度越来越慢，到中盘时干脆神色一沉，开始长考。

时间一分一秒地在流逝。

棋院的人也没闲着，在镜头外激烈地讨论起接下来棋局的走势。叶简南起初也说了几句，但慢慢地，他开始沉默了。

无论是祁翎的意见，还是裴宿的说法，似乎……都漏掉了什么。

漏掉了什么呢？

黑暗之中仿佛隐藏着巨大的危险，叶简南有些不安。他闭上眼，回忆着整场比赛的走向。

点三三开局……纠缠右下角……开辟新战场……

机器仿佛睁开了一只眼，在冥冥之中注视着他。叶简南望着那只眼，慢慢地走过去，走过去，最终……

他坐到了机器的位置上，他开始以机器的目光审视整盘棋局。

棋盘成了战场，几个角落燃着熊熊战火。士兵身披黑白铠甲奋力厮杀，明枪暗箭，防不胜防。

明枪已现，暗箭在何处？

棋盘的右下角，忽然有个不起眼的士兵，抬起了箭弩。

叶简南猛然睁开眼，朝转播屏上看去。深沉刚刚结束长考，夹起一颗棋子，探向棋盘左上角。叶简南心一沉，控制不住地低喊了一声："别！"

晚了。

几乎就在深沉落子的瞬间，人工智能已经做出反应。白棋落地，声响清脆。新的落子与先前它那一手令人摸不着头脑的落子遥遥呼应，将方才破碎的地盘连成一片。

深沉大惊，赶忙下手阻止。然而又下了几步后，大龙突现，几块残局一道被盘活。

别说台上的深沉，祁翎和裴宿都是满脸震惊。叶简南虽然有所感应，但万万没想到机器先前的伏笔远不止一手，以点带面，把局势彻底扭转。

小深沉彻底愣住了。

会场寂静片刻，谁也没料到，镜头中的景深沉忽然狠狠打了自己一个耳光。观者哄然，廖教授和江墨对视一眼，神色都有些震惊。

紧接着，景深沉暂停对弈，冲到台下大哭起来。

付前辈正和瞿丛秋坐在一起，看见这一幕赶忙起身。瞿前辈却摁住他的肩膀，示意他祁翎他们已经过去了。

"让他们年轻人去看吧，"瞿前辈说，"我们过去，深沉也只会觉得有压力。"

小深沉下了台便一个人站到墙前抽泣起来，让身旁的工作人员全都束手无策。叶简南、裴宿和祁翎匆匆赶到，只喊了一句"深沉"，就见这孩子转过身，边哭边说："下围棋太难了……"

祁翎拍了拍他的肩膀，轻声安慰："深沉，没关系的。你……你已经很厉害了。"

小深沉哽咽了一会儿，总算擦干了眼泪。他也说不出什么完整的话了，只是颤抖着肩膀，哽咽着说："我要回去把棋下完。"

三人沉默着，不知该如何鼓励重回赛场的小深沉。毕竟刚才那一手，意味着深沉败局已定。

可他没有多做犹豫，甚至连眼泪都没擦干，就转身向赛场走去。

他们听见他轻声重复着："我要把棋下完。"

把棋下完，以棋士的名义。

围棋之大，其中有浩瀚星河。围棋之小，不过一方棋盘，两色棋子。千年传承，靠的是一代又一代的棋士。

何以为士？

沙场点兵，金杯醉酒。明知不敌，亦要应战。

人机大赛第一局，以弃至 289 手，景深沉以一目半的劣势落败而告一段落。

第一局结束后，场下的叶简南等人便被付前辈叫走讨论棋局。江墨转了一圈没找到叶简南，还以为他先回了棋院统一的住处，干脆乘电梯去往楼下的客房。

客房也没什么声息。

这次比赛主办方把整栋酒店都承包了，与会的人要么还在会场，要么去顶层吃饭，回房间的屈指可数。江墨敲门不见人应答，摇摇头，拿出手机准备联系叶简南。

谁知隔壁忽然传来一阵水声。

江墨一愣，转头看去。隔壁房间的门虚掩着，里面如果不是叶简南，也会是棋院的其他朋友。江墨没怎么犹豫，敲了几声，问道："看见简南了吗？"

没人应答，只是水声忽然停下了。

过了一会儿，门被慢慢打开。江墨身子一僵，看见了眼圈通红的景深沉。

他明显已经哭了很久，嗓子沙哑，眼睛被揉得有些肿。他咳了一声，慢慢说："简南哥他们好像和付前辈在一起，我……"

他突然顿住了。

紧接着，他又冲进了卫生间，扶着洗手池干呕了起来。江墨赶忙走进去，轻拍着他肩膀，问道："深沉？你不舒服？"

小深沉摇了摇头。

他说："姐姐，你别告诉简南哥和付前辈他们，行不行？"

江墨赶忙点头。

他又把水龙头打开洗了把脸，小声问："我是不是输得特别难看？"

江墨突然就觉得，唉，还是个小孩呢。

她把声音放软，轻声安慰着："不难看呀。你不知道，技术团队那边都在夸你呢。"

"夸我？"景深沉一脸迷茫，"我输了啊……他们夸我干什么？"

"你信我呀，我的导师就是做人工智能的。他和我说，机器在赢了孟昌宰前辈以后，又进行了几百万次的自我训练。你学了这么多年围棋，一天能练多少盘？"

景深沉沉默不语。

半晌，他终于开口："姐姐，我赢不了它，它根本没有缺点，也不会出错。我一直以为，我是这个世界上最厉害的棋手，可是我永远也赢不了它……"

少年成名的天才棋手，从四段直升九段，十七岁的他已在世界上排名前列。如今迎面遇上一台怪物般的机器，铠甲尽碎，长剑折断。

"那……既然赢不了它，"江墨揉了揉他的头发，问道，"还有两盘，还下吗？"

景深沉沉默许久。

然后他抬起头，语气毋庸置疑地坚定。

"下。"

09.

相隔不过一天后，人机大赛的第二场比赛也拉开了帷幕。

第一场比赛堪称惊心动魄，全网都在讨论人机大赛的进展。各大平台上开始有人科普何谓"机器学习"，景深沉这些年的战绩也被人拿到网上讨论。

而在现场旁观的江墨，跟着廖教授见到了这个国外人工智能技术团队的领袖。

别看她这导师平日不着调，可在专业上却是实力过硬，在人工智能上做出了突破性贡献。搞研发的二人相谈甚欢，棋局没一会儿便步入中盘。

他们面前有一块屏幕，每块分区上都显现着复杂的图形。江墨没一会儿便看晕了，干脆凝神做起英语听力。

"不可思议，真的很惊人。廖教授，您可以看这里的数据。"

廖教授看了一眼江墨和剩下的几个学生，似乎是想让他们也能理解。

"您可以多讲几句，我的学生在这里。"

"当然可以。通俗来讲，机器认可了景先生迄今为止的每一步下法。机器认为，这是一场势均力敌的对弈。"

对做科研的人来讲，技术就如同他们的孩子一般。他激动地说："景先生将它逼到了极限！我们的技术正在接受前所未有的考验！"

棋手们的研究室里，气氛也紧绷着。

这盘棋不同于昨天，大家都能看到胜利的希望。更让这些棋手震惊的，是景深沉在第一天的惨败后所做出的改变。

到第100手时，连最擅长"双龙对杀"的裴宿都开始倒抽冷气。叶简南暂时将思绪从棋局中抽出，轻声念道："七条大龙。"

双龙对杀，在围棋中指的就是两块棋彼此缠斗。而现在的棋盘上，已经盘桓着七条大龙。

裴宿说："这也……太复杂了……"

棋盘上硝烟四起，而这种局面背后所蕴含的计算量，已经是人脑承受的极限。

孟昌宰前辈拍了拍常刀的肩膀："这就是你们的年轻棋手？我得

去叫我们的年轻人加把劲了。"

常刀点点头，与有荣焉："后生可畏。"

战火集中到一处"劫"时，景深沉的神色忽然起了微微的波动。转播屏上，他的手突然抬起，将心口的位置捂住，似是在控制自己的心跳。

棋院的年轻棋手都沸腾了。深沉上一次做这个动作，是在他第一次参加世界比赛的总决赛。他发现了对手的漏洞，几招便定下胜负。

可常刀和孟昌宰的脸色却不那么好看了。

棋赛如战场，常胜者应不动如山。深沉……到底还是太年轻了。

果然，他的情绪波动了，机器却没有。接下来的几手，控制室里的数据呈断崖式下跌，连一些不懂围棋的技术人员都看出人类棋手大势已去。

常刀只听身边一声巨响，原来是一名棋坛的老前辈狠狠砸了下桌面，叹息道："我下辈子也想不到这种打法！"

研究室里，裴宿仰面瘫倒，祁翎狠抓头发，叶简南长叹一声，干脆闭眼不看。

这棋赛下得，简直像坐过山车一样。

从128手失误，到138手败局已定，深沉终究在第155手投子告负。人工智能在中盘获胜，比赛战成2比0。

赛事结束，场内的记者很快活跃了起来，最先被抓到的就是已经和人工智能战过一场的孟昌宰。

"孟先生，与之前和您对弈的时候相比，今天的人工智能有什么不同呢？"

孟昌宰言简意赅："更可怕了。"

孟前辈向来不喜欢采访，话音一落，扭头就走。记者无法，又奔向了在一旁观战的"十八段夫妇"。

这次比赛几乎会聚了近四十年来所有的国手，霍以白和瞿丛秋自然也在其中。面对记者的问题，霍以白耐心地解释："我只是听说，在和孟昌宰比赛之后，这台机器又进行了几百万次的自我训练。它现在的水平……这样说吧，我和它之间的差距，比你和我之间的差距还大。"

记者不禁腹诽：和我有啥关系……

以前只知道祁翎接受采访的时候很不配合，现在看来，这棋院的人都不大好惹……

身为主角的景深沉反倒是最后接受采访的。比赛结束后，他便一头扎进研究室和裴宿他们去复盘了，那个时候他的表情还是有些懊悔的。复盘结束后，他的情绪明显平和了许多。

之前孟昌宰前辈所参加的人机大战，是五番棋。而深沉所参加的这场，是三番。也就是说，前两场输过之后，无论最后一场是否举行，人类方败局已定。

大家都在等着景深沉的发言。

话筒递到嘴边后，他却像是大脑放空一般沉默了。记者怕场面僵住，不停地引导他："对人工智能有什么看法？为什么中途按了一下胸口？对明天的比赛有什么期待……"

可他一直没有回答。

江墨远远地看着，不禁有些紧张。她拉了下叶简南的袖口，轻声问："小深沉是不是受的打击太大了？"

外国的技术团队听不懂采访内容，但显然也意识到了这名年轻的棋手在沉默。他们交头接耳，猜测着景深沉的心理活动。

过了很久。

景深沉突然抬起头，脸上绽开一抹笑。这笑容太灿烂，让围观者的私语声转瞬消失。

他说："围棋可真浩瀚啊！"

两天后，最后一场比赛也在众人的围观中轰轰烈烈地落幕。人工智能以总分3比0战胜了世界排名前列的景深沉。

比赛结束后，景深沉却并未立即离开棋盘。祁翎几个人早就按捺不住，直接杀进赛场，和他坐在一起开始复盘。国内外的媒体都等在外面，直到付前辈进来催促，年轻的棋手们才恋恋不舍地结束了讨论。

这是他们从未见过的棋局，仿佛来自未来，也仿佛来自宇宙。

蓝莹莹的会场中，几个棋手都被付前辈赶到台上接受采访。媒体也是看热闹不嫌事大，没完没了地追问景深沉比赛时的心情细节。这孩子好不容易调整好心态，被逼问得又差点哭出来。

忽然，裴宿朝他吹了声口哨。

景深沉抬头。

棋院的几个哥哥都微倾着身子望向他。裴宿把从研究室里顺手拿来的两块太妃糖扔给他，说："下得特别好。"

叶简南也把话筒从嘴边别开，压低声音夸了他几句。

祁翎冷着张脸，倒没和景深沉说什么，只是漠然地看了几眼对景深沉穷追猛打的媒体。记者们纷纷噤声，谁也说不准一会儿出门是不是会被套上麻袋打……

他们的小动作被台下的付前辈和瞿九段看了个清清楚楚，两个老人相视一笑，感慨道："这帮孩子……"

台下的廖教授也有些惊讶，他以为这些棋手被击败之后，应当是很沮丧的。可是他们仿佛也没太往心里去，就连景深沉本人表达出的也多是"本能做更好"的懊悔。

"真奇怪，"廖教授摇摇头，"一般人这个时候，不是会产生那种要被人工智能替代的恐惧吗？"

江墨嗤笑一声。

"他们才不会呢。"

廖教授有点不信。

"你又不是棋手，你怎么知道？"

"廖老师，"江墨叹了口气，"台上那几个人，除了我男朋友，就是我朋友。我爸二十年前，是和瞿老师齐名的国手。"

这么数下来，她自己都有些无奈。自己这辈子，怎么就和职业棋手杠上了？

"他们的想法……还真和我们不一样。"

主持人又简单采访了几句，棋手们便下台了。路过付前辈身边时，老先生抬头瞥了叶简南一眼，问他："要回来下棋了？"

"是。"

叶简南应了一声，又回头望向大屏幕。他沉默片刻，再开口时，神色不卑不亢。

"围棋上帝？我也想，见识见识。"

◈ 　第十一章
　　朝闻道

01.

人机人赛的余热持续得比叶简南他们想象的久。一时间，北市各大中学、辅导班都朝棋院伸出橄榄枝，把付前辈忙了个晕头转向。

这样一来，叶简南他们除了比赛，还多了不少社会活动须要参加。好在付前辈没有被金钱冲昏了头脑，给他们接的都是与围棋相关的活动，工作无非是下下指导棋，抑或给初入棋坛的小棋手们上课。

江墨围观了几次之后，不禁有感而发：下棋倒在其次，哄孩子可太难了。

围棋的启蒙年龄早，大多数小棋手不过十一二岁。这个年龄正是胜负欲旺盛的时候，输得太难看，号啕大哭的大有人在。祁翎还好，一眼瞪过去，男男女女全都噤声。赶上叶简南和裴宿这样心慈手软的，只能弯下腰哄孩子。

这不，今天这俩人去一所重点小学指导对弈，班里又有个男孩哭了。

偌大的练习室里，哭声撕心裂肺，震裂苍穹。别的孩子都终止了对弈朝这边看，叶简南和裴宿赶忙过去安抚。

赶到棋盘处一瞥，叶简南哭笑不得。围棋课不分年级，这孩子才一年级，对手是个六年级的大姐姐。他的黑棋被对方穷追猛打，几乎是每新开辟一片战场，就被杀个片甲不留。到最后几次交手，他已经方寸大乱，落子全然没了章法。

裴宿小声嘀咕："下成这样，还好意思哭……"

叶简南推了他一下，裴宿立马蹲下身给孩子擦眼泪："怎么了？输棋了？输棋很正常，你哥哥我刚学的时候天天输，也是输给女人……"

"可那又怎么了？现在我可是世界冠军！"

那得意劲儿，简直让叶简南不忍直视。

孩子慢慢止住了哭声，叶简南和裴宿把他带到走廊去透气。小男孩用脚尖踩着瓷砖边沿，声音小小地问："哥哥，你们输过吗？"

叶简南和裴宿相视一笑，眼神里多有无奈。

"输，输得太多了。"叶简南蹲下身，指指自己的鼻尖，"上周给你们上课的老师，是不是祁翎？"

孩子捂着头想了想，显然心有余悸："啊，那个凶凶的哥哥。"

"对。我啊，世界大赛的决赛，惨败给他。"

"决赛？"小男孩很震惊，"那……那不就是……丢了冠军吗？"

"是啊，比你惨多了，"叶简南笑了笑，表情似是完全不在意，"你看我哭了吗？"

小孩噘噘嘴："那，当场不哭，谁知道你晚上关了门是不是抱着枕头呜呜……"

身后传来笑声。

叶简南和裴宿回头，看见江墨背着手站在阳光里。她头发留长了，高高束起马尾，温婉中带着些飒爽。

她走到那孩子面前，指尖冲天："我来做证，他没哭。"

她随身揣着些糖果，悄悄递给了那孩子一颗，总算止住了他的眼泪。再站起身的时候，叶简南很无奈地摇头："你别老给小孩子糖吃，对牙不好……"

话音刚落，他齿间一凉，江墨竟然把另一颗塞进了他的嘴里。甜味顺着唇边蔓延开，叶简南一时忘了自己要说什么。

"不给小孩吃，"江墨拍拍口袋，"给叶老师行不行？"

裴宿倒吸一口冷气——别人牙甜，他牙酸。

"我说你们两个，"裴宿痛心疾首，"能不能考虑一下我常年异地恋的痛苦？注意一下你们的行为好不好？"

江墨看了他一眼，表情很神秘。

"你还看我？还那么得意？江墨，你别仗着叶简南喜欢你就为所欲为，我、我俩之间也是有友情的……"

裴宿越说越没底气，江墨"扑哧"一声笑出来。

"知道我为什么看你吗？"

裴宿赶忙抱紧自己："你又坑我什么了？"

江墨长叹一口气。

"裴宿，"她悠悠地说，"一会儿你可别哭啊。"

"我哭什么？"

江墨直起腰，朝走廊远处挥了挥手，喊道："雅姐，你快出来吧！"

裴宿大约是和江墨八字不合，抱着手喋喋不休："雅姐？你又从哪儿认的社会姐？江墨，这可是学校啊，你有什么幺蛾子到外面整……"

说着说着，他忽然觉得不对了。

雅姐？

江墨能认识几个雅姐？

听见鞋跟声由远及近，裴宿猛然回头。戚雅穿着条及踝的红裙，饶有兴趣地看着他。

"社会姐？"

裴宿："没有，没有……"

"怎么了，世界冠军？"

裴宿："不敢，不敢……"

刚才还在控诉江墨的裴宿在此刻变成了一只摇着尾巴的小狗，跟在戚雅身后嘘寒问暖："姐姐，你怎么回来了？坐飞机累不累？姐姐，你渴不渴？我去给你买水……"

戚雅哑然失笑："别丢人了。"

裴宿立刻立正站定："是！"

江墨捂住了脸，而叶简南捂住了那名小学生的眼。

好歹是个世界冠军，裴宿也……太丢棋院的脸了！

02.

学校旁的咖啡厅，裴宿托着下巴，很不满地抱怨道："什么啊？原来不是因为想我才回来的？"

他过分委屈，连江墨都不好意思嘲笑他了。

戚雅喝了口咖啡，语气相当冷静："机票多贵呀？这次不是有主办方报销，我也不回来。"

"主办方？"江墨多问了一句，"雅姐，我还是没太搞懂。简南他们比赛，为什么要叫你回来啊？"

裴宿本来很颓废地呷着咖啡，听见江墨的问题，又一次弹了起来。

"这你就不懂了吧！"他也不知从何而来的一脸的炫耀，"国内可太缺专业的围棋女解说了！当年我姐姐做围棋解说，不光专业度高，还是全程英文！那风采，好几个邻国棋手来求问她的联系方式……人机大赛完了，围棋现在可火了。这不是又要世界 MR 战了吗？赞助商特意请她来的……"

"世界 MR 战？"江墨有点疑惑，"之前不是打过 MR 战吗？不就是你和简南，也是雅姐来讲解的……"

裴宿尴尬地咳了一声，大概是回想起了一些尴尬的画面。

戚雅笑了笑，耐心地给江墨解释："之前那个是国内的 MR 战，这一场，是世界 MR 战。亚洲三个围棋大国的 MR 战都有三四十年的历史，但是直到 2010 年，这三个国家的 MR 战冠军才有机会在一个舞台上对弈，官方叫作'世界围棋 MR 争霸战'。"

围棋比赛种类繁多，江墨这才捋清楚："哦，所以简南是中国围棋的 MR 战冠军？那其他两个人呢？"

裴宿插嘴道："说起来，有个前辈，你见过的。"

"谁？"

"孟昌宰九段，在平湖和常刀前辈下十番棋的那位棋手。"

江墨松了口气："那位前辈啊？他和常刀老师是一辈人，应该……没那么难对付……吧？"

话说到最后，她看到其余三人的表情都颇为意味深长。

围棋里有一句话叫"二十岁不成国手终身无望"，再加上国内等级分排名前十的都是二十岁左右的毛头小子，江墨自然就以为孟昌宰九段和正值最佳竞技年龄的叶简南相比是占据劣势的。

然而她忽略了，孟前辈在棋坛，一直是 bug 级（指实力强大，超出常规）的存在……

按裴宿的说法，别看孟昌宰九段如今慈眉善目，年轻的时候却是出了名的刺头。当年棋手升段都必须参加段位赛，但孟昌宰从拿到三段起就以"这是对他精力的浪费"而拒绝参加段位赛，以至于那年的棋坛时常出现三段棋手屠戮九段棋手的惨状。棋院只好修改了升段规则，而孟昌宰凭借两次世界冠军，短短三个月就从三段升至九段。

自此，这全新的升段规则才得以发扬光大，否则只能凭借一场一场的升段赛硬熬。如今国内能有这么多年轻的九段棋手，孟昌宰前辈功不可没。

这些年来，和他同龄的棋手纷纷退居二线，棋盘上的征战也逐渐交到了年轻人手里。然而孟前辈却是越战越勇，精力并未随年龄增长而降低，经验却随棋局数量的增长越发老到。

他来参加 MR 战，绝对算一个劲敌。

送走了戚雅和裴宿，江墨一副忧心忡忡的样子。叶简南要回棋院，到悬铃木下等巴士，江墨非要跟着他一起等。

"我先送你回宿舍？"

江墨摇摇头："不要，我想看你上车。"

叶简南沉默片刻，终于把话说开："你……是担心我输？"

地上有片苍翠的落叶，江墨捡起揉捏着，直到指尖沾上了叶脉的青色。她闷闷地说："我从来没有担心你输过，你输还是赢，对我来说，也没什么区别。"

她抬起头，认真地看着叶简南的眼睛："我是怕你像上次一样，难过。"

叶简南把她手里的叶子拿走。他低头想了一会儿，说："江墨，我给你讲三件事吧。

"第一件，是我们小时候的事。

"你还记得闻道棋堂那台放映机吗？你们用来看《灌篮高手》的那个。有一次，我们在里面看了一部叫《棋魂》的动漫。里面说，下棋的人一生都在追寻'神之一手'。你相信吗？一盘棋千变万化，却存在那样一步棋，可以力挽狂澜，可以一招定胜负。多少棋手为这一步耗尽一生，却只能无限接近，又无法达到。

"我也一直想知道，那到底是怎样的一步棋。

"第二件，是我最近在看的书。有一本科幻小说里写了一个东西，叫作真理祭坛。人们可以在祭坛之上得到一切事物的答案，但选择知晓真理的人，十分钟之后就会被毁灭。三天后，几百名科学家聚集到真理祭坛前，迎接真理与死亡。书里有这样一句话——对宇宙终极真理的追求，是文明的最终目标和归宿。

"第三件……第三件事，是过爷爷。他去世以后，我托人帮我查了他到底是谁。我实在没想到，六七十年前，他是一个名扬国外的围棋大师……怪不得我总觉得我在一本棋谱上看过他的名字。我查不到他经历了什么，那应该是很跌宕的一生。我知道的，只是他为了围棋抛弃了一切，在一个偏远的小城度过余生。

"我那时候问你，也问我自己，一个棋手不成名不成家，死后什么都不留下，这样也算活过吗？

"我以前下棋，最看重的是输赢。为了赢，伤害过江老师，也因为输给祁翎，几乎放弃了围棋。可现在，'赢'好像也不是最重要的事了。孟前辈是深沉之前唯一和人工智能对弈过的棋手，能和他下棋，我第一个念头竟然无关输赢，而是……这是一个与'围棋上帝'对决过的棋手。"

他很少一次说这么多话。

江墨愣愣地看着他。

叶简南用手背擦了下干燥的嘴唇，转头看向江墨。他握着江墨的手，表情是那么的认真。

他说："江墨，你能懂我的兴奋吗？你……能理解我吗？"

他的眼睛里有浩瀚的星河，那是由棋盘延伸出的宇宙。江墨的手被他握得有些痛了，可她什么都没说，只是重重地点了下头。

她想，这就是我爱的人啊。

我的爱人，是这样的人。

03.

世界 MR 战的详细安排出得晚，看到这次的比赛场地定在翰城，江墨和叶简南都是一愣。

近些年，国内大大小小出了十几个"围棋之乡"，翰城也在其中。尤其是去年叶简南和祁翎打了一场世界级的决赛后，这地方更是名声大噪。

也是造化弄人，上次叶简南回翰城和江老师比赛，旁生出许多枝节。这次 MR 赛又回翰城，他着实有些心理阴影。

谁知出发那天，高铁上浩浩荡荡进来一群人。叶简南那时刚打开一瓶水，惊讶得动作就此凝固。

祁翎、裴宿、霍舒扬还有江墨，一群人成包抄之势，面色如常地坐到他四周。

叶简南："你……你们来干什么？"

"哎，我可不是冲着你啊！"裴宿摇摇手指，"我去看我戚雅姐姐，她晚上就到，就和你住一个酒店。"

霍舒扬也很坦然："我开店累了，去散散心。据说你们翰城还有温泉呢，是吧，祁翎？"

祁翎显然是被霍舒扬胁迫来的，闭上眼，无奈地"嗯"了一声。

江墨坐到了叶简南旁边。

"我顺便看看我爸妈，"她说，又有点不放心地补充，"你要是怕影响你，我到时候不让舒扬他们去——"

"怎么会呢？"叶简南干脆把水递给江墨，自己又开了一瓶，"这两年回翰城，总是因为意外没好好看看故乡。比完赛，我也想和你们在那边好好待几天。"

五个小时后，叶简南一干人出站，这"好好待几天"的梦想一下车就破灭了。

只见翰城火车站外贴了一张巨大的广告牌，左边是叶简南，右边是祁翎，中间是一个巨大的棋盘，上面写了一行字：

围棋故乡，大美翰城。

一阵风吹过，半边广告纸缓缓垂落。除叶简南和祁翎外，全员笑喷。

祁翎："以后付前辈再要肖像权，签合同要看一下了。"

叶简南："是啊，不能光收钱什么都不管了。"

闹是闹，比赛在即，大家很快收敛了心情。比赛在翰城一幢星级酒店里进行，三名棋手进进出出，难免也会碰面。

除了叶简南和孟昌宰前辈外，另一位选手是比叶简南大五岁的小林先生。这位棋手早年也在中国学习围棋，和叶简南他们都有私交。

一群人办入住的时候，就和他碰上了。

只见远处飞来一道灰影，小林先生给了叶简南一个巨大的熊抱。一阵嘘寒问暖之后，一旁的翻译才气喘吁吁地赶过来，说："小林先生是在分享喜讯呢。"

看见众人不解的表情，小林先生急忙从口袋里拿出一封信。叶简南在奈县旅居多年，仔细看了看，发现竟然是婚礼请柬。

小林先生又说了一通，江墨忍不住问："他又说了什么？"

在场的只有他能听懂，叶简南笑了笑，说："没什么，寒暄而已。手续办好了，你们先上楼吧。"

"你呢？"祁翎却嗅到一丝不寻常的气味。

叶简南看了一眼大厅中已经立起的赛事招牌。

"我去赛场，找找手感。"

目送所有人离开后，叶简南和那翻译对望了一眼。

翻译的神情颇为尴尬："叶先生，您知道小林先生的为人，他那句话没有别的意思……"

"我当然知道，"叶简南止住了他的话头，"祝他新婚快乐。只是这礼物，我倒没打算那么轻易就送出手。"

原来，刚才小林说的是："如果能把冠军当作新婚礼物送给我的妻子就好了！"

04.

比赛采取抽签制度，叶简南首战对阵小林。

说起来，叶简南对这位棋手的棋风甚是熟悉，他的棋风用一句话概括就是——只要能赢怎么都可以！

据传他的老师是很讲究棋形优美的，教出这样一位擅长搅棋的弟子，也算是棋坛一大迷思。

然而他的棋虽然攻击性强，但和祁翎那种"玄铁重剑"的棋风比起来，显然还是差得远得多。叶简南常年和祁翎对弈，丝毫不怵这位同行。再加上他当时的话把叶简南的好胜心全都勾了起来，第一盘至白172手，这位热情的棋手就不得不投子认输了。

"可惜啊，太可惜了！"他倒真是个没心眼的人，对着叶简南大发感慨，"一年不到，你的棋力又长了这么多！唉，礼物拿不到了，下个月来奈县，就送给我别的贺礼吧！"

看来他是真的挺看重叶简南的贺礼的，头衔拿不到，还追着要其他的……

叶简南突然反应过来："你们要在奈县举办婚礼吗？"

"是啊，我妻子是奈县人。"小林先生朝他挥了挥手，"按抽签，我明天还和孟昌宰先生有一场硬仗呢，你倒是可以休息一天了！"

休息？

叶简南应付地点了下头。

这世上除了人工智能的机器可以关机，应当还没人能在和孟昌宰下棋前好好休息。

第二天的饭都是主办方送过来的，叶简南一天也没出门，半夜才想起看了眼手机——然后就发现自己被拉进了一个名叫"拉仇恨小分队"的群。

一群人在里面分享了昨天和今天的吃吃喝喝，甚至还有一个小时前刚结束的烧烤聚会。

叶简南简直要被这帮人气笑了。

合着拉仇恨，就是拉他的仇恨呗？

裴宿和霍舒扬幼稚也就算了，怎么祁翎也跟着他们闹起来了。

他都懒得回复了，直接假装没看见。对话框往下滑，才看见江墨问了他一句："吃饭了吗？"

也不敢多问，估计是怕打扰他。

叶简南揉了揉太阳穴，短暂从围棋里抽离出来。

"吃了。"

对方很快显示"正在输入中"了。

"还没睡呀？"

"吵醒你了？"

"没有，我正在酝酿。"

叶简南顿了片刻，给江墨拨了视频过去。她没和霍舒扬他们住在酒店，晚上是要回闻道棋堂住的。

她躺在黑暗里，脸部轮廓被月光照亮。镜头里，她眼睛一闭一闭的，显然是困得不行了。

"白天玩疯了吧？"

江墨小声嘟囔："没有……"

叶简南撑着头看她："困了快睡吧。"

她"嗯"了一声，想了想，又说："可是我都一天没看见你了。"

叶简南哭笑不得地看着她用手指把眼皮撑开，隔着手机屏幕和她对视片刻。三秒后，她侧过身，把手机放到了枕头旁。

"那我睡了哦，你不许挂。"

叶简南也把手机立到棋盘一侧。

"好，我不挂。"

江墨那边很快没声音了，叶简南这边静了一会儿，发出了轻微的棋子叩击棋盘的声音。

江墨就在这轻巧而有规律的落子声里睡着了。半梦半醒间，她看了一眼屏幕，只看见叶简南在黑暗中下棋，身后晕开一片光。

世界 MR 战第二天，小林先生负于孟昌宰前辈。第三天的决战，会在叶简南和孟昌宰前辈之间展开。

出乎叶简南意料的是，他吃早饭的时候收到了常刀前辈的信息。

说来也巧，自赛制恢复之后，常刀前辈是国内第一个摘得世界 MR 战冠军头衔的棋手。而早在叶简南取得 MR 冠军头衔之前，常刀前辈还曾连续六次夺得国内 MR 冠军头衔，说是"一个王朝"也不失偏颇。

叶简南素来尊敬常刀，赶忙点开他的消息。

"简南，你们在第几层比赛？"

他心里奇怪，回复道："第三层。"

"好。"

叶简南对着屏幕发了五秒的呆，然后看到常刀前辈的头像后跳出一行字："我路过翰城，来看你比赛。"

"叶先生？叶先生？"对面和他一起吃饭的工作人员赶忙递水，"你怎么呛着了？"

比赛在即，叶简南很快调整好心态。进赛场不久，外面"轰"的一声，他估计是围在楼道里的记者看见常刀了。

孟昌宰前辈也被外面的吵闹声吸引了注意。裁判皱了皱眉，出去制止喧哗。

叶简南长居奈县，因此能和小林先生谈笑风生，但对孟昌宰前辈却只能靠翻译沟通。今天的气氛不知为什么格外轻松，大概是因为两者年龄相差颇多，没有那种剑拔弩张的氛围。

孟昌宰前辈听完翻译说的"常刀前辈今天来到了现场"的话后，眉眼一弯，很开心地笑起来。

"那太好了，"他说，"一会儿无论输赢，都有人陪我喝酒了。"

裁判很快回来了，喧哗声也逐渐消失。叶简南低头静坐片刻，凝起心神，再抬头时，眼里便只剩了棋盘。

　　比赛正式开始。

05.

　　赛场之外，裴宿一行人却一改昨日的懒散，变得十分拘谨起来。坐在一旁的常刀前辈眼睛紧紧盯着转播屏，孟昌宰和叶简南每下一步，他嘴里就念念有词。

　　霍舒扬瞥了他一眼，神情颇为不解。祁翎坐得远，她凑过去压低声音问："祁翎，上次你和简南对决世界大赛，也没见常老师来呀？你俩还是从他道场出来的呢……"

　　祁翎摇摇头："常老师又不是来看简南的。"

　　裴宿也搭腔了，一脸意味深长："一生之敌，一生之友。哪怕不是和我比赛，我也要来看——这种感情，我也算见识了。"

　　转播屏上，黑白棋子已经陷入胶着。叶简南虽然年轻，但下棋一向老谋深算，因此即使碰上剑走偏锋的孟昌宰，似乎也没显得特别吃力。

　　倒是常刀前辈，在第62手落子后沉默片刻，突然问几个年轻棋手："你们能看出来昌宰的棋风柔和了不少吗？"

　　裴宿和祁翎对视一眼，神色多有困惑。

　　"柔和？"裴宿答道，"常老师，孟前辈的棋，和柔和搭不上边吧？"

　　"说起这个，"祁翎突然搭腔了，"我上次看到采访，孟前辈确实说，他觉得三十岁后自己棋风变化很多，性格和棋风都没有以前那么偏激了……"

　　常前辈笑起来。

　　"他也知道自己性格偏激？"

　　说起这个，他连棋都不看了，回头问几个小辈："他年轻时候做的那些荒唐事，你们都听说过没有？"

　　听过，怎么能没听过呢？孟前辈的光辉事迹，别说祁翎和裴宿了，就连霍舒扬都略有耳闻。在他和常刀前辈的时代，棋坛以"稳健流"为上，讲究的是行棋绵密老成。然而孟昌宰少年得志，凭"暴力流"杀出一条血路，为人处世乖张任性，对棋坛前辈口出狂言不说，还闹出几次罢赛的新闻。

提及往事，常刀前辈显然很兴奋。那是他们的时代，一段金戈铁马的岁月。围棋黄金时代的余温尚在，年轻的棋手们如将士踏上战场，在棋盘上指挥着千军万马……

转播屏里，戚雅的声音忽然拔高了。

她的讲解风格一向柔和，能让她这样惊诧，显然是比赛出了什么岔子。转播室里的人纷纷抬头向屏幕看去，棋局果然发生了变化。

孟前辈下棋的节奏变了。

常老师的呼吸骤然急促——这种棋风，没人比他更熟悉。他与孟昌宰对弈的次数数不胜数，状态不好的时候，梦里都是他这种穷追猛打的做派！

叶简南的状态本来渐入佳境，却被他骤然转变的棋风逼得愣住了。一时间，常刀也不知是该为叶简南喝彩，还是为他叹息——

喝彩的是，能把孟昌宰逼成这副模样，叶简南的棋力不容小觑；叹的是，孟昌宰的杀戮之心一旦被激发出来，那局面将会变得十分可怕。

果不其然，叶简南的防守被逐步击破，甚至有一片活棋硬生生被剜掉了十九目。江墨越看越紧张，把霍舒扬掐得龇牙咧嘴。

祁翎看不下去了，和自家女朋友换了个位置。

"江墨，"他安抚道，"简南没那么容易输。"

江墨虚弱地说："我是外行，你们不要骗我……"

常刀也开口了："昌宰向来后劲不足。谁输谁赢，现在还没定论。"

是吗？

江墨抬起头，看着转播屏上的黑白棋子。叶简南的手不时出现，将一颗晶莹的白子落到棋盘上。

她听见常刀说："孩子们，仔细看，这是两个时代在对决。"

06.

叶简南从第 132 手开始找回优势。

右下的白棋被做活，左上黑棋又被尽吃。孟昌宰的进攻速度越来越慢，到最后握子的手松开，竟有了一段足足二十分钟的长考。

此情此景，常老师突然长叹了一声。

裴宿不禁回头看他："常老师……"

"后生可畏呀，"常刀叹息着，"到底是年龄大了，这棋要是让十年前的昌宰来下，哪会被逼到这种地步？"

而更让他叹息的，也远不止这一样。

他和孟昌宰做了多年对手，经典对弈无数，棋谱被人拿去多番解读。而在那些势均力敌的对弈中，他也下出了无数值得日后回味的妙手。

可过了而立之年后，他却越发力不从心。新的棋手如雨后春笋一般冒出，天赋惊人又下得起功夫。几次对弈之后，他干脆退居二线，乐呵呵地把舞台让给了这些年轻人。

如今的叶简南能把孟昌宰逼到如此地步，可这棋如果由他来下呢？他还能和他的多年老友联手，下出一场这样精妙的棋局吗？

而棋盘前的孟场宰被逼得节节败退，和认输只有一步之遥。年轻人的锐意难以抵挡，常刀边看边叹气，叹一个时代的轰然倒塌。

可就在抬眼的瞬间，他愣住了。

棋院的人也都愣住了。

左下角的白角神不知鬼不觉地被掏掉了，黑棋开始与白棋中腹纠缠。到 164 手，黑棋开"粘"，叶简南明显乱了阵脚。

一切来得太突然，仿佛眨眼之间，局势优劣就对调了。

常刀的呼吸突然急促起来。

他太熟悉这一幕了——有一年，他就是这样将世界冠军拱手送给了孟昌宰。

怎么会？方才明明都败局已定，他是怎样死而复生的？常刀急忙停下思绪，开始复原棋局。裴宿和祁翎显然也看出了蹊跷，一言不发地凑过来，和常刀一起开始复盘。

半晌，裴宿艰难地开口："常老师，孟前辈这一手，太精妙了……"

一招，只一招，便翻转了整场的胜负。

常刀愣了很长时间，然后抬起头，哈哈大笑。

第 237 手，叶简南在黑棋的势力范围内做活失败。至第 258 手，他诚心诚意地投子认负，与世界 MR 战冠军的头衔擦肩而过。

棋输了，可他竟一点失落都没有。

这几乎是他和祁翎那场比赛之后下得最痛快的一盘棋了。几次被逼到绝路，又几次绝境逢生。

赛后，先于记者闯进来的竟然是常刀。常刀对着叶简南时还端着点前辈架子，勉励了他几句，还拍了拍他的肩膀。可转向孟常宰的瞬间，两人四目相对，大笑出声。

寒暄了几句，孟昌宰突然看向了几个年轻棋手。那时祁翎和裴宿正和叶简南探讨着他比赛中的几处失误，看见前辈转身，急忙尊敬地点头。

谁也没想到，孟前辈的脸上出现了一种很恣意的神情。他眉毛一挑，那个横扫亚洲棋坛的少年天才就仿佛又在他身体里活了过来。

他说了一句日后在围棋界被久久传颂的话："是不是以为，你们的时代要来了？抱歉，我们的时代，还没结束呢！"

07.

比赛结束之后的几天，裴宿一干人真的去泡了温泉，而叶简南却选择在闻道棋堂陪伴江老师。自从奈县养病之后，江老师的记忆力已经停止退化。虽然还是除了谢婉谁都想不起来，但对他们两个总归算个眼熟。

每到晚饭时分，叶简南和江墨就去给谢婉打下手，把小小的厨房弄得鸡飞狗跳。

许多年来，闻道棋堂第一次热闹起来。

叶简南还真的去研究如何给棋堂栽种无尽夏。他和江墨去花市看了看，一致觉得翰城的无尽夏品种还是不够艳丽，花朵也偏小，因此决定去奈县时从那边搞点无尽夏的种子。

等到霍舒扬他们泡温泉回来，终日来混吃混喝，棋堂就更热闹了。

临行前一天，叶简南忽然说要去过爷爷家看一眼。

老人走得急，当时叶简南又进了医院，人都管不过来遑论房子。正巧叶简南提起来，一群人摩拳擦掌要去整理一番，免得哪天小弈回来无处可住。

穿过半个老城区，过爷爷家的门被叶简南打开。

尘土飞扬。

大家纷纷戴上口罩，一头扎进灰尘里。房子一年多没人住就落了厚厚一层灰，地板上一踩一道脚印。幸亏他们人多，扫落灰尘，开窗通风，家里没一会儿就干净了。

女生们和裴宿负责客厅、卧室的打扫，叶简南和祁翎则一头扎进了阁楼。那里面脏得比楼下还夸张，两个人清洁的同时又要整理旧物，蹭了一身的灰尘。

过爷爷倒真是个棋痴，家里的东西多少和围棋有关。祁翎从阁楼里数不尽的棋谱里翻出一箱录像带，看名字似乎也是一些近代著名的棋赛。翻着翻着，他的眼神忽然定住了。

"简南？"他的声音很奇怪，"你看……这是什么？"

叶简南探过身去，眉毛一跳。

录像带上贴了白色的便签，上面是过爷爷的笔迹：

百年后于小弈。

楼下的清洁暂且告一段落，裴宿作为唯一的男生苦力倒在地板上。只听得阁楼那边两声巨响，他被地板震得猛然起身。

叶简南和祁翎顶着一身灰尘跑下楼。

"喂喂！"霍舒扬大喊，"我们刚打扫干净，祁翎，立——正！"

祁翎一个急刹车，叶简南直接撞到了他身上。两个人挣扎着爬起后，叶简南举起手中的录像带："楼下有没有能放这个的机器？"

几个人翻箱倒柜，竟然真的找出了播放这种老式录像带的机器。他们本以为机器落了太多灰已经失灵，谁知裴宿拆开又安装，再通上电的时候，音响发出"嘀"的一声。

叶简南把录像带插进凹槽，连对事情一知半解的戚雅都屏住了呼吸。

只听屏幕"刺啦"一晃，过爷爷的脸出现在镜头前。老人一开口，和他感情颇深的江墨霎时红了眼眶。

"小弈在不在镜头前啊？爷爷有话要对你说。如果打开录像带的是别人，麻烦把这盘录像带，拿给小弈看，麻烦你了。

"小弈，当你看到这盘录像带的时候啊，应该已经很久没有见到爷爷了。你也看到，爷爷的头发都白了，脸上的皱纹也越来越多。

"爷爷这一生啊，是过得很荒唐的。除了围棋，好像什么都没有。除了下围棋，好像什么都没做。如果硬要说爷爷给这个世界留下了什么，应当……就是你吧。

"小弈，你记不记得爷爷和你说，人这一辈子，要路过四个车站——出生、长大、苍老，最后一个，是死亡。你看到这盘录像，那爷爷啊，应该已经去往最后一个车站了。

"你是不是要问了，什么是死？爷爷教给过你许多东西，录这个视频，就是想教给你死是什么。它是所有人都会经历的一件事。而它之所以被厌恶，是因为死意味着分别。

"分别你是懂得的吧？就像爷爷出去寄信，你在家里等爷爷，这就是一个小小的分别。有一次爷爷出去进货，让你去谢阿姨家吃饭，这是一个稍长的分别。

"死亡是一场更漫长的分别。

"可是小弈，有一件事，你得知道。即使爷爷死了，也不意味着爷爷就消失了。死去的人会变成风，变成星空，变成天和海，死时化为万物。

"那个时候，虽然你看不到爷爷，但是无论你到哪里，爷爷都会在你身边。爷爷可能没办法和你说话，但是风会吹拂你的脸，海会浸湿你的手指，星空会照耀着你……那都是爷爷。

"爷爷这样说，你能听懂吗？"

屏幕一闪，影像结束。三个男生沉默无言，三个女孩红了眼眶。

过爷爷啊，是一生跌宕隐匿的棋士，是在偏远小城隐居的老人。他收养一个痴痴傻傻的孩子，用这样温柔的方式，讲述了生死。

何以为棋士？

黑白两色，是为阴阳。

悟棋道者，亦悟生死。

◆ 第十二章
夏日长梦

01.

杭市，聋哑学校。

这地方先前江墨也来过，那时候她和叶简南要去平湖看十番棋比赛，霍舒扬也对祁翎心怀鬼胎。时间过得太快，那些荒诞可笑的故事仿佛就发生在昨日。

而这次来，她的心情未免有些沉重。

叶简南找人把录像带里的视频刻进光盘。一群人商量了许久，还是决定把过爷爷说的话放给小弈听。

先前没有告诉小弈真相，一方面确实是怕他无法接受；另一方面，叶简南他们其实也还很年轻，哪里知道如何向一个智力有问题的孩子解释死亡？

这种事，当然还是由过爷爷亲自来和小弈说比较合适。但过爷爷已经离世，他们只好把解释的期限一拖再拖。

可是小弈思念爷爷，总不能一直和他说爷爷在外面旅行。更何况学校的老师几次打来电话，说小弈也懂一些人情世故，对这件事似乎已经有了隐隐的感觉。

找到这盘录像带，让所有人都松了一口气。

可是小弈能理解爷爷说的话吗？他的智力不过七八岁，他能明白，什么叫作"更漫长的分别"吗？

江墨有些忐忑。

有了几个棋手的长期资助，学校已经颇具规模。坐在教室里的学生更多了，教学楼下也多了几样课外活动的器材。据说上个月还有两个听障儿童在杭市的围棋比赛中获得冠亚军，学校这几天有不少来采访的媒体。

有了曝光，就有了资助，叶简南他们的举手之劳，竟让学校形成了一个良性循环。

进了学校后，叶简南和裴宿像往常一样受到了孩子们的热烈欢迎。他俩都在这里当过老师，上过他们课的孩子们把他们围作一团，比画着手语讲着近期发生的事。

孩子是最天真的，对人的感情也是最真诚的。叶简南最近大赛不断，紧绷的神经竟是在和他们的交流中逐渐松懈下来。霍舒扬和江墨都是招小孩喜欢的长相，还有小女孩把自己心爱的发夹送给她俩。

几个人都陪孩子们消磨下午时光，没人注意到祁翎不见了。

小弈正在班里上课。老师看时间差不多了，这才从楼上叫他下来。叶简南和裴宿对视一眼，把孩子们送回教室，转身拿出了电脑。

视频就存在电脑桌面上。

小弈显然还没想到简南哥哥这次来要做什么，看见他的瞬间便大喊着冲了过来。一大一小说笑了一会儿，江墨看见裴宿朝这边使了个眼色。

三个人都退了出去，把空间留给叶简南和小弈。

直到掩上门，霍舒扬才反应过来："欸？祁翎人呢？"

江墨也愣了，沿着楼道找了一圈也没见到祁翎的踪影。

"明明进校门前他还在啊……"裴宿挠了挠头，"刚才孩子太多了，现在一想，从上楼就没见过他了！霍舒扬，你打个电话问问，他是不是找不着路了？"

然而，电话也没有人接。

霍舒扬这下站不住了。祁翎一向是做什么事都会提前向她报备一句的，这次却突然消失，肯定有问题。叶简南还在给小弈做铺垫，她看了眼手机，干脆沿着来时的路返回。

这所学校人不多，房间也很少。矮矮的一幢楼房，二三层是教室，一层是办公室和校长室。霍舒扬把两层教室都找了一遍也没看见祁翎的影子，干脆直奔一层而去。

刚下楼，便听到走廊尽头，传来一道不太清晰的男声。

霍舒扬心里起疑，蹑手蹑脚地走了过去。校长办公室的门虚掩着，祁翎的背影若隐若现。

"你可能会遇到的困难，我能解决的都帮你解决了，"是校长的声音，"这件事比你想象的难很多，你确定要做吗？"

霍舒扬屏住呼吸。

祁翎沉默片刻，低沉却坚定地说："要做，总要有人做。"

"你不光要花钱，还要花很多时间，"校长仍然皱着眉，"我不是给你打退堂鼓，但这件事，开弓没有回头箭。你的精力被牵扯，以后再想在围棋上有所建树，可就难了……"

"建树？"祁翎反问，"您觉得，我还想有什么建树？"

校长被问住了。

是啊，祁翎连世界冠军都拿过了……

"校长，您可能误解我了。"祁翎突然低沉地笑了笑，"我在围棋上，真的没有那么高的追求。拿一个还是十几个世界冠军，对我来说没有太大的区别。可是这件事，却是我从很早就有的梦想了。"

校长叹了口气，既是感动，也是感慨。

"好，"他站起身，和祁翎握手，"祝你一切顺利。"

桌子上有一摞文件，祁翎把它们仔仔细细地装进了书包。推开校长室门的刹那，他看到霍舒扬正踮着脚尖在旁边等他。

两个人对视，片刻无言。

"你在和校长说什么啊？"霍舒扬探究地看着他，"你要做什么事啊……"

祁翎不答反问:"吃糖吗?"

说着,就从兜里掏出块太妃糖。

霍舒扬抗议道:"欸!你别总把我当小孩哄行不行……吃!"

祁翎把糖扔给她,又朝楼上走去。霍舒扬跟在后面嘀嘀咕咕的,无奈嘴里有糖,她说什么祁翎都听不清楚。

"对了,简南见着小弈了吗?"他回头问道。

"我下来的时候小弈刚来,"霍舒扬总算说清楚一句,"现在……应该也看完视频了吧?"

两人的神情登时有些凝重。

等走到楼上时,霍舒扬更是倒抽一口冷气。小弈站在窗户前,头微微仰起,看起来就像要跳下去一样。

怎么了?被爷爷的死刺激得要跳楼了吗?

霍舒扬大惊,赶忙往前冲。谁知道江墨听见脚步声急忙回头,朝她比了一个"嘘"的手势。

霍舒扬这才顿住脚步。

窗户前,小弈的声音怯生生地传来:"所以,简南哥哥,爷爷是变成了云……还有风,对吗?"

叶简南轻轻"嗯"了一声。

小弈说:"那他……能抱抱我吗?"

叶简南迟疑片刻,说:"你……把手臂打开。"

小弈点了点头,重新将目光转回辽阔的天空。他踩着一截墙角,身子前倾,双臂大大地展开。

他说:"爷爷,我好想你。"

一阵温柔的风忽然涌进了走廊,风仿佛长辈的拥抱,将每个人包裹起来。

小弈的眼泪忽然涌了出来。

他也不知道自己为什么要哭,因为以他的理解力,他并没有太懂爷爷口中的"死"。只是他知道,爷爷没有离开自己,只是会换一种方式与他见面。

"简南哥哥，"他喃喃地说，"我感受到了，爷爷真的在抱我。"

02.

虽然叶简南他们现在已经不在这所学校教围棋了，但是学校仍然聘请了一些业余棋手来当授课老师。都是棋迷，哪有不认识这些国手的道理？中午还没过，几个围棋老师就来和他们讨要签名了。总之，今晚也要住在杭市，裴宿干脆以一敌三，开了一场指导棋。

叶简南和祁翎倒是没动手，坐在一旁聊天。

"简南，"祁翎突然把书包扔进叶简南的怀里，"给你看个东西吧。"

"看什么？"

叶简南问边将书包拉链拉开，从里面掏出一份文件袋。他掂了掂，里面显然装着一摞厚厚的纸。

他把文件倒了出来，只一眼，神色就有些微妙了。

"你这是……"

他斟酌了许久，也没想出该说什么。

那一摞文件最上面的是一张表格，上面写着这样一行字：

闻道围棋特殊教育学校申办事项。

"闻道……"叶简南重复道，"围棋特殊教育学校？"

记忆中好像闪过了一个模糊的画面，也是在杭市，也是这样一个午后，祁翎在清吧里轻声说："我想办围棋学校，是那种……针对特殊孩子的围棋学校。"

叶简南恍然大悟。

看他反应过来了，祁翎才继续说："我之前帮舒扬给咖啡厅选址的时候，发现了一个很好的地方。那地方以前是个幼儿园，这几年空了下来，不适合做生意，但很适合办学校。我已经和他们谈好了。前段时间我总不在棋院，其实……就是去忙这件事了。"

"你这人，不声不响的，"叶简南哭笑不得，"这么大的事，你没和我们说？"

"办学校挺复杂的，小弈的校长帮了不少忙，上周总算把手续都办全了。我和校长商量好了，学校开始运营以后……先把小弈和那几个在围棋比赛上得奖的听障孩子带过去。"

　　"行……"叶简南都听愣了，"那你这……有什么需要我帮忙的？"

　　祁翎顿了顿。

　　气氛登时有些严肃。

　　过了一会儿，他抬起头，十分认真地看着叶简南："我没钱了。"

　　叶简南哭笑不得："你放心，钱少不了你的，这学校算咱俩的。"

　　祁翎作势要谢，叶简南赶忙推开他："你干什么？你要谢还不如和我道个歉，这么大的事，一点也不透露，你是真不拿我们当自己人……"

　　祁翎也笑："这不是和你学的吗？"

　　霍舒扬和江墨这时候过来了。

　　"怎么了？什么自己人？"

　　叶简南笑着推了一把祁翎："怎么了？你们自己问祁校长吧！"

　　江墨一脸错愕："祁校长？"

　　祁翎自知理亏，也就收下了这拨指控。他回头望了一眼小弈的方向，轻声说："这回小弈也算有个家了。只要这个学校在，他就不会没人管的。"

　　霍舒扬越听越迷茫，拿过叶简南手上的文件开始仔细研究。半晌，她"嗷呜"一声冲过去，挂在祁翎身上大声说："老公，你也太帅了吧！"

　　江墨："老……老公？"

　　霍舒扬松开手，讪讪摸了摸鼻子："情……情难自禁。"

　　江墨也接过了那份资料。

　　看到"闻道"两个字时，她脸上的神情略显错愕。

　　闻道，"朝闻道，夕死可矣"的闻道，也是江闻道的闻道。祁翎起这个名字，显然是与他在闻道棋堂的日子有关。

　　父亲得病后，"闻道棋堂"已经成了过去。可是那小小的一方院落，竟在父亲所不知道的未来里，走出了两个国手。

如果父亲清醒着，该有多好啊……

　　感到了江墨微微的颤抖，叶简南及时扶住了她的肩膀。他知道江墨不想让祁翎和霍舒扬看见她现在的模样，干脆开起玩笑："你们两个，打情骂俏也小点声。戚雅才待了一周就回美国了，你们别刺激裴宿了。"

　　远处，正下着指导棋的裴宿重重地咳了一声。

　　前几天他们刚把戚雅送走，裴宿差点就泪洒机场。当着叶简南一干人的面，这小子叽歪个没完。

　　"姐姐，那你圣诞节还回来吗？"

　　"不回来。"

　　"那我去看你行吗？"

　　"不许去，"戚雅低声教训他，"年底还有一场世界大赛，你不好好练棋，去找我多耽误时间？"

　　"我都拿过一个'世冠'了……"

　　"MR 战不是输了吗？"

　　"那简南——"裴宿愤愤不平，"他还没拿世冠呢！"

　　叶简南一脸费解："你俩打情骂俏，为什么要我躺着中枪？"

　　戚雅哭笑不得，揉了揉裴宿的头发，还是转身钻进人潮汹涌的安检口。而裴宿怀捧少男心，在安检口站成一座昂首翘立的望妻石。那一幕被霍舒扬拍下，做成表情包在棋院内部广为传播。

　　图还是霍舒扬拍的那个图，只不过在裴宿那张生无可恋的脸下，配了一行字：姐姐再爱我一次。

　　一想起这个表情包，大家马上开始狂笑。裴宿和霍舒扬远远斗了几句嘴，叶简南趁机把江墨牵到了教室外。

　　"你干吗啊？"江墨佯作无事，"大家都挺开心的，我也没想扫兴……"

　　"是我，"叶简南干脆地说，"我觉得闷，想出来透透气，你能陪我一会儿吗？"

　　江墨沉默了。

　　她觉得眼眶有点酸。

叶简南挠了挠她的下巴，她把脸埋进他的肩窝。晚风拂过，她忽然想起了古老的翰城，想起了棋堂的无尽夏，想起了穿城而过的河流，想起了他们的童年。

她说："叶简南，我好爱你。"

叶简南说："我知道，我也是。"

03.

MR 战之后，叶简南终于能短暂地休息一段时间。与此同时，几乎整个棋院都收到了小林先生发来的婚礼邀请。

正如小林先生所说，婚礼是在奈县举办的。他因为性格热情和不少棋手都关系很好，届时会有一大批棋手去参加。霍舒扬看完宾客图以后由衷地感叹："你们这一桌子人的段位加起来，怕是都上一百了……"

别人还是寄来的，叶简南更是当面收到了小林的邀请，焉有不去之理？出乎江墨意料的是，小林先生甚至也给她写了一封邀请函。好在 J 国离得也不远，两个人收拾好行李，又一次踏上了国际航班。

两个人下了飞机，熟门熟路地奔奈县而去。第二天，婚礼将会在一家传统风格浓重的酒店举办，叶简南觉得总归也是闲着，干脆去和小林先生的朋友们一起为第二天的仪式做准备。

江墨则被小林先生的朋友送去和女孩子们待在一起。

无奈江墨听不懂 J 国的语言，看着一群女孩叽叽喳喳却插不进嘴，只好愁闷地和霍舒扬发了一会儿信息。又等了一会儿，她听到身旁有人轻柔地问她："请问，是叶先生的女伴江墨小姐吗？"

江墨赶忙抬起头。

和她说话的女孩子皮肤很白，个子不高，乍看过去像一只温驯的猫咪。江墨无所适从地和她打了个招呼，对方捂着嘴笑了笑。

"我是小林先生的未婚妻，你可以叫我'相叶'。"

江墨这才反应过来，急忙和她寒暄。说了几句后，她听出来相叶的中文虽然发音还不是十分准确，但已经相当流利了。

"相叶小姐，你……会说中文？"

"大学选修过，"对方温和地笑着，"说得不好，请多见谅。"

"你说得很好了，"江墨赶忙夸奖，"明天就要结婚了，今天应当很忙吧？"

"对呀，超级忙，"相叶冲她眨了眨眼，"亲友一看到我，就嘱咐这个嘱咐那个，所以我才躲到这里，没想到碰到江墨小姐呢。叶先生是我未婚夫很好的朋友，你的邀请函还是我写的哦。"

江墨会意。

"那我们小点声聊，不要被他们发现。"

相叶笑了笑。

她笑起来很可爱，脸上有两个酒窝，眼睛弯成月牙。真是甜美的女孩子，怪不得小林先生说起结婚就浑身洋溢着幸福……

江墨走了片刻神，直到相叶小姐提起叶简南的名字才回过神。

"和职业棋手恋爱，真的是很辛苦的事啊。"

虽然没听到前面在讲什么，但这句话立刻引发了江墨的共鸣。相叶苦笑着看她，继续说："我的朋友里没有和职业棋手谈恋爱的，总觉得我的抱怨都是无病呻吟。可是江小姐的男朋友是叶先生，因此我想你一定是可以理解我的。"

江墨揉了揉眉心，感慨道："啊，你知道吗？我和我另一个朋友自称为'围棋寡妇'。"

相叶小姐被逗得捧腹大笑。

两个人一见如故，说了许多和棋手恋爱的笑话。聊到最后，相叶擦掉了笑出的眼泪，由衷地感慨："可是，谁让我们喜欢上了这样的人呢？"

"江墨小姐，"相叶转向她，"你和叶先生有没有考虑过结婚呢？"

"我？"江墨急忙摇头，"我们还早着呢。而且，他看起来也没有这方面的打算……"

身后突然有人轻轻咳嗽了一声。

江墨和相叶被吓了一跳，急忙转过身。朦胧的灯光里，叶简南和小林先生并肩而立，被灯光勾出柔和的轮廓。

"她们已经成了朋友了！"小林兴奋地说，"太棒了，以后我们两个下棋，她们就可以去旁边聊天购物，不会来催促我们了！"

江墨没听懂，相叶的脸却红了。她过去轻斥了小林几句，小林却是一脸幸福。叶简南实在看不下去同行这副恋爱中零智商的模样，摆了摆手，这就要告辞。

小林却突然叫住了他。

"叶先生，我还记得你在奈县度过的那个漫长的冬天。"

叶简南一愣。

小林想必也是知道江墨听不懂，因此说起这些话来毫无顾忌。他微笑着看了一眼江墨，继续说："我那时陪你下棋，喝酒，我能感到你不快乐。可是现在，已经有一个这么好的女孩在你身边了。"

叶简南回过神，轻轻点了点头。江墨总归也听不懂，干脆眺望起远方的山坡。

小林继续说："围棋是很有趣，但爱也是能让人幸福的东西。我这些年花了大把的时间在围棋上，而我的未婚妻让我看到了围棋之外的美好。我就要结婚了，你也要加油。"

此时，即便江墨听不懂，也能感觉到小林话里的期许和鼓励了。她把目光转向相叶小姐，只见对方也笑意盈盈地望着自己。

这目光怎么还……有点慈爱……

叶简南已经在与小林先生道别了。

"喂……"江墨压低声音询问，"你们到底在说什么啊？"

叶简南看了她一眼，不答反问："我还没问你，你刚才在说什么？我没有哪方面的打算？"

昏暗的灯光下，两个人越走越远。江墨觉得自己谈话被偷听，愤然道："这不公平！你和小林先生聊天的时候我什么都听不懂，我和相叶才说了几句就被你听走了……你听到了多少？"

"围棋寡妇，"叶简南调侃她，"还有……就是这些。"

江墨有些脸红，好在灯光昏暗，她确定叶简南什么都看不见。深呼吸了一口后，她决定反客为主。

"所以你本来也没有这方面的打算啊！"她瞪着叶简南，"你从来也没提过，我那样说也没什么错……"

叶简南却不说话了。

江墨还觉得自己占了上风，把叶简南给问住了，脸上写满得意。她又拽着叶简南说了一会儿刚才从相叶那儿听来的八卦，两人就进了家门。

防盗门"咔嗒"一声，江墨忽然觉得身子一轻，然后被人扔到沙发上。

窗户没关，夜风吹起窗帘。叶简南声音压得极低，几乎散在无边的夜色里。

他说："我有打算，还得向你汇报？"

江墨心知大事不好，但仍然垂死挣扎："当……当然了……"

"好，"他每说一个字，江墨就哆嗦一下，"那你听好——一会儿你声音最好小一点。"

江墨呜咽一声，心想：您这是汇报啊？您这不是警告吗！

04.

江墨是被铃声吵醒的。

她太困，也没看来电显示，直接点了接听。电话一通，那边便传来霍舒扬的声音："江墨，我来奈县了。"

睡意瞬间被惊走七分——这霍舒扬，怎么老是想起一出是一出啊！

江墨边听电话边去刷牙，大概明白了是怎么回事。

原来祁翎最近特别忙，有时候是棋院需要他，也有时候是闻道围棋学校离不开他，他和霍舒扬两个人已经很久没约会过了。这次好不容易说好趁小林先生婚礼的时候来奈县放松两天，谁知棋赛的主办方出了岔子，昨天的比赛不得不今天进行……

也就是说，霍舒扬又被放鸽子了。

她不高兴，却又不能说。比赛延期是主办方的责任，祁翎多次道歉，她也挑不出什么毛病。到最后，她也没发脾气，但也没理祁翎的电话信息。机票酒店总不能浪费，她在祁翎比赛开始的时候独自上了飞机。

以霍舒扬那种大小姐脾气，这种不辞而别已经算是很委婉地表达不满的方式了。江墨安抚了她几句，又问道："那你要不和我们一起去参加小林先生的婚礼？"

"不了，"霍舒扬恹恹地说，"听说今晚奈县有烟火大会，我自己去看吧。等明天婚礼结束，你陪我吃个饭就好。"

"好，"江墨点头，"烟火大会听说很好看，你也拍几张照给我。"

挂了电话，她长舒一口气。

叶简南出现在卫生间门口。

"怎么了？"

江墨含着牙膏沫简单和他讲了几句，叶简南也颇为无奈。延期这种事……

"他们俩闹别扭，咱们也管不了，"叶简南宽慰道，"洗漱完了，我带你先去吃点东西吧。婚礼上事情多，未必能吃饱。"

"好啊，"江墨灵光一闪，"好久没去看那家面馆的奶奶了！"

叶简南嗤笑："你现在对奈县倒是熟门熟路。"

十分钟后，两个人便朝面馆的方向走去。空气凉飕飕的，但格外舒服。街上已经有穿传统服饰的女孩子们在走了，叶简南小声说："这都是晚上去参加烟火大会的人。要是婚礼结束得早，我也带你来看看。到时候有卖面具的，卖小吃的，我早就听小林说很热闹。"

江墨"哦"了一声，想起了霍舒扬。

拐过街角，两个人抵达面馆。

大约是老人睡得少的原因，无论他们是多晚来、多早到，面馆永远开着门。江墨推门进去，门边的风铃发出清脆的撞击声。

她喊："奶奶，简南和我来啦！"

安静的小店里顿时吵闹起来。

奶奶端出面和小食热情地招待着他们。叶简南话不多，坐在一边听一老一少聊着近况。正等着，爷爷突然弯着腰走下了楼梯。

"简南啊，"他招招手，笑眯着眼睛，"上来一下，爷爷有话要和你说。"

他愣了片刻，爷爷已经又返回二楼了。叶简南站起身，嘱咐江墨在楼下等他一会儿，便快步上了楼。

他都好久没回来了，爷爷要和他说什么？

二楼的房间还是和以前一样，古朴老旧，榻榻米上摆着沉重的木质棋盘。爷爷佝偻着腰在书架前翻找了一阵，拿着一个盒子到了叶简南面前。

叶简南赶忙扶老人坐下。

"你们这次来，"爷爷轻声问，"是不是来参加小林先生的婚礼呀？"

"是……您怎么知道？"

"他的婚讯都登到报纸上了……小林也算J国的一流棋手，他要在奈县举办婚礼，我当然了解了。"

"也是，"叶简南颔首，"我们前段时间比过一场，他那时候就把请柬给我了。"

"这个小子有意思得紧，"爷爷笑着说，"那篇报道上还写，说有的棋迷因为他要结婚很不高兴，说他恋爱之后就不再战无不胜了。如今又要结婚，怕是永远也不会在围棋上有更大的突破了。结果，你知道那小子说什么吗？他说：'如果26岁的人连女朋友都没有，人生还有什么可突破的？我才不要做那种只会拿世界冠军，却不懂得人生的棋手呢！'"

叶简南大笑。

这确实像那小子会说出的话。

都是人，还都是年少得志的年轻人。"为围棋献祭"这种事，已经不属于这个时代了。围棋要下，爱情也要有啊。

叶简南正笑着，谁知爷爷话锋一转，突然问他："那你呢？"

"我？"

"臭小子，别懂装不懂，"爷爷敲了敲桌面，"你有没有这方面的打算？"

叶简南哑然。

这是怎么了？从昨天晚上到今天，大家怎么合起伙开始催婚呢？

大概是叶简南一脸愕然，爷爷也觉得自己有些突兀了。他咳了一声，缓和了语气，把刚才从书架上找出的一个盒子放上桌面。

　　"你别紧张，爷爷又不是在催你，"老人和善地说，"只不过啊，我最近……经常梦到我的哥哥，越发觉得人世无常，这才来提醒你一下。"

　　"您的哥哥？"叶简南有些奇怪，他可从来没听爷爷提起过他还有个哥哥啊。

　　"对，我……我曾有一个哥哥，"提及往事，爷爷的眼神恍惚了，"那都是七八十年前的事了……我那时还很小，和哥哥出生在锡市的一户人家。我家祖上曾出过一名围棋高手，因此在当地也颇有些声望。哥哥的围棋技艺十分高超，深得一个爱好围棋的官员看重……后来，我东渡J国求学，哥哥则继续研习围棋技艺。再后来……仗就打起来了。"

　　叶简南一愣。

　　"哥哥只是想下围棋，却被局势左右着，吃了许多苦。一个天才生不逢时，应当也是遗憾的……他断断续续地给我写了些信，可到后来，我们的联系就断了。再然后，我几次搬家，连那些信也丢了……"

　　老人越说越难过，声音竟有些颤抖了。

　　叶简南只当是来与老人聊聊天，万万没想到听到这么段陈年往事。他安抚着爷爷，问道："您后来，没回国找过他吗？"

　　"找过啊，我回国找过，"爷爷擦了擦浑浊的眼睛，"可是这么些年的动荡过来，他早就不在锡市了。后来终于碰到一个当年的邻居，他说我哥哥一个棋痴不懂人情世故，在战乱时受了不少磨难。他心灰意冷，带着一方棋盘和两盒棋子离开了锡市，就此音讯全无。"

　　叶简南叹了一声，也不知该如何劝了，只是陪老人坐着。

　　老人缓了片刻情绪，这才想起桌上那个盒子。他颤巍巍地把盒子拿到手里，打开，里面竟是两环银戒。

　　叶简南愕然："您这是……"

　　"简南，我和你奶奶，没有孩子，"爷爷把戒指捻出来，"我们私下，一直把你当成了我们的孩子。和你说了这么多，只是因为我们年龄大，见过太多世事无常。昨日还在身边的人，有时转眼就会失散。江墨这丫头我们很喜欢，你啊，要好好对人家。

"这对戒指，是我和你奶奶结婚时的见证。那天我和她说，想把这对戒指送给你，她也很高兴。"

叶简南这才明白过来，急忙推辞："爷爷，这是你们的信物，我怎么好随便收下……"

"我晓得，我晓得，"爷爷打断了他，"你们年轻人，现在喜欢的款式一定与我们不同。我们这戒指素得很，未必合你们心意。你啊，去找人把它熔了，重新铸一对就好。到时候，上面想镶嵌什么钻石宝石，我们都没意见。更何况……"

爷爷把戒指翻转过来，给他看内环里凹进去的字。

"当年铸的时候，我们在对方的戒指里刻了自己的姓氏。如今送给你，留着也不合适，所以，熔了吧。"

叶简南仍想推辞，但戒指翻转时，他心里忽然震了一下。

他拿过奶奶的戒指，轻声念："过……"

过？

爷爷姓过？

相识这么多年，他竟从没有问起爷爷的姓氏。如今一打眼，他脑海中竟仿佛雷电贯穿。

过，这可不是什么常见的姓氏啊！

更何况，他隐约记得，他曾看过的那份棋谱，执黑棋的分明是……

锡市，过问水。

同为锡市人，又同姓"过"。

他慢慢攥紧那环银戒，轻声问："爷爷……您的哥哥，是不是叫……过、问、水？"

05.

叶简南下楼的时候，脸色不是很好。

见到爷爷那骤然惊愕的脸色时，他便知道自己猜对了。然而当得知过爷爷已经去世的消息时，叶简南眼睁睁地看着老人眼里的光熄灭了。

"哥哥……"爷爷喘着粗气说，"哥哥，有没有留下血脉？"

叶简南摇摇头。

当年锡市的名门望族，如今却是子孙凋零。过氏一脉的围棋天赋，大约也就这样消散于无形了。

"但过爷爷收养了一个孩子，"叶简南补充道，"叫小弈，只是这孩子……从捡来的时候就有些痴傻。过爷爷去世以后，我们只能把他寄养在一所学校里……"

老人闻言，眼神又亮了些。

"不碍事的，不碍事，"他迫切地说，"是我哥哥养大他的？那就是我们过家的人！"

老人骤然站起身，像是一下精神了许多。

"哪怕听他讲讲我哥哥的事，也是好的。他现在还有没有人管？我能不能收养他？"

叶简南怕老人太激动，赶忙劝道："您别急，他现在在学校生活得很好。我有一个朋友要开一所特殊教育的围棋学校，到时候会把他接到北市……"

"简南，"老人转过身，用力握住他的手，"我年龄太大了，你……你能不能帮我……把那孩子带来……"

他恳切地望着叶简南。

于是叶简南也不再多解释什么，只是回握住老人的手，毋庸置疑地说："我一定帮您。"

下楼时，江墨已经吃完了，和奶奶叽叽喳喳地聊天。叶简南走过去，冲着奶奶微微弯腰："爷爷叫您上去呢，他有话对您说。"

两人目送奶奶上楼，叶简南半晌没有说话。大概是感到他与平常不同，江墨仰头问道："怎么了？"

倒也没怎么。

只是爷爷那句"昨日还在身边的人，有时转眼就会失散"不停在他脑海中回响，让叶简南有一种劫后余生的快乐。

还好，还好他没有与江墨失散。

他把她找了回来。

于是，他只是更加用力地握紧了江墨的手。

"去参加婚礼吧，"他说，"小林他们的仪式，应当也快开始了。"

一日光阴，转瞬即逝。

霍舒扬已经独自在街头逛了一整天，买了乱七八糟的东西无数。有给瞿从秋的酒，有给霍以白的丝巾，还有给江墨的耳环……

她赌气，没有给祁翎买。

想来对方的比赛应当也结束了，霍舒扬鼓着嘴，把手机调到飞行模式——就是要让他找不到她，就是要让他反思自己的错误。

街头，穿着传统服饰的女孩子越来越多了。霍舒扬跟着她们漫步在街头的摊位旁，突然发现了一个卖面具的小摊。

记忆里有什么东西被点亮。

拉斯维加斯灯火通明，她和祁翎戴着面具，在牌桌旁相遇……

不行！不许想了！

霍舒扬气恼地摇了摇头，要把这一幕从脑海中赶出去——她才不要再想祁翎了！

然而脑子这样想着，身体却不由自主地朝摊位走去。奈县的面具与拉斯维加斯的截然不同，许多都是白脸红唇，在夜色里透着诡异。

但架子上也摆放了一些颇具美感的妖怪面具，做工十分精致。霍舒扬拿起一个狐狸的面具在脸上比画了一下——面具上有两个狭长的洞口，正好压住眼窝。

她对着镜子照了照，不禁感慨自己确实是生得有点狐媚，这一双上挑的丹凤眼和面具简直完美契合。

掏钱，买了。

手里东西太多，霍舒扬懒得再拎袋子，干脆就将面具戴好，顺着人流朝烟火大会的方向走去。

越往前走人越多，几乎到了摩肩接踵的地步，霍舒扬被挤得一个趔趄，狠狠踩上了旁人脚背。

对方倒是一声都没出，她抬起头刚想道歉，话到嘴边却顿住了。

男生比周围的人高了一个头，焦急地四处张望着。已经有一些小型的烟花凌空爆炸，忽明忽暗的火光照亮他锐利的轮廓。

霍舒扬咬了咬唇，把东西都换到左手，然后关闭了飞行模式。

无数的消息涌了进来。

她看到江墨给她发了一条这样的："舒扬，你看新闻了吗？祁翎今天比赛超凶，对手被压得死死的，不到中盘就认输了。"

还有裴宿的："霍舒扬，你男朋友今天吃枪药了？比赛结束记者本来想留他采访，结果他和对手鞠了个躬就跑出去了，有人拦他还被他瞪了一眼……"

还有……祁翎的。

"你在哪儿？我在找你。"

霍舒扬慢慢打："你回头。"

她眼睛有点花，一句话输错了好几次才发出去。再抬头的时候，祁翎早就不见了。

霍舒扬忽然慌了。

人太多了，她被挤得跌跌撞撞，却再也没见到祁翎的影子。烟火越来越密集，围观的人群开始欢呼。霍舒扬戴着面具穿过拥挤的人潮，大声喊："祁翎！祁翎！"

没有人回答。

手机屏幕忽然闪烁起来。

霍舒扬急忙按下接听，听见那边也是嘈杂的人声。祁翎的声音不高，却无比清晰地传进她的耳朵。

他说："你别跑了。"

霍舒扬愣在原地。

又有一朵烟花炸开，有人摘掉了她的面具，有人把她抱进怀里，有人给她擦眼泪。霍舒扬抬起眼，看见祁翎正蹙着眉看她。

他说："霍舒扬，你戴个狐狸面具，我怎么找你？"

她说："这不是认出来了吗？"

祁翎无奈道："大家都在看烟花，就你在人群里狂奔。"

这一瞬间，霍舒扬觉得脸上有点挂不住……

日暮天黑。

江墨和叶简南坐在公寓附近的一座居酒屋里，看着霍舒扬胡吃海塞。而祁翎身边堆着她在市集上买的那些华而不实的东西，一脸无奈。

"晚上去我们那儿住？"江墨发问。

霍舒扬胡乱点了点头。

她生着气买了一下午的东西，还哭了一场，到晚上真是筋疲力尽。好不容易等她缓过来，叶简南放下了水杯，一副有话要说的模样。

"有个事……"他顿了顿，"算好消息吧。"

大家都抬头看他。

叶简南组织了一下语言，讲了一遍他和过爷爷那位身在J国的弟弟上午的对话。其实把小弈接到祁翎所办的学校也不算长久之计，这位爷爷愿意收养他，对谁来说都是个好消息。

只不过……要是他们相认的时间再早一些，就更好了。说不定，这失散了大半个世纪的兄弟就能再见一面了。

世事无圆满。

"签证的事，我来帮小弈办吧，"江墨主动请缨，"我爸妈出国看病的时候我跑过不少次手续，这事我熟。"

几个人又商量了一会儿，都是心中巨石落地。聊到最后，叶简南忽然想了什么似的问起祁翎："对了，你那学校怎么样了？"

祁翎一怔，显然没想起叶简南会提起这茬。他揉了揉太阳穴，没忍住，长叹了一口气。

"不太行，"他声音低沉，"别的倒还在其次，最难的是找老师。正规的围棋老师一听是聋哑学校，没有一个愿意来的。更麻烦的是，每个老师还得配一个手语翻译。好在现在只有四名学生，以后人要多了，真不知道该怎么办……"

当初办学校，有一腔热血，也算做了万全打算。可真的操作起来，困难当真是接踵而至。江墨和叶简南提了些意见，但操作起来可行性似乎都不算高。眼看夜色渐深，祁翎摇摇头说："先回去吧，这事回国再聊。"

　　两个男生去结账，江墨也跟了过去。霍舒扬托着下巴望着祁翎的背影，思路逐渐清晰起来。

　　需要……围棋老师吗？

　　06.

　　三天后。

　　瞿丛秋坐在太师椅上，眼皮翻了翻，又翻了翻。

　　霍以白正坐在茶几边儿上看报纸呢，老头儿一个眼神抛过去，意思不言而喻：咱们这闺女吃错药了？

　　霍以白蹙眉，瞪回去：会不会说话？就不能是扬扬懂事了？

　　瞿丛秋冷笑一声。

　　知女莫若父，她这宝贝闺女霍舒扬能这么低三下四，肯定是有求于他们老两口，没得跑！

　　身后，霍舒扬刚给瞿丛秋捶完肩，又念叨着要去端洗脚水。瞿丛秋眼睛一瞪——这可折煞了老夫啊！

　　"行了，别折腾了！"他叫住霍舒扬，"有什么事直接说，别在我这儿整虚的。"

　　霍舒扬回过头，笑得十分谄媚："能有什么事啊？我就是好久没回来看您二老了，这不是回来尽孝吗……"

　　别说瞿丛秋了，这下，连霍以白都觉得不对劲了。

　　"扬扬，"这当妈的摘下眼镜，"你是不是在外头闯祸了？弄出什么烂摊子叫我们去收拾？前两天刚从国外回来……你是不是和什么不法分子混到一起了？"

　　"哎哟，妈，爸！"霍舒扬哭笑不得，"我在你们心里就这么不争气啊！我真没闯祸……我……我就是有个小小的忙，想请二老出个山……"

大概是刚才的心理预期太低，"十八段夫妇"长舒一口气。

帮个小忙？自家闺女开口，赴汤蹈火他们也得上啊！

不过自从十多年前退居二线之后，瞿、霍夫妇真正"出山"的次数可谓屈指可数。四十多岁的时候还帮着棋院栽培一下年轻人，五十一过，大部分精力都花在写书和游山玩水上了。

人活到他们这个份上，唯一的作用就是在一些重要场合——比如常孟十番棋，再比如人机大赛的时候，露个面镇场子而已。

说来，其实是有那么一点苦闷的。

他们也曾年少得志，也曾挥斥方遒，从中国围棋的黄金年代走过来，怎么就混成了一对吉祥物呢？

可人不服老不行啊，年轻人来势汹汹，他们两个老人总得让路。

霍舒扬这次可算拿住她爹妈的软肋了。

"爸，"她蹲到瞿丛秋膝旁，"你……有没有想过，教人下围棋呀？"

"教课？"瞿丛秋"哼"了一声，"我以前还教得少吗？现在岁数大了就跟不上年轻人的脑子，笨蛋我又不想教，你提这干什么？"

霍以白尚有些耐心："扬扬，教谁围棋呀？要是下指导棋，问问简南和祁翎有没有时间好啦？"

"不是下指导棋，"霍舒扬干脆拖了个小板凳过来，"爸，妈，是正儿八经地上围棋课，从基础开始教。不过……学生是聋哑儿。"

瞿霍二老见鬼了似的看向自己的女儿。

霍舒扬干脆把话说开了。

"我实话说吧，祁翎这人好啊，他心善，办了所围棋学校，只招聋哑儿。之前杭市那个围棋比赛获奖的聋哑儿您二老听说过没——那也是祁翎教出来的！可是这学校建起来了，老师招不着啊！您说，当围棋老师的都盼着自己学生出人头地，可这聋哑儿怎么教啊？他现在，愁得比赛都赢不了了！"

"等一下，"霍以白及时发现了疑点，"你上次在家里碰见祁翎，不是还和他针锋相对的吗？怎么这次提起人家……老瞿，你看你闺女这满面春光——"

瞿丛秋到底迟钝些："什么春光？我没看出来，你别瞎说。"

霍舒扬本来以为她爸是宝贝自家闺女，谁晓得瞿丛秋紧接着一句："就祁翎那个稳重的性格，能看上她？咋咋呼呼的，像个鞭炮。"

霍舒扬一口老血咽进肚。

她决定先不公布他俩的关系，到时候让瞿、霍夫妇自己发现，啪啪打脸。

她舒了口气，继续说："总之，祁翎办这所学校费了好多心思，我和叶简南他们也帮了不少忙，这也算……我们共同的心血吧！要是真因为找不到围棋老师就关门，真挺可惜的……"

"教聋哑儿下围棋……"霍以白念叨着，"倒也不是不行，但是，我们也不会手语啊？"

"有专门的手语老师陪在旁边，"霍舒扬立刻为母亲大人解惑，"那几个小孩特别可爱，您到时候看着喜欢，说不定自己就起了学手语的心思呢？"

"嗯……"霍以白若有所思，"老瞿，你说呢？这成天在家里待着，确实也挺无聊的。扬扬这男朋友还没影呢，孩子更是遥遥无期了。去带别人家的小孩——"

"妈？"霍舒扬一脸匪夷所思，"怎么说到我身上了？你们……要不然先去看看？"

"那就去看看，"瞿丛秋一直闭目养神，终于发话了，"我喜欢祁翎那孩子，要是真因为这事耽误他拿冠军，我可不乐意。"

"啊？什么？"霍舒扬一脸惊诧，"合着您还是看在祁翎的面子上，不是我啊？"

瞿丛秋翻了她一白眼。

"你个臭丫头，你有什么面子！"

07.

瞿、霍夫妇大驾光临，学校一片混乱。

好在人少，乱也乱不到哪儿去。除了学生，总共就只有一个生活老师、一个手语老师和祁翎……

手语老师悄声问生活老师："祁老师，这是怎么了？我还没见他这么慌过。"

生活老师也很诧异："对啊，这祁老师平常总沉个脸，怎么今天都紧张得冒汗了？"

孩子们不明所以，但心里都是知道祁老师对他们好，他们也得给祁老师长脸。因此四个小孩安安静静地坐着打谱，场面一度十分和谐。

瞿丛秋和霍以白一进门，就看见四个乖巧的小朋友端坐在地上，简直像坐了一地小猫咪。岁数大的人哪受得了这个，霍以白一个箭步冲过去，攥着一个孩子的小手询问："多大啦？叫什么呀？"

孩子睁大眼望着她，神情有些胆怯。

祁翎走了过来。小孩一看到祁老师，急忙爬起来躲到他身后。祁翎摸了摸他的头，和霍以白说："这孩子叫鹿鸣，九岁了。霍老师……他们听不见。"

霍以白这才想过来，这几个孩子都是聋哑儿。

她的心一瞬就软了。

墙上挂着他们得过的奖状和奖牌，墙角还专门有一个柜子放奖杯。这四个孩子虽然是聋哑儿童，但得过的奖含金量都很高。霍以白一一看过去，心里已经拿定了主意。

另外一桌的两个孩子不似鹿鸣害羞，已经跑到瞿丛秋身边嬉戏起来。他们向手语老师比画了几下，手语老师便笑眯眯地和瞿丛秋说："我们的孩子说，您一看就是个围棋高手。"

瞿丛秋吹了吹胡子，表情也越发慈祥了。

"好孩子，"霍以白转身握住祁翎的手，"你怎么做这事也不和棋院说？要是我们知道了，肯定让老付来帮你。有棋院的前辈坐镇，你能省多少事啊。"

"这是我自己的事，哪好意思麻烦付前辈，"祁翎笑了笑，"要不是实在找不到围棋老师，更不会打扰您和瞿老师……"

"说什么打扰！"瞿老师又板起了脸，"听不见，不会说，围棋还能下得这么好！这样有天分又肯努力的孩子，我要早知道，早就来了！"

孩子们听不见他们说话，只见着瞿丛秋脸色一沉，吓得全都原地站住。祁翎笑了笑，让手语老师把他们都带回了宿舍。

教室里便只剩下他和瞿、霍夫妇。

"不过，我倒有点好奇，"霍以白走到祁翎身边，"你现在世界冠军也拿过了，在棋院的年轻一辈里算得上前途无量。怎么……突然想起办这么个学校呢？这要牵扯不少精力吧？"

祁翎知道，他们肯定会问这个问题。

他想过很多冠冕堂皇的答案，但当这对夫妻真的站到他面前时，他却一个都说不出来了。他低下头，眼睛望向棋盘上散落的棋子。

他深吸一口气，说："为了救人。"

"救人？"霍以白反问，"是什么意思？"

"围棋是能救人的，"祁翎这次没有停顿，"围棋……救过我。

"霍老师，你们都是好人，简南他们也都是好人。你们从来不说，但……我自己知道，我是和别人……"

他的声音开始变得艰涩。

"我不一样。

"我脸上这片红痕，从出生就有了。小时候，没有人陪我玩，也没有人喜欢我，我在他们眼里……应当算怪物吧。

"可是自从我学了围棋，日子就好像有盼头了……我那时候，天天盼着上常刀围棋道场，盼着定段。不下围棋的时候，我自闭、阴沉、性格暴躁；可在棋盘上，我能赢所有人……

"要是没有围棋，我真的会变成一个怪物，或许连谋生都困难。可是您看我现在，国手、世界冠军，有那么好的前辈和朋友……

"瞿老师，您信吗？围棋是能救人的，围棋救过我……我想让它，救更多的人。"

教室之中，一片寂静。

唯有一串脚步声，自门外缓缓响起。

瞿丛秋和霍以白转过头，惊讶地发现，走进来的竟然是霍舒扬。她完全没有看自己的父母，只是一步一步地，走到了祁翎的面前。

祁翎低着头，睫毛在脸上投下阴影。他的侧脸锋利如刀，只有一片红痕自脖颈延伸到脸颊。

霍舒扬伸手去碰。

她的掌心温热，覆在他的脸颊上，覆在那带给过他无数自卑与苦涩的红痕上。他闭上眼，睫毛扫过她的指尖。

她哽咽了一下，一字一顿地说："祁翎，我爱你。你听见了吗？我爱你。"

祁翎无声地点头。

她一遍遍地重复着，声音分明不大，却用尽了全身力气。她爱的人啊，她为什么没有早些遇到他？他自己在黑暗里走了那么久，险些就与她擦肩而过。

夕阳从窗户淌到他们的眼角眉梢，淌过他们的脚尖，一直淌到教室半掩的大门。门外，叶简南小声地对江墨说："你看霍老师和瞿老师。"

江墨叹了口气："真是难为二老了……"

夕阳没有淌过的地方，瞿丛秋和霍以白目瞪口呆地看着自家女儿对祁翎投怀送抱，想打断又觉得不合时宜，不打断又觉得有点问题。

这到底怎么回事啊？

有没有人来解释一下啊！

08.

霍以白和瞿丛秋在那个夏末入驻闻道围棋特殊教育学校，成为孩子们的围棋老师。"十八段夫妇"引退多年，他们的指导棋向来有价无市。可就这么一对夫妇，竟然开始教围棋，教的还是聋哑儿？

这新闻素材故事性十足，不但是体育新闻，连许多社会媒体都报道了这一幕。一时间，想与瞿霍夫妇共事的棋手络绎不绝，甚至还有棋手表示可以自学手语。

学校终于渡过了最初的难关。

与此同时，瞿丛秋还在记者问他"为何出手帮忙"的时候回答："我自家人的事，我有什么不能帮的！"

记者一时蒙圈："自家？"

瞿丛秋指着一旁忙碌的祁翎，大声说："我准女婿！世界冠军！厉不厉害？"

记者一时舌头打结："厉害，厉害，厉害……"

另一边，江墨也已经帮小弃把出国的手续办好。这孩子第一次出远门，兴奋得叽叽喳喳。飞机冲上蓝天后，他看着机翼下厚重的白云几乎哭出来。

他说："江墨姐姐，我爷爷也在云里，对吗？"

江墨摸了摸他的头："爷爷在所有地方，所有你看得到的地方。"

"姐姐……"他又低下头，"你们这次带我去这么远的地方，还让我坐飞机，到底是要带我去见谁呀？"

"见……"江墨轻声安抚，"见一个和你爷爷认识了很多年的老人。他和你一样，也很思念过爷爷，而且啊，他俩都失散了好多年了。你去见见他，然后告诉姐姐，你喜不喜欢这个爷爷。"

小弃懵懂地点了点头，没一会儿就靠在江墨身上睡着了。

飞机落地，又见奈县。

叶简南已经先到了。他在国内和这边都分别咨询一些领养的程序问题，等江墨把小弃带过来，直接开车把他们送往面馆。车子越近，小弃就越不安。他问江墨："姐姐，这个爷爷会不会很凶啊？我会不会说错话……"

"当然不会啦，"江墨安抚他，"他可喜欢你了。"

"他都没见过我，怎么会喜欢我呢？"

江墨轻笑："他一定会喜欢你的。"

小弃，你身后站着的……是过爷爷，是他失散多年的哥哥啊。

他怎么会不喜欢你呢？

面馆已经出现在视线里了，奶奶竟然站在门外等候着。更让江墨惊讶的是，因为身体原因从来没有出过门的爷爷，这次也站在门槛旁，拄着拐杖，翘首以盼。

三人下车。

正值夏末，风轻柔而和煦。老人拄着拐杖的手不停颤抖，他弯下腰，轻声问："你就是我哥哥带大的孩子？"

小弈怯生生地看老人。他牵了牵叶简南的衣角，叶简南急忙在他身边单膝蹲下。

他说："简南哥哥，这个爷爷，和我爷爷，长得好像啊……"

叶简南一怔，随即转过头。

爷爷真的很老了。皮肤都皱缩着，眼窝也深陷进去。岁月侵蚀，即便是故人偶遇，怕是也难以认出这是那个东渡 J 国求学的年轻人。

他与他哥哥的容貌都被岁月摧残了太多，以至于叶简南从来没有发现，这两位老人的面容其实存在着相似之处。即便偶然有那么一瞬的眼熟，也只会觉得，天底下的老人，都是长这副样子的。

可是不是的。

孩子的眼睛最澄澈，他们看得最清楚。他看出了，面前这饱经风霜的老人，分明与自己的爷爷流着相同的血脉。

"好孩子……"爷爷的声音沙哑，"我和你的爷爷，生得很像吗？"

小弈用力点点头。

"你爷爷……还有没有提过什么事？他提过……他的亲人吗？"

"他、他很少提，"小弈迟疑片刻，"只是翰城下雨的时候，他就会变得很沉默。有一次，他说他的家乡也有这样的雨天，雨水打在院子里的芭蕉叶上，叮叮咚咚，可好听了……"

记忆中的江南旧宅又一次浮现眼前，爷爷的眼睛里逐渐蓄起一层水。

"是的，院子里，是有一株芭蕉，"他抚摸着小弈的脸，"还有什么？哥哥还提过什么？孩子，来，进来说……"

小弈对这与爷爷生着相似面容的老人天然有好感，不等叶简南牵，便随着他走进了面馆。

江墨长长舒了口气。

叶简南也从地上站起身，将膝头的灰尘拍净。他望了一会儿面馆的木门，转身对江墨说："我们先离开一会儿吧。"

车停得远，叶简南不想开，两人便慢慢朝公寓的方向走了过去。

来了这么多次，江墨其实没有好好看过奈县。唯一一次驻足观望，还是那个雪天。

她与叶简南在葬礼上重逢，寒气浸透身体的每个角落。海面阴沉沉的，整个世界都落了雪。

可现在，已经是夏天了。

夏天真好啊，有蝉鸣，有冰饮，有海风。夏日浓荫长，所有地方都蔓延出苍翠的绿。

拐过墙角时，眼前忽然出现了一片高而长的墙壁。爬山虎嚣张地覆盖了整片墙，风拂过，宽阔的绿叶哗啦作响，连空气也变得清凉起来。

江墨面向墙壁，伸了个长长的懒腰。

"真好啊。"她说。

"什么好？"叶简南问。

"什么都好，"她说，"天啊，海啊，叶子啊，花啊，霍舒扬、祁翎、过爷爷、小弈、裴宿、戚雅姐、霍老师、瞿老师，大家都好。"

叶简南笑起来。

他在前面走，她在后面跟着。他突然停住了脚步，回头叫她："江墨？"

"啊？"

他穿着衬衫站在绿叶掩映的墙壁前看她，阳光斜射，画面仿佛由水彩画就。

他说："你把手伸出来。"

江墨歪歪头，伸出了手。

他说："闭上眼。"

江墨是个善于联想的姑娘，一时间，她想起了叶简南量过她手指的维度，也想起了小林婚礼前叶简南对她的质问。她心脏怦怦跳起来，嘴角不由自主地上扬。

手心一沉。

触感好像……不太对？

这也……太沉了吧！

再睁开眼时，江墨看到手心放了一个纸盒，盒面上印着许多盛开的无尽夏。她把盒盖打开，里面是一包又一包棕黑色的种子。

落差太大，她有点结巴。

"这……这这是……"

"无尽夏的种子，"叶简南的神情倒是十分平常，"你以为是什么？"

"哦……"

说起来，他之前是答应过，要帮她在棋堂里种许多无尽夏。

江墨悻悻收回手，把那纸盒抱到胸前。眼睛在纸盒里无精打采地扫了扫，她忽然又觉出不对劲了。

叶简南已经在往前走了。

她叫他："喂！喂！"

她边喊边翻动着那装着种子的纸盒，一包一包的花种袋里果然有一个精致的礼盒。她哭笑不得，把那礼盒打开——

银质的指环，上面镶嵌着一颗晶莹剔透的钻石。

她说："叶简南！你不解释一下吗！"

把戒指埋在种子里，他是想让她去闻道棋堂种戒指吗？栽下一颗钻戒，来年长出一棵钻戒树，她就靠种戒指发家致富了？

叶简南这回停下了脚步。

他转过头看着她，还反问起来了："解释什么啊？你不能意会吗？"

江墨要被气死了，扑过去大喊："这种事怎么意会啊！你想挨打吗！"

夏日的暖风中，吵闹声逐渐远去。爬山虎的绿叶在风中摇摆着，洒下一地斑驳阳光。

细碎而温暖，好像一场经年美梦。

【完】

279

◆　　后记

01.

少年时看《倚天屠龙记》，赵敏去张无忌婚礼上抢亲。场面乱作一团，逍遥二使之一的范遥劝她："郡主，事上不如意事十居八九，既已如此，也是勉强不来了。"

赵敏道："我偏要勉强。"

我那时候小，总觉得，这勉强来的圆满，也作数吗？

到后来长大了，懂事了，也就明白了。

人这一辈子，就是在不圆满里求圆满。

02.

《一别如斯》动笔的时候，几乎事事不圆满。叶简南与江墨形同陌路，霍舒扬对祁翎爱而不得，裴宿的戚雅姐还在千里之外。往长辈那边看，江闻道重病在身，谢婉满心怨恨，过爷爷和弟弟隔着一片沉没了历史与战争的海。

到了结局，仿佛是大团圆了，圆满得我甚至没有欲望写个番外。说什么呢？要交代的都交代了，该放下的都放下了。

一切就像江墨那句话一样："什么都好，大家都好。"

可搁下笔后，我在睡觉前一想，忽然觉得，也不尽然。

早发型阿兹海默症无法治愈，江老师终究是忘了他这一生在围棋上的建树，也无从知晓两个最得意的学生前途似锦。

祁翎事业爱情双丰收，可我到最后也没让他脸上那块印痕消散。

定居奈县的老人收养了小弈，但到过爷爷临死，他也没见着这失散多年的哥哥最后一面……

这些东西，我写的时候是没有察觉的。直到搁下笔重读的时候，才替我笔下的人物们生出丝丝惆怅来。

03.

我这个人写东西，总有一种"冥冥之中受人指引"的感觉。《一别如斯》这个围棋题材，也与我童年的经历有关。

闻道棋堂的故事，有一半取自我小时候在围棋课上的经历。书里写棋堂分"甲乙丙丁"四个组，鄙人不才，当年也是常年在甲组吊车尾的……

学棋的女生很少，以至于我和老师提出要退出时，他很是惆怅了一会儿。

我说："学个业余一段，也没什么用。"

那个胖胖的围棋老师说了一句让我记了很久的话，他说："没有一，哪有二啊？"

这句话，我很多年以后才懂。可是那个时候，我已经放弃围棋许多年了。

决定写这个题材，我把当年看过的围棋教材拿出来翻开。也正赶上当时人机大赛热度刚过，我恶补了一遍中国围棋史，越看越觉出跌宕。

围棋一脉，起于尧舜。纵横十九线，流传四千年。20世纪80年代末，聂卫平老师在前四届中日围棋擂台赛中取得11连胜，中国围棋赢来了自己的黄金年代。

书里的霍以白、瞿丛秋、付前辈、江闻道，都是从这个黄金年代走来的人。

三十年来，棋坛几度凋零，但仍在无人知处演绎传奇无数。我研究常刀和孟昌宰这两位前辈的原型人物时，几度拍案叫绝。

　　在这个钢筋水泥的时代，若仍有武士拔剑的传说，仍有攻城略地的史诗，那这些故事，应当是由棋手来撰写的。

　　他们身上有一种很古老的浪漫，大概是因为围棋这东西，本身就带有穿越时空的力量。

　　这是写爱情的小说，但是我藏了一些更宏大的东西在里面，希望你能读懂。

　　关于人类的命运，关于时代的洪流，甚至于，关于恢宏的宇宙。这些话题太辽阔，我写得不那么好，有些观点也有失偏颇。

　　但我已尽我所能。

　　如果能给你哪怕一丝丝启发，能让你以这个小小的故事为原点，去往更辽阔的世界。

　　那这个故事本身所有的不圆满，就都，太微不足道了。